はたらく魔王さま！

和ヶ原聡司

イラスト■029

Satoshi Wagahara

Illustration ■ Oniku

12

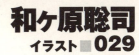

魔王、普通の生活を堅持する

住み慣れた我が家というのは、何ものにも換えがたい安心感をもたらす。

例えば旅行に出たとき、道中宿泊した宿がどんなに素晴らしかったとしても、不思議と雑然とした我が家に帰宅すると、旅の終わりの寂寞《せきばく》と共に奇妙《きみょう》な安心感を覚えるものだ。

だが、

「なんだよこれっ!!」

彼の場合。

「魔王様と私の魔力の塊だ。他に置いておける場所が無い」

しばらく家を空けていたと思ったら、

「はぁ!? 魔力の塊!? バカじゃないの!? お前達バカじゃないの!?」

「久しぶりに帰ってくるなりその物言いか」

「当たり前だろ! 色々突っ込みたいの、きっと僕だけじゃないぞ!?」

住み慣れた『我が家』が乗っ取られていたのである。

長きに渡る入院生活から解放された漆原半蔵《うるしはらはんぞう》は、ようやく帰ってきたヴィラ・ローザ笹塚《ささづか》二〇一号室にあった『自室』である押し入れの上の段が、新聞紙とビニールひもでくくられた、微妙《びみょう》な柔らかさを持つ巨大な羊羹状《ようかんじょう》の謎《なぞ》物質に占拠されているのを見て目を丸くした。

漆原にしてみれば、訳の分からないまま強制的に入院させられて、監視付きの病室から出ることもままならず、やっと帰ってきたと思ったら私室が封鎖《ふうさ》されているのである。

その上私室を埋めているものが、自分達の生命エネルギー源とも言うべき魔力ときた。

これまで漆原はもちろん、今漆原の抗議を右耳から左耳へ受け流すどころかはね返している芦屋四郎《あしやしろう》も、二人の主《あるじ》にしてこの部屋の主でもある真奥貞夫《まおうさだお》も、この魔力が無かったからこそ日本で悪魔の身にあるまじき不自由を強《し》いられてきたのである。

だが今押し入れを埋める魔力の総量は、ちょっと測っただけでも、魔王サタン全盛期もかくやというほどのレベルである。

真奥と芦屋が今更魔力と暴力で日本に覇《は》を唱えるつもりが無いことは漆原にも分かる。

だからと言ってこれだけの『資源』をただ無為に貯蔵するだけで、これまでと変わらない生活を送ろうとしている姿勢にはさすがに理解を示せなかった。

「芦屋お前これを有効利用しようとか思わないわけ⁉　資源やお金は、そこに置いておくだけじゃ価値を生み出さないいんだよ⁉」

「貴様に金のことを今更教授されるいわれはない。先々のための貯金だと思え」

「老後はただただ貯金取り崩しながら生きるつもりかよ⁉　芦屋ってそんなに野心の無い奴《やつ》だったっけ⁉　せめて生活環境を改善しようとか考えなかったの⁉」

漆原の必死の訴えに、芦屋は本気できょとんとした顔で問い返した。

「生活環境を改善？　どういう意味だ」

「どういう意味って……」

真顔で問い返されて、それがあまりに意外で、漆原《うるしはら》は虚を突かれ一瞬《いっしゅん》言葉を失ってしまう。

「い、いや、だからさ」

漆原は押し入れを開け放ったまま、きょろきょろと部屋の中を見回した。

「そ、そうだ食費！　魔力は僕らの生命エネルギーだろ！　これだけ魔力があったら、もう食事なんて必要ないんじゃない⁉」

漆原はそう言いながら冷蔵庫に飛びつくが、扉を開いてみれば中にはこれまで通りの肉、野菜、魚、牛乳、豆腐、納豆《なっとう》、各種調味料などなどが入っていて、それが芦屋《あしや》の落ち着く普段の編成であることは漆原もよく承知していた。

「食事は生活の基本だ。魔王様のお働きのおかげで、一日三食を食べるだけの余裕はあるのだ。無闇《むやみ》に魔力を消費することもあるまい」

「芦屋が言ってることのおかしさを一言で表す言葉が僕の語彙《ごい》に存在しないのが悔《くや》しい！」

漆原は冷蔵庫の扉を叩《たた》きつけるように閉める。

「じゃ、じゃあ電気水道ガスなんかは、もう使わなくて平気だろ⁉」

「魔力で電子レンジが動くか」

「動かせよ悪魔大元帥《だいげんすい》だろ‼」

「魔力で日本の交流電源対応の電化製品が動かせる電撃を延々出し続けられればいいな。雷撃の魔術などに比べて極めて小さな力だ。我々にはさぞ難しい微細な調整が必要だろう」

「う……じゃ、じゃあ……」

漆原はまたも言葉につまり、はっと思いついたように手を広げた。

「そもそもこの部屋だよ‼　魔力が戻ったってことは、人間の法律に従う道理も無いだろ⁉　暴力的な手段を使えとは言わないけど、いくらでも人間操《あやつ》ってこんなボロアパート出てって、せめて一人一部屋でもっと広いキッチンがあって風呂トイレ別のマンションに引っ越したっていいんじゃないの⁉」

「一年前の私なら、同じことを考えたかもしれんが」

「……いや、その、同じこと考えられてたら考えられてたで、僕はお前の悪魔大元帥としての器の小ささが嘆《なげ》かわしくなるんだけど」

一年前といえば、まだ芦屋は身の回りにいる人間達との交流が全く無い頃である。

芦屋四郎は、悪魔大元帥アルシエルは日本や人間へのいくばくかの情も無い頃から、広いキッチンと風呂トイレ別のマンションに引っ越したがっていたのかと思うと漆原としてもやるせなくなってきてしまうのだが……。

「今の我々にはこのアパートを出る特段の理由が無い」

「なんでだよ⁉　いつも色々と設備面でぐちぐち言ってるくせに‼」

漆原は魔力を利用してもっと悪魔らしいことをしようと言いたかったはずなのに、いつの間にか魔力を利用していかに快適な生活環境を作るかに話題がシフトしてしまっていることに気づいていない。

「それはもちろん、調理台は広い方がいいし、私の身長ではこのキッチンは低すぎる。ベランダがあった方が洗濯物も干しやすい。佐々木《ささき》さんがいらっしゃるときに男物の下着が目に見える場所に干しっぱなし、という状況は良くないことだと思っている。だがキッチンの高さも致命的な障害というわけでもないし、洗濯も工夫次第でどうにでもなる」

「だからぁ……」

「それに、引っ越すと言ってもどこに引っ越すつもりだ。考えてもみろ。今や笹塚《ささづか》の町には地縁も多くでき、我々の生活に必要なものは全て揃《そろ》っている。翻《ひるがえ》ってアパートの『ご近所』のことを考えれば、隣にはベルが住んでいて、下階はノルド・ユスティーナ。住人全員が全員の事情を理解している集合住宅など滅多にあるものではない。その上基本的には敵同士の関係だから、近所付き合いで過剰に気を使う必要も無い。私は新しいマンションに引っ越して、そこの隣人に貴様の存在を隠す労力を考えただけで憂鬱《ゆううつ》になる」

「日本全国のニートに謝れ！」

「謝る必要性が微塵《みじん》も感じられんな」

芦屋《あしや》はふんと鼻を鳴らす。

「それに引っ越しとなれば電気ガス水道テレビの手続きをしなければならんし、引っ越し業者も頼まねばならん。住民票だって移さねばならないし、銀行やクレジットカードなどの手続きも……」

「だああああ！　だから！　そういうの全部魔力一括で‼」

くどくどと生活環境を改善しない理由を並べ立てる芦屋に、漆原《うるしはら》は痺《しび》れを切らしてじたばたしはじめるが、芦屋には寸毫《すんごう》の動揺《どうよう》も無い。

「だから魔力を使わなくても今の我々の生活を維持するのに一切の支障が無いということが何故《なぜ》分からんのだ」

「まずこの生活を維持しなきゃいけないって前提条件を疑えよ‼」

「何を言う」

芦屋は心底呆《あき》れたように押し入れを、否《いな》、隣室を指差した。

「我々が日本の、もっと言えばこの世界の規範を外れて行動しはじめることを、許すあの人と思うのか」

その瞬間《しゅんかん》、

「さすがは芦屋さん。弁《わきま》えていらっしゃいますわね」

施錠《せじょう》されている事実を無視し、自動で勢い良く開く二〇一号室の玄関の扉。

「出たあああああああああああああああああああああ⁉」

そこに立っていたのは共用廊下に差し込むくすんだ陽光すら後光の如《ごと》き神々《こうごう》しさへと変えてしまう、クリムゾンレッドの鍔《つば》広帽に極楽鳥の羽根を突き立て、クリムゾンレッドのエナメルピンヒール、クリムゾンレッドのフレアスカート。クリムゾンレッドの元はゆるふわ今はめちょむちょなカーディガンを羽織った、いつもよりいささかラフな格好《かっこう》のヴィラ・ローザ笹塚《ささづか》の大家、志波美輝《しばみき》だった。

「人間相手に弁《わきま》えている訳ではありませんが、常に合理的であろうと思っておりますので」

「いい心がけですわね。漆原《うるしはら》さんも、あまりやんちゃなことを仰《おっしゃ》るものではありませんよ」

「ひ、ひ、引っ越しってそんなやんちゃ行為に分類されるっけ⁉」

漆原は志波から少しでも距離を取ろうとして窓際に身を寄せるが、それでも志波の影響からは逃れられないらしい。

漆原の紫の髪色が少しずつ薄くなってゆき、数秒の後には薄く蒼《あお》みがかった銀色に落ち着いてしまった。

「わわわわまた色が！　もう勘弁してくれよ！」

「まーそう言うなよ、似合ってんじゃん。大胆イメチェンって感じするし」

「うるさいよ！　お前も何へらへらしながら大家さんと一緒《いっしょ》に行動してるんだよ！」

漆原の髪色の変化をからかい半分で茶化したのは、勿論芦屋《もちろんあしや》でも大家でもない。

大家の傍《かたわ》らに立つ、芦屋と同じくらい上背のある大男だった。

髪色は今の漆原と同じ青みがかった銀色。

秋も深くなってきたというのに相も変わらずトーガの下に『I　LOVE　LA』の半袖T

シャツを愛用している青年は、肩を竦《すく》めた。

「お世話になってるしね。ミキティが出かけるんなら荷物持ちくらいしなきゃダメかなって」

「お前はお前で今の自分に疑問持たなすぎだろ!!」

セフィロトの守護天使の称号も今や昔か。

大天使ガブリエルは、志波の荷物持ちに甘んじることに全く抵抗が無いらしい。

「あ、クレスティア・ベルがね、お宅の押し入れに魔力塊が詰まってると防音効果が高いらしくて、そのままにしといてほしいって言ってたよ」

「どいつもこいつも、もおおおおおおおおおお!!」

漆原は今度こそ頭を抱《かか》えて誰憚《はばか》ることなく叫《さけ》び声を上げる。

そんな苦悩をスルーして、芦屋はガブリエルに尋《たず》ねた。

「ベルを訪ねて大家さんがいらっしゃることは聞いていたが、貴様が来るとは知らなかった。一体ベルにどんな用があったのだ」

「んー、僕は今言った通り、本当にミキティの荷物持ちしてるだけなんだけど」

そう言う彼の大きな手には、クリムゾンレッドのワニ革ハンドバッグが抱《かか》えられている。

「こっちがね、とにかく誰かに話を聞いてもらいたいからって。ミキティが付き添えば少しは話聞いてくれるかもって思ったから僕からお願いしてみたんだけど」

ガブリエルは頭を掻《か》いて、彼自身の長身と志波の体積で完全に埋まっていた二〇一号室の玄関から、一歩身を引く。

　ガブリエルが身を引き、大家の体のわずかな隙間《すきま》から見える向こう側に立ったのは、一人の女性だった。

「まぁ、残念ながら梨の礫《つぶて》だったわけで」

　ガブリエルが苦笑しているのが声だけでも伝わる。

「無理もあるまい」

　芦屋《あしや》もまた、そこに立った女性に向けて言った。

「クレスティア・ベルにも特段話を聞く義理は無いはずだからな」

「彼女は聖職者だからそんなあからさまじゃないけど、それに近いことを言われたかな」

「私のやり方が決して褒《ほ》められたものではなかったことは重々承知しているわ……でも、本当にもう、どうしようもなかったから……」

　大家とガブリエルに連れられて現れた女性は、悲愴《ひそう》な声で芦屋に訴える。

「お願い、サタンに会わせて。もう一度、話を聞いてほしいの」

「断る。来たら追い返せとの命令だ」

　芦屋はすがるような大天使ライラの声を、冷徹に斬《き》って捨てた。

「魔王様はご多忙の身だ。特に最近はエミリアのせいで仕事のお疲れが蓄積しているし、最前にも大変にお辛《つら》い思いをされたばかりだ。これから新しい事業に関《かか》わる身で、これ以上負担をおかけするわけにはいかん」

これまで女性に対しては常に紳士的な対応を取ってきた芦屋だが、今この女にはわずかな隙も見せるわけにはいかない。

「言うまでもないこととは思うが、もし魔王様の勤め先に押しかけるような真似《まね》をしてみろ。金輪際、貴様は魔王様に目通りすることは叶《かな》わなくなる。分かったら去れ。今の貴様が何を言おうと、我らの主《あるじ》の気持ちは変わらない」

「そんな……」

女の顔と声が悲嘆《ひたん》に暮れる。

「出直すのが上策でしょう。無理強《じ》いしても、良い答えは得られませんよ。私も窓口にはなれますが、気持ちを無理に曲げさせることはできませんしね」

志波《しば》が促《うなが》すと、ライラは微《かす》かに頷《うなず》いて、芦屋に小さく一礼してから去っていった。

「まー仕方ないか。ごめんねミキティ、無駄《むだ》足になっちゃって」

「店子《たなこ》の様子を見るのも大家の務めですから」

「そう言ってくれると助かるよ。ああ、僕ちょっと二人に話があるんだけど、残っていい？」

「構いませんよ。夕食の時間までにはお戻りなさい」

「はいよー」

芦屋の目から見れば信じがたいほどフランクに志波と接するガブリエルは手に持っていたハ

ンドバッグを志波《しば》に帰すと、去ってゆく二人に向かってへらへらと手を振った。

「つれないねぇ」

そして、皮肉げな笑《え》みを浮かべて芦屋《あしや》を振り返る。

「我々は悪魔だ。天使が相手なら、これが普通の反応だと思うが」

「ま、そうかもね」

芦屋の厳しい声色に、ガブリエルはそれ以上は食い下がらなかった。

「これまで恐ろしいほど気長ぁ～にやってきたんだ。ここで焦《あせ》っても仕方が無いってことは、ライラも分かってるはずなんだけどねぇ。この局面だと、そうもいかないんだろうなぁ」

※

エンテ・イスラに囚《とら》われた恵美《えみ》を無事に助け出した真奥《まおう》達を待っていたのは、漆原《うるしはら》の入院と、ヴィラ・ローザ笹塚《ささづか》の大家、志波美輝《みき》による『世界の真実』の開帳であった。

漆原の病室で、志波は語った。

エンテ・イスラと地球という二つの世界は、言葉通り異世界でありながら、一つの宇宙の中で繋《つな》がっていると。

その事実は即座に事態を動かすものではないが、それでも二つの世界を行き来する者達と事象に新たな物事の捉《とら》え方を与えるには十分すぎる情報だった。

二つの世界は人知を超えた次元的接触を起こしたわけではなく、同じ宇宙のどこかで同じ物理法則の下《もと》に存在し、現状では無理でも遠い将来『ゲート』を使わずに相互に行き来できる可能性は理論上ゼロではないということになる。

そして、それは悪魔達の生きる『魔界』すら例外ではない。

悪魔の住む世界は地の底や神話の古代ではなく、宇宙に浮かぶ星の一つに存在した。

ならば『天界』は？

これまで幾度となく真奥や恵美達の前に立ちはだかった生ける存在、天使達の生きている世界はどこにある？

『天』と『魔』に挟《はさ》まれたエンテ・イスラの民《たみ》がそれを知った瞬間《しゅんかん》、魔王と天使と人が一所に集まる病室に現れたのは、一人の天使であった。

大天使ライラ。

天界の住人。幼いサタンの命を拾った存在。セフィラ・イェソドから生まれた少女達の『母』。

そして何よりも、エミリア・ユスティーナの実の母。

これまで真奥達の周りにかすかな気配だけを残していた天使が遂にその姿を現した瞬間明らかになったのは、世界の新しい真実でも、全てを解決する伝説の聖具でも、理想郷への道でもなく、実の母娘《おやこ》の、絶望的なまでに埋めがたい溝《みぞ》であった。

これまでの日本での生活の中で、恵美《えみ》は自分の身の周りに起こった悲劇もトラブルも、元を辿《たど》れば大体がこの母に起因するものだということを知った。

だがライラを、母を目の前にした恵美の頭の中にあったのは、それらの不条理に対する怒《いか》りや悲しみといった負の思いではなかった。

ひたすら真っ白になった頭が体に命じたことは、存在の拒絶であった。

傍目《はため》には恵美が無表情のままライラに往復ビンタをかましているだけに見えたのだが、その実、恵美は母に対して憎しみや苛立《いらだ》ちをぶつけていたわけではない。

かすかでも自分が目の前の存在の面影を継いでいるなどと思いたくもなかった。

平手打ちの連打の最中、恵美はライラの顔を見ているようで、見ていなかった。

真奥《まおう》に止められるまで、視界すら真っ白であったように思う。

気がつけば顔を真っ赤に腫《は》らした『どこかの誰か』に父が寄り添い、父と『どこかの誰か』を恵美の視界から隠すように真奥の体が目の前にあった。

ユニシロの長袖シャツの布目を眺《なが》めながら、恵美はエメラダが自分の手を押さえていることに気づいた。

二人が自分を止めたのが分かった。何故《なぜ》止められたのかは分からなかった。

それでもきっと、このまま『どこかの誰か』を拒絶し続けることは、この場の全員が許さないだろうということを恵美は理解した。

　そして、恵美は何も聞かないまま、アラス・ラムスをアシエスの手から奪《うば》い去ると、それ以上ライラに一瞥《いちべつ》もくれずに漆原《うるしはら》の病室から立ち去ったのだった。

※

「せめて君だけでも話聞いてやればいいのに」

「ヤだよ。お前だって僕が面倒くさがりなの知ってるだろ……ああ、ようやく髪の毛の色が戻ってきた」

　ライラと大家が去り、ガブリエルだけが残った二〇一号室の中で、漆原は伸びた前髪に目をやり色が戻ったのを確認する。

「だって魔王やエミリアが話聞かないんなら、君が聞くしかないじゃん。ある意味唯一の、当時の関係者なのに」

「知らないよ。僕自身は好きで巻き込まれたわけじゃない。まぁ、あの退屈な世界から出るきっかけを作ってくれたのは感謝しないでもないけど、昔すぎて正直なところ記憶も曖昧《あいまい》なとこだらけだし、結局あいつら、僕を無責任に放り出してくれたからね。そこでチャラだよ」

「なんの話か知らんが、どうして貴様は当たり前のように部屋に上がり込んでいるのだ」

「別に、君達が頑《かたく》なに彼女の話を聞かない理由はなんなのかなって思っただけだよ。それに、そういう君も険悪な顔しながら当たり前のように僕にお茶を淹《い》れてくれるあたり、魔王軍は教育が行き届いてるね」

芦屋《あしや》は睨《にら》みつける視線だけはそのまま、ガブリエルの前に煎茶《せんちゃ》を差し出す。

「これは貴様に出すのではない。大家さんの付き人に出すのだ。大家さんの後ろ盾《だて》が無ければ、貴様などには茶どころかこの部屋の空気すら吸わせたくない」

「手厳しいねぇ。ま、来るなり魔王にぶっ飛ばされないだけマシかな。いただきまーす」

特に感じ入ることもなく、ガブリエルは熱湯寸前のお茶にも躊躇《ためら》わずに口をつける。

「まぁ真奥《まおう》は、一度ケジメつけたらあんま後には引きずらない性格してるしねー」

「引きずっててほしくないなぁ。本当、あんな痛い目見たのいつ以来か記憶に無いくらい昔だったからなあ」

漆原《うるしはら》の言葉にからっと笑うガブリエルだが、実際のところエンテ・イスラ東大陸での戦いでアシエスの力を得た真奥から致命傷に近い傷を負わされ、日本に連れてこられた後は志波《しば》宅で完全看護されていたほどである。

そこからどのような経緯で志波の付き人のような真似《まね》をしはじめたのかは誰も知らないし知りたくもない。

「お前は大家さんと一緒《いっしょ》にいて、体に異変とか無いのかよ」

志波が近くにいると髪の毛の色が抜けてしまう漆原は嫌《いや》そうに聞く。

「んー、別に何も。なんだかんだでミキティ僕のこと大事にしてくれるし？　体や日本の環境考えて聖法気《せいほうき》の使用は制限されてるけど、まー普通に生きてく分には聖法気を無闇《むやみ》に使う場面なんか無いからね、この国。指先一つで大体の家電動くしさ」

「お前もか」

漆原はげんなりして畳の上に腰を下ろした。

「ところでさ、さっきアルシエルが、魔王が辛《つら》い思いした、みたいなこと言ってたけど」

「……っ」

ガブリエルの言葉に芦屋の顔が強張《こわば》る。

「君が気分悪くすること承知で聞くけど、何かあった……っていうか、やっぱライラが原因？」

漆原の病室でライラが明かした事実は、真奥達に間違いなく大きな影響を与える話ばかりだった。

だが、ガブリエルの目から見ても体も心もタフにできている真奥貞夫《さだお》という男が『あの程度』の話で病《や》んでしまうとも思えない。

「そ、それは……」

芦屋が珍しく口ごもった。

「え？　何《なに》かマジな話？」

芦屋の反応に驚いたガブリエルが畳み掛けるが、

「ぶふっ」

漆原《うるしはら》の方が、遂に耐え切れずに噴き出してしまった。

「あはははは！　いやー、多分芦屋《あしや》が言ってんの、アレのことでしょ？　傷ついたとか大げさなんだよ。よくあることだって言うじゃん？」

「黙《だま》れ漆原！　貴様は魔王様のご心痛をなんと心得るか！」

「心痛も何も、自業自得じゃん」

「は？　何？　よくあることってどういうこと？　自業自得って？」

ガブリエルの問いに芦屋と漆原は対極の反応を見せた。

「まー、折角《せっかく》頑張ったのに、あんなことになったんだから気の毒と言えば気の毒だけどさ」

漆原はにやにやしながら言った。

「真奥、遂に免許取ったんだよね」

「メンキョ？　どゆこと？　メンキョって運転免許のこと？」

ガブリエルは、予想だにしない言葉に首を傾《かし》げる。

「確か今日までに提出とか言ってたから、今日の真奥《まおう》はずっと凹《へこ》んだ気分で仕事してるはずだよ」

「……漆原、今日は貴様、飯《めし》抜きだ」

「なんだよ！　本当のこと言ったまでだろ！」

「我々が糊口《ここう》をしのいでいられるのは魔王様のおかげなのだぞ、口を慎《つつし》め！　真実であっても、秘めておかなければならないことはある！」

「だからもう魔力があるからそんなあくせく労働する必要ないって言ってんだろ！」

「貴様はもう少し『仕事』というものの精神的な重要性を認識しろ！　労働と仕事というのは厳密にだな……！」

「僕に言わせりゃ仕事も労働も同じだよ！　僕の耳に念仏だね！」

「言ったな漆原！　今日という今日は許さんぞ！」

「あのさぁ……二人共さぁ……」

ガブリエルの存在を忘れ、二人の悪魔大元帥《だいげんすい》の、不毛を通り越して実りが時間を遡行《そこう》して種まで戻りそうな言い争いは、それから夜まで延々続いたのだった。


マグロナルド幡《はた》ヶ谷《がや》駅前店は夜十時を回ろうとし、木崎《きさき》が間もなく勤務を上がる者達に声をかけてまわっている最中だった。

二階のカフェに入っていた千穂《ちほ》に声をかけにきた木崎は、フロアの隅で空席テーブルを拭《ふ》きあげている真奥の背を見て囁《ささや》いた。

「今日のまーくん、なんだか表情が暗いようだが、何か知らないか」

「えっ？　あの、その、ええと」

木崎《きさき》の問いに、千穂《ちほ》は乾いた笑いを上げるしかなかった。

魔界の王であり、マグロナルド幡《はた》ヶ《が》谷《や》駅前店の店長代理として日頃闊達《かったつ》な笑顔《えがお》を浮かべる真《ま》奥貞夫《おうさだお》の表情には、今日に限って近しい者だけが察せられる陰りのようなものがあった。

笑顔に無理がある。

真奥に一日置いている店長の木崎真弓《まゆみ》はさすがに目ざとく、彼の不調を一発で見抜いた。

学校終わりに出勤してきた佐々木《ささき》千穂は、木崎の問いの答えを知っている。

知っているが、こればかりは本人が明かさない限り、迂闊《うかつ》に周りの人間がどうこう言っていい話ではなかった。

「私もちゃんとは知らないんですけど……その、真奥さん、失敗しちゃったらしいんです」

「失敗？　まさかまた原付免許の試験に落ちたのか？」

「ああああいえ、そうじゃないんです、免許はちゃんと取れてるんです！」

木崎の無遠慮《ぶえんりょ》な声が真奥に聞こえやしないか、千穂は気が気でない。

「ならいいが。デリバリー業務開始目前というところで、主力が免許試験に何度も落ちたとなれば士気に関《かか》わるからな」

「で、ですよねー……」

結果的にではあるが、真奥は二度、運転免許試験に落ちている。

一度目は純然たる点数不足。二度目は試験辞退だ。

両方ともやむを得ない事情があったのだが、それはそれとして同じチャンスを二度も逸《いっ》した真奥に、原動機付二輪車運転免許試験は深い禍根《かこん》を残したと言える。

それでも真奥は果敢《かかん》に挑戦を続けた。

エンテ・イスラの騒乱《そうらん》を乗り越え、日本での生活を立て直し、宿敵たる恵美《えみ》のマグロナルドクルー採用や、自分の覇道《はどう》の原点とも言える大天使ライラとの邂逅《かいこう》などを経て、真奥は新たなステージに突入するはずだった。

だが、運転免許試験は、最後の最後で悪魔の王に非情なる刃《やいば》を向けたのだ。

「ふむ。少し尻《しり》を叩《たた》いてやるかな。まーくんがアレでは周りに示しがつかんし、もし何か悩んでいることがあるなら、まーくんとて人間だ。誰かが支えてやらねばなるまい」

「あ、あの木崎さ……ああ、行っちゃった」

まーくんはそもそも人間じゃないのだが、とにかく部下の心理状態を気にかける理想的な上司は今、悪意なく残酷《ざんこく》な問いを発しようとしていた。

「まーくん、今日はどうした。動きに精彩を欠いているぞ。何か悩みでもあるのか？」

「あ、い、いえ……悩みなんてそんな……」

「そうか？　君も超人じゃないんだ。何か悩みがあるなら、あまり溜《た》め込むものじゃないぞ」

「は、はい……」

「あ、良かった、なんとかなるかも」

真奥《まおう》と木崎《きさき》の会話を遠くから聞いていた千穂《ちほ》は、木崎が真奥にあまり強く踏《ふ》み込まなかったことに胸をなで下ろしかけて、

「ああそうだ。後で君の免許証を見せてくれ。デリバリー業務に就《つ》くクルーの資料として控えておかねばならないのでな」

「あ」

すぐに凍りついてしまった。

見れば真奥も、明らかに顔を強張《こわば》らせている。

木崎はプライベートの悩みに踏み込んでくるようなデリカシーの無いことはしないが、仕事となると話は別だ。

従業員を監督する立場として、万が一にも無免許運転などということが発生しないよう管理する義務がある。

だがその免許こそが、真奥の憂鬱《ゆううつ》の原因なのだ。

「み、見せなきゃ、ダメですか？」

「当たり前だろう。何を言ってるんだ。丁度お客様はいないようだし、ちーちゃんがまだいる間に下に来て提出してくれ」

「わ、分かりました。…………はぁ」

真奥はまるで死刑を宣告された罪人のような絶望的な表情を浮かべ、木崎の後に続いて階下へと下りていった。

「真奥さん……」

千穂は真奥の様子を、遠くから沈痛な面持《おもも》ちで見つめる。

千穂は真奥が元気を失っている理由を全て把握している。他ならぬ千穂自身、誰にも話したことは無いが同じ悩みを抱《かか》えているからだ。

ただ、千穂と真奥では、抱える悩みの性質は同じでも、その悩みが解決するまでにかかる時間は天と地ほどの差がある。

だから千穂は、軽はずみに真奥を慰《なぐさ》めることなどできはしないのである。

「やっぱり、まーくんどっか変だよなぁ」

一方、木崎と同じように真奥のかすかな異変に気がついていた同僚クルーの川田《かわた》武文《たけふみ》は、木崎に連行される真奥の姿を見てぽつりと漏《も》らすが、川田と同じ一階ポジションについている恵《え》美《み》は川田の意見を華麗《かれい》にスルーした。

「そんなことないと思いますけど」

恵美も千穂と同じく夜十時上がりになっており、今のうちにできる仕事を手早く片付けているため川田の声にも顔を上げずに答えている。

「そうかなぁ。なんか動きも悪かった気がするんだけど」

「拾い食いでもしてお腹《なか》壊したんですよ」

「拾い食いって」

川田《かわた》は恵美《えみ》の物言いに苦笑した。

「最初の頃から思ってたけど、遊佐《ゆさ》さんてもしかしてま～くんのこと嫌いなの？」

「幸いにして、好きだったことは一度もありませんね」

はっきり言い切る恵美に、川田は苦笑する。

そこで会話は途絶えたが、そのとき丁度千穂《ちほ》が二階から下りてきた。

時計を見ると十時を少し回っている。

「それで、原因はなんなの？」

恵美はカウンターの内側から身を起こすと、しょんぼりした千穂に少しだけ語気を和らげて尋《たず》ねる。

するとと千穂は顔に負けずにしょんぼりした声で言った。

「……免許証です」

「『免許証？』」

「正確には、免許証の顔写真です」

「ああ」

「どういうこと？」

二輪の免許を持っている川田は何かに気づいたように手を打ち、運転免許証を持っていない恵美はなんのことか分からずに首を傾《かし》げる。

「もしかして、変な顔になっちゃった？」

「そぉなんです……」

「はああ？」

川田の指摘を千穂が肯定《こうてい》し、恵美は真剣に呆《あき》れた声を上げる。

「免許証の顔写真がその、気に入らないらしくて」

「そんなことで、あんなに落ち込んでるわけ？」

「私はよく分からないんですけど、免許証の顔写真を免許センターで撮ったらしいんです。カワっちさんてバイク乗ってますよね？　免許の写真ってそういうものなんですか？」

「うん、そうだね。結構流れ作業でバシャバシャいくよ」

「それで何か、真奥さんが言うには『一瞬《いっしゅん》の隙《すき》を狙《ねら》われた』らしいんですけど」

「でも証明写真の顔の写りなんてそんなものだと思うけどねー。大学の友達の話聞いても、大体みんな不満言ってるよ」

運転免許証は身分証明書として機能することは誰でも知っているが、その性質上掲載されている写真の内容にはかなり厳密な決まりがある。

眉毛《まゆげ》が隠れたり、表情や顔の形を類推できなくなるような髪型や服装や背景は認められないし、基本的には無表情で写る必要があるなど、他人がその個人を識別できないような写り方のものは一切認められない。

逆に条件を満たしてさえいれば免許更新時に持参した写真を使用することもできるが、それでも各免許センターや警察署で撮影されたものを使うのが一般的だ。

そして一度に多くの人間が免許取得および更新にやってくる都合上、ルールに適した写真さえ撮影できれば撮り直しなどということはまず起きない。

結果手渡された免許証に掲載される写真は、往々にして想像したものと違う写り方をしているものなのだが……。

「その、私も学生証の写真を前髪とか失敗しちゃったんで、そんなものですよーって言って慰《なぐさ》めようと見せてもらったんですけど……」

千穂《ちほ》はもじもじと視線を泳がせる。

「その、鼻が……」

「「鼻?」」

「鼻の穴が、丁度大きくなった瞬間《しゅんかん》だったみたいで……」

千穂が困惑して言う。

真奥《まおう》に想いを寄せていることを隠そうともしない千穂がそこまで困惑するからには、それなりに普段の真奥の容貌《ようぼう》に比して違和感があるのだろう。

もちろん免許センターの職員が免許証に適合した写真と判断したのだから、真奥を知らぬ人が見れば当たり前の証明写真にしか見えないはずだ。

しかし彼と普段接している人間にしてみれば、きっと面白い顔になっているに違いない。

折悪《おりあ》しくそんな瞬間に、木崎《きさき》に免許証を提出してきたらしい真奥がカウンターの前を横切ってしまう。

千穂も川田《かわた》も、恵美《えみ》の顔が意地悪く笑うのを見逃さなかった。

「ちょっと見せなさいよ」

「あ？」

「免許、面白い写真撮れたんでしょ。見せなさいよ」

その瞬間、真奥はこの世の終わりのような悲痛な顔で、千穂を見る。

「ちーちゃん、裏切ったな⁉」

「あ、えっと、その、あの、ご、ごめんなさーい！」

千穂はバイザーを手にしたまま視線を泳がせると、さっと身を翻《ひるがえ》してスタッフルームへと逃げていってしまった。

「千穂ちゃんは悪くないわ。私達が無理やり聞き出したのよ。私免許持ってないから見てみたいわ。どんな感じになったの？」

「誰がお前になんか見せるか！　お前も上がりだろさっさと帰れ！」

「いいじゃない減るものじゃなし」

「俺の矜持《きょうじ》と寿命《じゅみょう》と精神とその他色々なものが減る！　帰れ！　失《う》せろ！　もしくはお前も免許取って変な顔で写っちまえ！」

「なんだかなぁ」

そんな三人の様子を見て、真奥《まおう》の後から出てきた木崎《きさき》が厳しい声色で注意する。

「こら、何をしているお前達！　まだ営業時間中だぞ！」

別に騒《さわ》いでいたわけでもないのに一緒《いっしょ》に怒られた川田《かわた》は首を捻《ひね》ってため息をついた。

「ひたすら損した気分だ」

深夜0時半、閉店作業を終えた真奥は電源を切った自動ドアの鍵《かぎ》を外からかける。

普段なら駐輪場に来ればシティサイクル・デュラハン弐号《に》を前に大きく伸びの一つもするところだが、今日の真奥には仕事を終えた者の達成感や解放感といったものは皆無だった。

「畜生《ちくしょう》、恵美《えみ》の奴《やつ》……」

真奥は結局恵美に免許証の写真を蹂躙《じゅうりん》されて涙目になっていた。

「免許の写真、そんなに気に入らないの？」

真奥と同じ時間まで残っていた川田が通勤に使っているバイクに跨《また》ったまま尋《たず》ねると、真奥

MgRonald

は肩を落とす。

「木崎《きさき》さんにもちょっと笑われた」

「そ、そりゃあ、災難だったね。そこまでとなると僕も見たくなってきたよ」

川田《かわた》はヘルメットをかぶりながら言う。

「絶対嫌《いや》だ！　ったく恵美《えみ》が来てから本当ロクなことがねぇ」

「いいじゃん、最近遊佐《ゆさ》さんも元気なかったし、面白写真のネタでクルーの活力を取り戻したと思えばさ」

「ええ？」

真奥《まおう》は川田の言葉に目を瞬《またた》かせる。

「誰が元気なかったって？」

「誰って、遊佐さんが」

「どこがだよ」

「どこがって、なんとなくそう思っただけなんだけど」

川田はヘルメットの具合を確かめながら何かを思い出すように視線を上げる。

「遊佐さんが採用されてすぐくらいかなぁ。一日だけもの凄《すご》く落ち込んでるっていうか、元気の無い日があったの気づかなかった？　あの日は木崎さんいなかったから、まーくんは間違いなくいたはずだけど」

「ああ」

 川田の言う『一日』。仕事中の恵美の様子は覚えてはいないが『落ち込んでる』原因についてはよく分かっている。

「それで、シフト的には僕が次に一緒《いっしょ》になったのは三日後くらいだったけど、第一印象通りに戻ってるようで、まだどこか神経質になってるところが見えたというか……」

「カワっち、恵美のことよく見てんな」

「変な誤解しないでよね」

真奥の言葉に、川田は少しだけ慌《あわ》てたように手を振る。

「遊佐さん、なんだかんだで注目の的だからさ。木崎さんが最初から随分《ずいぶん》見込んでるし、まーくんやちーちゃんも前から知り合いだから気にしてるだろ？　なんかつい見ちゃうんだよ」

「あいつはやめとけよ。本当、面倒な奴《やつ》だぞ」

「だからそういうんじゃないったら！」

夜の闇《やみ》でも、川田の表情が慌てふためいているのが分かる。

「と、とにかくさ、まーくん、遊佐さんの研修担当なんだから、少しそういうとこ気を配ったら？　彼女、強そうに見えて芯は案外脆《もろ》いかもよ」

「……」

真奥は少し呆気《あっけ》にとられる。

「……カワっち、本当によく見てるな」

川田《かわた》が恵美《えみ》と過ごした時間など、恵美がマグロナルドに採用されてからのほんの数日でしかないはずだが、その短い間に恵美の人間性を確実に見抜いている。

「だからぁ！」

「いや、本気で感心してんだよ。カワっち、今からでも本当にカウンセラーとか目指した方がいいんじゃねぇか？」

真奥《まおう》は割と本気で言っているのだが、川田はバイクのエンジンをかけると首を横に振った。

「やだよ。他人の人生に責任なんか持ちたくないし。最初からそういう道目指してないしさ」

「……そりゃまぁ、な」

「それに確かにいろんな相談事は持ちかけられる体質だけど、友達や知り合いだからなんとなくそうかなって思うこと話してるだけで、僕の言うことが正しいなんて保障はどこにも無いからね。遊佐さんに、僕がこんなこと言ってたなんて言わないでよ」

「言わねぇよ。まぁ、一応心には留《とど》めとくけどな」

「頼むよ。んじゃ、またね」

川田は一瞬《いっしゅん》疑わしげな目を真奥に向けるが、それ以上は何も言わず、テールランプを光らせながら帰っていった。

真奥は川田のバイクが見えなくなるまで目で追うと、口を堅く引き結んだ。

「他人の人生に責任なんか持ちたくない、か」

川田が何げなく漏《も》らしたその言葉は、思いがけずに真奥の脳裏《のうり》に深く刻まれる。

「全くもって、その通りだよなぁ」

真奥は駐輪場に駐めてあったデュラハン弐《に》号の鍵《かぎ》を外しながら一人ごちた。

※

「お、をねがうぃ……はなひをきいてほひいの……」

あの日、腫《は》れ上がった両頬《ほほ》をもごもご動かして床にへたり込みつつライラは言った。

「あなたから聞くことなんか無いわ」

少しだけ赤くなった掌《てのひら》を見ながら、恵美は冷徹に言った。

「そこに直りなさい。素っ首刎《は》ねてあげるわ」

「待ってください～！　落ち着いて～！」

「恵美おいお前、それは俺を斬《き》る以上にマズいぞ落ち着け！」

エメラダが腕を押さえ、真奥が恵美の前に割って入っても、恵美は止まる様子を見せない。

「どいて」

生死を共にした仲間のエメラダすら、生死を賭《か》けて戦った宿敵であるはずの真奥すら、見たことの無い冷酷な目。

「どいて、私は怒ってるのよ」

「そ、それは分かりますけど〜」

空気が凍結するのではないかと思うほどに冷たい声。

恵美《えみ》は決して、ライラに対する怒《いか》りで我を忘れているわけではない。

本気でライラを痛めつけようとしているのだ。

「エメ、魔王、それにお父さんも」

恵美はエメラダと真奥《まおう》が背後に庇《かば》うライラとノルドを視線で射抜く。

「私達は訳も分からずその女に振り回され続けてきたのよ。命の危機に陥《おちい》ったことや、大切なものを失ったことも一度や二度じゃないわ。どんな理由があれ、その女が私達の周りでやってきたことは、許しちゃいけないと思わない？」

「で、ですが〜」

「エメだって、この女に散々勝手されてきたんじゃない。随分《ずいぶん》長いことご飯タカられてたんでしょ？」

「そ、それはその〜確かにそういうこともありましたけど〜」

エメラダは初めて日本に来た頃に、セント・アイレの法術《ほうじゅつ》監理院の私室にライラが寝泊まりしていた時期があったのを評して恵美に冗談半分のグチをこぼしたことを思い出し蒼白《そうはく》になる。

「でもそれはその～ここまでするほどのことじゃ～」

「ここまでって何。まさかその女が私の母親だから庇《かば》ってるわけ？」

「そ、それだけではありませんけれど～このままでは～……」

「ええ、きっと殺しちゃうでしょうね」

「エミリア～」

エメラダは悲痛な声を上げるが、恵美を止める方法も言葉も見つけられないでいる。

「恵美！　気持ちは分かるが冷静になれ！　気持ちをぶつけるにしても、今じゃなくていいだろう⁉」

真奥もまた、恵美の本気を測りかねているが、一つ間違えば今の恵美にはアラス・ラムスを聖剣《せいけん》化してライラに切りかかりかねない危《あや》うさが見て取れた。

「あなたに私の気持ちが分かるなんて言って欲しくないわ。あなただってその女が神出鬼没なのは知ってるはずよ。今逃したら次に私達の目の前に現れるのはいつになると思うの？　何百年、何千年後かもね。そうしたらあなた、私の代わりにその女殺してくれる？」

「おい恵美……」

「……」

恵美と真奥が睨《にら》み合う。

奇しくも魔王が天使と人間を庇い、勇者が天使と人間に対し牙《きば》を剝《む》こうとしている構図に、病室内の誰もが固唾《かたず》を呑《の》んで見守るが……。

「……冗談に決まってるでしょ」

恵美《えみ》の方から、ふっと視線を外した。

「あなたは私が倒すのよ。あなたに代わりを頼むはずないでしょ」

「ん……何かおかしい気もするが、今お前が思いとどまったんなら……」

「エミリア～……」

それは、あまりに油断が過ぎるというものだった。

真奥《まおう》とエメラダの間を、一陣の風が駆《か》け抜けた。

真奥もエメラダも、恵美の長い髪が視界を横切るのを見るのが精いっぱいだった。

誰も視認すらできない恵美の超速度の移動を証明するのは、大きく凹《へこ》んだ病室のリノリウムの床のみである。

振りかざされた拳《こぶし》には、恵美にしか為《な》し得ない高濃度の聖法気《せいほうき》が凝縮されていた。

真奥が追いつけたのは思考だけだった。恵美は、本気だった。

「まぁ、落ち着きなって」

だが、魔王も大法術士《ほうじゅつし》も制することができなかった怒《いか》りに逆巻く閃光《せんこう》を、黒い風が音も無く留《とど》める。

「本当に、普通の人間じゃないんですね」

「まるで自分は普通の人間だとでも言いたそうな口ぶりだね」

聖剣《せいけん》こそ翻《ひるがえ》らなかったものの『普通の人間』が食らえば骨まで消し飛ぶほどの拳を涼しい顔で受け止めるのは、大黒天祢《おおぐろあまね》だった。

さしたる力を入れるでもなく、まるで野球のボールを受け止めるような気軽さで、天祢は恵美の拳を片手で受け止めていた。

不意を打たれた真奥とエメラダは一拍遅れて背後を振り返り、恵美と天祢の様子を見て息を呑む。

「え、エミリア……」

「恵美……お前、そこまで」

「そっちはそっちで油断しすぎだね。遊佐《ゆさ》ちゃんがあともう何パーセントか本気だったら」

と天祢は背後に顎《あご》をしゃくってみせた。

「おじさんの方は、この世から消えてたかもよ」

「…………！」

天祢の背後には、震える体でライラを庇《かば》いながら、恵美から目を離さなかったノルドの姿があった。

恵美はノルドを見ていた。父が決して自分から目を離さないであろうことは分かっていた。

父がライラを決して見捨てないだろうことも分かっていた。だから真奥とエメラダを出し抜いても、恵美《えみ》自身、これ以上ライラに対して何かできると思ってはいなかった。

ライラにはどんな非道なことでもできる。だが、父にはできない。

恵美のこの行動はただの試験だ。

「帰るわ」

恵美は天祢《あまね》から離れると、呆然《ぼうぜん》とする真奥《まおう》とエメラダには一瞥《いちべつ》もくれず、

「え、エミ……」

「まま……」

アシエスからアラス・ラムスをほとんど奪《うば》い取るようにすると、漆原《うるしはら》の病室を後にした。

ドアが閉まるまで、誰も声を上げることができなかった。

たった一人を除いて。

「なんだかよく分かりませんけど」

千穂《ちほ》だった。

「私は一応、初めましてじゃないですよね。ライラさん」

「あ、あなたは……」

ノルドの背後で凝固したままのライラ。

その前に跪《ひざまず》く千穂。

「何があったか分かりませんけど……きっと前のときと同じように、あなたは私の体を使った

……そうですね？」

恵美の凶行に動揺《どうよう》する室内で、千穂の様子は一人普段と変わらない。

だがその顔は笑顔《えがお》でありながら、得も言われぬ迫力を持っていた。

「ち、ちーちゃん？」

「真奥さん、大丈夫です。少し話をさせてください」

千穂は声をかけてくる真奥を振り返らず、真っ直《す》ぐ正面からライラの目を見た。

「この部屋にいる間に遊佐《ゆさ》さんが……エミリアさんが何に一番怒ったか分かります？」

「え……」

ライラは呆然《ぼうぜん》として、千穂を見る。

何千年もの時を渡ってきた天使が、たった十七歳の少女の問いに言葉を失っている。

「前に私がこの病院に入院してたとき、力を貸してくれましたよね。私、今の今まで感謝してたんです。あのとき、ようやく真奥さんや遊佐さんの力になれたって思いました」

「そ、それは……」

かつて裁定の天使ラグエルが日本にやってきたときのこと。

ラグエルは天界を出奔《しゅっぽん》したライラを捜す際にテレビの電波に乗せた探査法術《ほうじゅつ》『ソナー』を発信した。

千穂はそのソナーの影響を強く受けて昏睡《こんすい》状態に陥《おちい》ったのだが、ラグエルとラグエルの背後で暗躍《あんやく》していたガブリエルを退けるに当たり、千穂《ちほ》の身に力を宿した何者かが存在した。

その時千穂は、自分に力を貸してくれた存在の声を聞いている。

その声は間違いなく、目の前の天使の声だ。ライラの声だ。

「でも、違ったんですね」

「え?」

「あなたは自分が前に出たくないから、仕方なく私に力を貸してくれたんですね」

「!」

ライラははっとして顔を上げると、千穂ではなく背後を振り返った。

今しがた恵美《えみ》が出ていってしまった病室のドアは、特別室だけあって適当に開閉してもしっかり最後まで閉まるようになっている。

「ライラさん、強いんですよね。少なくとも『普通の人間』……ノルドさんよりは」

「あ……」

「エミリアさんだって話して分からない人じゃないんです。でも、どうしたってお母さんには色々複雑な思いがあるのは分かりますよね。ライラさんがどうして今まで表に出てこられなかったかは分かりませんけど……少なくとも今は、ダメですよね、前に出てこなきゃ」

千穂の厳しい言葉にライラは言葉を失う。

千穂が言う『今』とは、まさに言葉通り、恵美の拳《こぶし》を天祢《あまね》が受け止めた瞬間《しゅんかん》のことだ。

恵美の思いが乗った拳は、どのような形であれライラが受け止めなければならなかった。

だが実際には、ノルドと天祢とエメラダと真奥《まおう》に庇《かば》われ、ライラは恵美の視界から何重にも隠された場所から『話を聞け』と叫《さけ》ぶだけだった。

それは今までずっと恵美の神経を逆なでしてきた、見えないところからちょっかいばかり出しては場を掻《か》き回すだけだったライラの行動を象徴している。

ライラが何か大きな目的のために動いていたのはこの場の誰もが先刻承知だ。

だがその目的のためにこの場の誰かを巻き込むなら、立つべき時には自分が立たねばならなかった。

そして今ライラは、大きなチャンスを失ったのだ。

今や人類最強の存在となった娘、エミリア・ユスティーナに自分の目的を話すチャンスを。

「散々天祢さんに退院したいって言った僕だけど、病室内でこれ以上暴れられても困るんだけど……うぐっ」

漆原《うるしはら》は空気を読まずにそう呟《つぶや》いて志波《しば》に流し目を食らったりしている。

「あ、わ、私……」

ライラは重大な事実に気がついたように声を紡《つむ》ごうとするが、千穂はいっそ非情に徹して首を横に振った。

「私は聞いても何もしてあげられませんし、エミリアさんに伝言もできませんよ。私は『普通の人間』。エミリアさんの友達ですもん。友達が嫌《いや》がること、私できません」

千穂《ちほ》はそう宣言するとライラの返事も聞かず、すっと立ち上がってエメラダの手を取った。

「あ、あの～？」

「行きましょうエメラダさん、誰かが追いかけてあげなきゃ。多分、エメラダさんが一番適任です」

「そ、そうでしょうか～。わ、私よりもベルさんや魔王の方が……」

「な、なんで俺だよ」

鈴乃《すずの》はともかく、突然指名されて真奥《まおう》は慌《あわ》てるが、千穂は首を振る。

「真奥さんは絶対だめです。こんなことの後でめそめそするような遊佐《ゆさ》さんじゃありません。今の遊佐さん、絶対に凄《すご》く怒ってます。そんなところに真奥さんがのこのこ出ていったら火にガソリンです。世界征服を諦《あきら》めるって言ったって斬《き》られちゃいます。今は遊佐さんが斬りかかってこない私かエメラダさんか鈴乃さんじゃないとダメです」

もの凄い分析もあったものだが、千穂の言葉はなぜか全員の胸の中に違和感なく収まった。

「エメラダ殿、行ってくれ」

「ベルさん～？」

千穂の言うことを理解した鈴乃も、エメラダを後押しする。

「千穂殿、この場は私が引き受ける。エメラダ殿を連れて早くエミリアを追ってくれ。今のエミリアには無条件に受け止めてもらえる相手が必要だ。それはこの場の誰よりも、エメラダ殿が適任だろう」

千穂とエメラダが病室から出ていってしまえば、残る人間はノルドと鈴乃だけ。

だがノルドは、どうしたってライラ寄りにしか行動できまい。

そうなれば如何《いか》に志波《しば》や天祢《あまね》がいるとはいえ、事情を一から十まで理解する『純粋な真奥達の味方』がいなくなってしまう。

その点鈴乃は、知と力のバランスから言っても適役だった。

「分かりました！　行きましょうエメラダさん。それじゃ漆原《うるしはら》さん、お大事に！」

千穂はエメラダの手を取ると、颯爽《さっそう》と病室を飛び出してゆく。

後に残された真奥達は、呆然《ぼうぜん》と扉とライラを見比べている。

打ちひしがれた様子のライラは目を見開いたまま床に手をついて荒い息を吐《は》いていた。

嵐のような展開に、真奥は眩暈《めまい》を起こしそうになる。

最初は何百年越しの再会に喜ぶ気持ちが無いではなかったが、次々と巻き起こる予想外の展開にそんな気持ちは宇宙の彼方《かなた》に飛び去ってしまった。

「ライラさんが地球にいらしたのは、十七年前のことでしたかしら」

そこに追い打ちをかけるような志波の言葉。

「「「十七年前!?」」」

真奥《まおう》と芦屋《あしや》と鈴乃《すずの》の声が唱和する。

ノルドの話からも、真奥や恵美《えみ》よりは先行しているのだろうと察しはついていたが、まさかそれほど前のこととは思いもよらなかったのだ。

「待っていただきたい志波《しば》殿、十七年前ということは、つまりそれは」

鈴乃は何度も、ノルドと大家の間で視線を往復させる。

「エミリアが生まれてすぐ、ということか？」

ノルドの問いに、ライラは小さく頷《うなず》いた。

ライラが恵美《えみ》を産んですぐ家を離れた際に、ノルドはライラを追いかけるように空を走る流星を見た。

「あなたと……エミリアが、見つかってしまいそうだったから……」

天界の追跡を振り切ることは簡単だった。

だが今回はそうはいかない。

ノルドとエミリア、そして二人に預けたイェソドの欠片《かけら》の存在を察知されてはならなかったのだ。

そのためには、ぎりぎりまで追跡者に自分を大きな獲物として見せておく必要があった。

「でも……さすがにそこまで接近を許すと全く振り切れなくて」

ライラ自身は大天使の称号を得てはいるものの、ガブリエルら守護天使のような他を圧倒する絶大な力を持っているわけではない。

直接的に比較してしまえば、恐らくサリエルやラグエルといい勝負なのではなかろうか。

「それで、一縷《いちる》の望みを賭《か》けて飛んでいらっしゃったのが、地球、というわけですのよ。現れたのはカイロの郊外。とても星空が美しい夜でした」

「カイロってエジプトのか？　なんでそんな所に……」

「ライラさんのお持ちのイェソドの欠片が私達に引きつけられたから、としか申し上げられないでしょうね。丁度親戚一同がカイロに逗留《とうりゅう》していたときで、あの頃は天祢《あまね》も今のような放蕩《ほうとう》娘ではなく素直な女の子で、親戚の集まりにもよく顔を出していましたから……」

「ミキティ伯母《おば》さん、余計なこと言わないで」

「大家さん、ライラとそんな前から知り合いだったのかよ」

ライラの登場から今に至るまで、全く表情を変えずに泰然《たいぜん》としている志波に真奥が問う。

「追跡してきた天使は何故《なぜ》、追跡を諦《あきら》めたのですか」

芦屋の疑問もまた、どちらかといえばライラ本人よりも志波に向けられたものだった。

すると答えたのは、志波ではなく天祢であった。

「諦めたんじゃないよ。私達がちょっとビビらせたの」

「私達とは、天祢殿と志波殿、ということか？」

「うん、まぁそれも間違いじゃないけど」

鈴乃《すずの》の問いに、天祢《あまね》は首を横に振る。

「うちの親戚連中が、ってこと」

「親戚連中って、まさか、それは……」

「そ。地球のセフィラ一家だね。私みたいな二代目三代目もいたけど、こっちはたまたま親戚集めてカイロに旅行に行ってたんだ」

と、天祢は病室で繰り広げられる展開に早くも飽きて、漆原《うるしはら》のベッド脇《わき》にある、明らかにいじってはいけなさそうな機械に手を出そうとしているアシエスを見た。

「確かあんときはジョージ叔父《おじ》さんのうちに夏休みフルに使って遊びにいったような気がする。あ、ジョージ叔父さんってのは、ケセドの青ね」

「ケセド？　日本にケセドがいるノ⁉」

「ちょ！　今こいつ何か押した‼」

第四のセフィラであるケセドの単語に反応したアシエスは、勢いで漆原のベッドの傍《かたわ》らにある、明らかに素人《しろうと》が押してはいけないスイッチを押して漆原が慌《あわ》てふためく。

「ううん、ジョージっつったでしょ。住んでるのがカイロで国籍はイギリス。あとアシエスちゃんの知ってるケセドとは別もんだからね？　あのときはジョージ叔父さんの招待で皆でカイロに集まってて、大黒家《うち》とミキティ伯母さんと、あとゴールドマン一家もいたっけ？」

「あのときハワイのゴールドマンは急な仕事で来られなかったから、末っ子のティミーが一人で来ていたと思ったけど」

「あー、ティム、あのクソ生意気。あんときあいつ、私がジョージ叔父さんに買ってもらった船のおもちゃ速攻で壊してくれやがったんだよな！」

「クソ生意気でも、今ではゴールドマンの後を継いだ立派な海運会社の若社長よ。今ならおもちゃと言わずクルーザーくらい丸ごと一隻《いっせき》プレゼントしてくれるのではなくて？」

「私だって大黒屋《おおぐろ》の跡取り娘だよ！　ああ、確かに一回くれるっていうからもらいに行こうとしたけど、なんか客船みたいな写真がメールで送られてきて、こんなの君ヶ浜《きみがはま》に浮かべらんないって断ったことあったなー」

他人には毒にも薬にもならない親戚トークを繰り広げる志波《しば》と天祢にしばし唖然《あぜん》とする真奥《まおう》だが、ある地名に引っかかるものを覚えて首を傾《かし》げる。

「エジプトと……ハワイ？」

「でもそっか、思い出してきた。インドネシアのハリアナックがいた！　二人でティムを騙《だま》してラクダに乗せたまま一人で砂漠に半日放り出して、めちゃくちゃ怒られたんだった！　懐かしーなー」

真奥は会ったこともないティムという名のアメリカの青年実業家に同情するが、それ以上に今の親戚トークの中に、大きく引っかかるものがあった。

「エジプトにハワイにインドネシア……む、どこかで……」

「な、何か、思い出しちゃいけない感じがするけど……」

芦屋《あしや》も漆原《うるしはら》も、何かがアンテナに引っかかっているようだ。

「もしかして、あれではないか」

すると、答えを出したのは鈴乃《すずの》だった。

「ハワイ、インドネシア、エジプト。どれも志波《しば》殿が我々に手紙や写真を寄越した国……」

「「うおわああああああああああああ！！！」」

鈴乃《すずの》のその一言で、悪魔三人の脳裏《のうり》に忌《いま》わしい記憶が蘇《よみがえ》る。

それは、決して触れてはいけない、濃縮されたパンドラの箱。

全身黄金色の孔雀《くじゃく》。ピラミッドをバックにしたベリーダンス。

そして最後に魔界の王と二人の悪魔大元帥《だいげんすい》の記憶が到達したのは、恐るべき水着の……。

「し、失礼！　少し外の空気を！　ふぐぅぉっ！」

芦屋は誰の返事も聞かずに病室を飛び出していってしまい、

「〜〜〜っ！」

漆原は奇妙《きみょう》な唸《うな》り声を上げて卒倒し、髪の毛どころか肌も目の色も抜けたというかかさかさになったというかとにかく何も起こってないのにベッドの上で勝手に干からびはじめ、アシエスが勝手にいじった機械が妙《みょう》な電子音をけたたましく鳴らしはじめる。

「う、ん、ぐっ！　ま、負けるもんかあああ！」

「魔王、どうした？」

「マオウ、何、トイレでも我慢《がまん》してんノ？」

真奥《まおう》一人が、顔から滝のように冷や汗を流しつつ、心の中に湧き上がる恐怖と戦っていた。

「な、何が起こったのだ？」

「さ、さぁ……」

悪魔三人のあまりに劇的な反応に、ノルドとライラすら呆然《ぼうぜん》とするばかり。

決して人の世に解き放ってはならない、忌《いま》まわしき『伝説のアノシャシン』の記憶に苛《さいな》まれながら、真奥は必死の形相で大家を睨《にら》んだ。

「あんた……まさか……俺達のことも最初から……」

「ライラさんの一件以来、ゲートの開閉には、親戚一同常に神経を尖《とが》らせていましたわね」

志波は真奥の問いにあっさり頷《うなず》く。

「もちろん、真奥さんと分かって待っていたわけではございませんわ。ライラさんに続いて、エンテ・イスラからやってくる存在を待っていただけですのよ。エンテ・イスラで何が起こっているかはライラさんの口から伺《うかが》っただけですけれども、少なくとも彼女を追ってくる存在は、あまり地球にとって良くない存在だろうことは予想していましたから」

だが結果的にライラの次にやってきたのは、約十五年後のノルド、そしてその後の恵美《えみ》と真奥と芦屋だった。

「ノルドさんは最初からライラさんの手引きでいらっしゃることが分かっていましたし、遊佐《ゆさ》さんは、彼女には気の毒ですけれども、優先順位的に後回しにされたというところですわね。遊佐さんよりもあなた方の方が、地球にも人間にもとても危険な存在だった。ライラさんのお話を忘れたわけではありませんでしたけれども、はっきり申し上げて遊佐さんの性質と力は『危機』には直接繋《つな》がり得ないものでしたから。ノルドさんも遊佐さんも、地球に害を及ぼさないのなら極力関《かか》わらないのが我々地球のセフィラの方針ですの」

「エミリアは聖剣《せいけん》を……イェソドの欠片《かけら》を既に持っていたのにですか？」

ここまで来れば、志波《しば》が既にライラから彼女が関係している事象にまつわる話を聞いており、イェソドの欠片のみならず場合によってはセフィラの大元とも言えるセフィロトの樹についても知っていることは分かる。

鈴乃《すずの》がそう問うと、志波ははっきりと首肯《しゅこう》した。

「形こそ本来のものと違いますけれども、遊佐さんは既に聖剣とやらのヤドリギとして機能していましたし、ああなった以上、遊佐さんの体からイェソドが離れるには、イェソド自身の意志が必要になりますから」

恵美《えみ》にしてみれば、自分も未知の世界の異邦人なのに危なくないから放っておかれたということになるが、確かに聖法気《せいほうき》を減衰させ、天使から天使資格を奪《うば》うほどのサリエルの『堕天《だてん》の邪眼光《じゃがんこう》』ですら恵美から聖剣を引きはがすことはできなかった。

「ヤドリギからセフィラを離すには、ヤドリギが死ぬか、セフィラが自分の意志で離れるか、あとは『最後の手段』しかありません。ですが今現在、エンテ・イスラの状況を見るにその最後の手段を用いることはできない。だから特に遊佐さんの方は、様子を見るのを後回しにしても、問題ないと判断しましたの」

「なるほど。しかし志波殿」

「何ですの？」

「『地球に害を及ぼさないのなら極力関わらない』と仰《おっしゃ》っていましたが、ならばこれはどうなるのです？」

「おい、おい鈴乃、俺を指差して『これ』とか言うな」

「魔王は魔王です。人類に仇為《あだな》す悪魔。天使などよりよほど地球に有害おぉっ」

「おい鈴乃、聞き捨てならんぞ。俺が天使よりも地球に有害だぁ？」

真奥《まおう》が鈴乃の束ねられた髪を掴《つか》んで後ろから引っ張ると、

「な、何をするっ!!」

神妙《しんみょう》な顔をした聖職者は突然吊《つ》り上げられたザリガニのように手をわたわたさせた。

「ですから真奥さんと芦屋《あしや》さんがいらっしゃったときには、私が自ら出向きましたのよ」

「え？」

「え？　こら！　離せ魔王!!」

「あなた方が大層危険な力の持ち主であることにはすぐに気づきました。魔力……負の力こそ失ってはいるものの、とても凶暴な性質を持っている危険があった。しばらく見張って、少しでもおかしな動きをすれば滅するつもりでおりましたんですのよ」

「え」

真奥《まおう》は思わず芦屋《あしや》の姿を探し、先ほど口を押さえて病室を飛び出したまま戻ってきていないことを思い出した。

「結果的には嬉《うれ》しい無駄《むだ》足にはなりましたけれどもね」

「つ、つまり、魔王が全然凶暴ではなかった、と？　だからいい加減離せっ！」

「まさか最初に戸籍を取って住む場所を探そうとなさるとは夢にも思いませんでしたわ。ライラさんですら、それほどの社会性を見せませんでした。その後も隠した魔力を使わずに、来て三日で栄養失調に倒れて救急車で搬送されて、退院したその足で履歴書を買ってアルバイトを見つけてくるような方なら、大した危険は無いと思いまして」

つまり真奥は、日本に来てから恵美《えみ》と出会って漆原《うるしはら》を倒すまで、常に志波《しば》に見張られていたということになる。

「栄養失調で救急車？」

「う、うるせぇ！」

一方、自分が日本に来る前の真奥達の行動を初めて知った鈴乃《すずの》は、しっぽを摑《つか》まれたまま訝《いぶか》しむように真奥《まおう》を見る。

真奥は鈴乃《すずの》の目に耐えられず、とうとう鈴乃の髪を離した。

「まったく……妙《みょう》な痕《あと》がついたらどうしてくれる」

鈴乃は摑《つか》まれていた髪の先をさっと手櫛《てぐし》で直そうとし、

「……まったく」

しばらく髪の先を指先で弄《もてあそ》んでいた。

「ま、まさか不動産屋さんまでセフィラの関係者とか言わねぇだろうな」

真奥は志波《しば》が帰国するまでアパートに関する様々な相談の窓口になっていた不動産屋の社員達を思い浮かべるが、志波は緩やかに首を横に振った。

「単純に、あなた達の行動を先回りして地域の不動産屋さんに一斉にヴィラ・ローザ笹塚《ささづか》の不動産情報の仲介をお願いしただけですわ。唐突《とうとつ》なお願いだったので少なくない額のお金がかかりましたが、私もこう見えて手広く商売をしておりますので、どの不動産屋さんも快く応じてくださいました」

大家の手広い商売の詳細など知りたくもないが、元がセフィラだとしても先ほどから漏《も》れ聞こえてくる志波の懐《ふところ》事情と親戚事情は、庶民《しょみん》には計り知れない次元であろうことは窺《うかが》える。

「その後も近所の方やマグロナルドの皆さん、佐々木千穂《ささきちほ》さんや遊佐《ゆさ》さんとの関《かか》わり合いを見て、私は真奥さん達は衣食住が安定している限り、安全なお人柄な上に進んで異世界からの害を排除してくれることも知りました。アパートを修理しなければならなくなったときには少々肝を冷やしましたが、大黒屋《おおぐろ》が引き取ってくれて一安心でしたわ」

最初からセフィラ達の掌《てのひら》の上で踊っていたことを知り、真奥は不愉快《ゆかい》そうに顔を歪《ゆが》める。

海の家大黒屋に出向いたときも、真奥達は最初、大家からの紹介ビデオを固く封印したまま何日も見ずにいた。

だがいざ電話をしてみれば、天祢《あまね》にも大黒屋にも真奥達以外の人員を募集していた気配は無く、そもそも海も海の家も天祢も、普通の存在ではなかった。

「そういうことかよ。気にいらねぇな。俺はつまり、あんたがラクするために利用されてたってことか？」

確かに真奥は、主として自分の生活を守るために、サリエルを始めとして多くの異世界からの闖入者《ちんにゅうしゃ》を排除してきた。

だがそれが志波の手の上で踊らされてのこととなると、あまりいい気分はしない。

挑戦的な真奥の問いにも、志波は涼しい顔で即答した。

「では真奥さんご自身の意志では日本やあなたの生活を守ろうとはなさらなかったと？」

「……いや、そういうことじゃねぇけど」

「私は真奥さんと芦屋《あしや》さんを一人の『人間』として信頼に値すると判断しましたのよ。真奥さんはいつも立派に信頼に応えてくださった」

「まぁ、あんたに言われると癪《しやく》だが、俺は地球も日本も好きだ。今の生活も、いつかは抜けなきゃならないが、快適なものだと思ってる。だからこそ……どういうつもりなのか、話す気はあるんだろうなぁ」

真奥《まおう》は必死に精神を立て直しながらライラと志波《しば》を交互に睨《にら》む。

「俺は言っておくが、今かなり機嫌《きげん》が悪いぞ」

「も、もちろんよ、私はこの時をずっと待ってたの！　あなたやエミリアみたいな強い存在が、こうして同時に現れるのを……」

ライラは顔を上げて、懇願《こんがん》するように真奥を見る。

その表情には、かつて自分を癒《いや》し、導いた神々《こうごう》しさは微塵《みじん》も無かった。

両頬《ほほ》が思い切り腫《は》れ上がっているのだから神々しさを醸《かも》し出せというのは酷《こく》な注文かもしれないが、それを差っ引いても表情には全く余裕が感じられない。

娘に真正面から存在を拒絶されたショックがそうさせてしまったのか、それとも……。

そして皮肉にも、真奥はずっと知りたかったライラの真意について、彼女の不用意な一言によって興味を失ってしまったのだった。

「世界を……エンテ・イスラを救うために……あなた達の力がひつよ……」

「やめろ」

話せ、と言われたのに唐突《とうとつ》に言葉を遮《さえぎ》られて、ライラは目を瞬《しばた》いた。

「おい、大家さん」

「なんでしょう？」

「漆原《うるしはら》は、もう退院できるんだろ？　その髪の毛、元に戻るのか？」

髪以外にも色々と白くなってしまっている漆原を見て、真奥は普段と変わらぬ調子で言った。

「え、ちょっと、サタン……？」

「ええ、私から離れれば、きっと」

その理屈はよく分からないが、真奥はとりあえず納得《なっとく》すると、

「俺も帰る。大家さん、天祢《あまね》さん、なるべく早く漆原をうちに帰してくれ。」

「え、え？　さ、サタン？」

「……魔王、お前……」

「エ？　何？　話終わリ？　帰るならどっかでお昼食べてかナイ？」

「ま、待って!!」

突然全員を纏《まと》めて引き上げようとする真奥の行動に驚いたライラが、立ち上がって真奥の手を摑《つか》もうとするが、真奥はその手からするりと逃げた。

「さ、サタン？」

「聞く気が失《う》せた。疲れたし、今日は帰る。俺明日も仕事だから」

「待って、待ってよ、突然どうしたの!?　あなた達悪魔も無関係の話じゃないのよ!?」

「そうだろうな。でも聞こえてきた話を総合すると今んとこ『世界の危機』っつーよりは、エンテ・イスラ人類の危機、って感じだろ？　それなら別に、俺達悪魔は真面目《まじめ》に考える必要は無さそうだしな」

「そ、それは違う！　あなた達だって……！」

「お前の話を聞く気はねぇって言ってるのが分からねぇのか!!」

厳しい怒鳴《どな》り声が病室を揺《ゆ》らし、ライラは弾《はじ》かれたように身を竦《すく》ませる。

「サタン……どうして」

真奥《まおう》は悲しげな顔をしたライラに構わず、まだアノシャシンの記憶の影響が残る足でふらふらと病室の入り口を目指し、鈴乃《すずの》は怪訝《けげん》な顔をしながら、アシエスは何も考えてない顔でそのあとに続く。

「今の俺、本気出せばガブリエルだってボコボコにするからな。ノルドんとこに出入りするのは勝手だが、俺んとこに来たりするなよ」

扉に手をかけながら、目だけでライラを振り返る。

「じゃあな」

扉が軋《きし》んで閉まる。

「ま、魔王待て！　……わ！　アルシエル!?　何があった!?」

鈴乃も慌《あわ》てて真奥の後を追い、病室を出たところで何やら大声を上げている。

「なーんかナ」

アシエスも釈然《しゃくぜん》としないものを感じつつも、病室を去ろうとする。

「アシエス！」

その背にかけられたのは、ノルドの声だ。

「……オトーさん、悪いんだけどサ」

「分かってる。お前も決して今望んでここにいるわけでは……」

「それは違うヨ」

アシエスはノルドの言葉を遮《さえぎ》って言う。

「本当の一番初めはマジで何もかもが嫌《いや》だったケド、今は私、ここ好きだヨ。皆もネ」

アシエスは病室の一同を振り返る。果《は》たして彼女の言う『皆』に、アシエスが滅茶苦茶スイッチを押してしまった機械の隣で干からびて倒れている漆原《うるしはら》が含まれているかどうかは定かではないが、とにかくアシエスは少し寂しげに首を横に振った。

「マオウの言うことモ、チホの言うことモ、エミの思いモ、私分かル。オカーさんを恨《うら》んではいないケド、もっと早くナンとかしてほしかったナーって思わないでもないシ。フクザツなんだヨ」

「アシエス……」

「……オカーさんもさ、悪いんだケド、私、まだしばらくマオウ達と一緒《いっしょ》にいたいンダ」

「アシエス？　で、でもあなた……」

「分かってル。分かってるヨ。バカな真似《まね》はしなイヨ。ただ……今はオカーさんの味方にはなれナイ。オカーさんも……天使ダ」

「……っ‼」

　アシエスはそう言って、志波《しば》を見る。

「ミキティ」

「なんですの？」

「私、今『二人』になってるよネ？　ミキティ、なんかシタ？」

「……ええ。『最後の手段』を」

　珍しく、志波が言い澱《よど》む。

「エンテ・イスラでのあなたが、真奥《まおう》さんの魔力の影響を受けて、悪い方向に傾いているような気がしたものですから……」

「勢いだったカモしんないケド、マオウは私が決めたヤドリギなんダ。ミキティにどうこう言われるスジアイないヨ」

「……そうでしたね、ごめんなさい。差し出がましいことをしました」

「ミキティはミキティ達のイェソドを大事にしてあげテ。私は……」

　アシエスはさっと身を翻《ひるがえ》すと、真奥達を追って病室を飛び出した。

「マオウんとこ戻るカラ」

それぞれがそれぞれの言葉と意志で、ようやく現れたライラの前から一人ずつ姿を消す。

後には志波と天祢《あまね》、ノルド、干からびた漆原《うるしはら》、そしてライラが取り残された。

「どう……して」

呆然《ぼうぜん》としたライラの声は、廊下を出たところで倒れて痙攣《けいれん》していた芦屋《あしや》を肩に担《かつ》ぎ、エレベーターに乗ろうとしてアシエスに追いつかれた真奥の耳には届かなかった。

※

あの日のあと、千穂《ちほ》とエメラダが恵美《えみ》を追いかけて何をして、何を話したのかは真奥も特に聞かなかった。

表面上、恵美も千穂も普段通りに、つまり漆原の病室でのことなどまるでなかったかのように過ごしていたから、真奥も話を蒸し返したりはしなかった。

芦屋によると、ノルドがライラを伴《ともな》って永福町《えいふくちょう》に行ったのではないかと思われることが何度かあったらしいが、恵美の様子を見ていれば顔すら合わせてはいないと思われる。

真奥はデュラハン弐号《にごう》を漕《こ》ぎながら、いつものように帰宅し、いつものようにアパートの共用階段を上がる。

階下のノルドの部屋には灯《あか》りがついているが、中に誰がいるかまではいちいち気にしない。

帰宅すれば、芦屋《あしや》の夕食と漆原《うるしはら》の後ろ姿が真奥《まおう》を待っているのだ。

それが、いつもの真奥の暮らしである。

彼が日本で作った、小さな魔王城の姿である。

今は、これがあれば十分なのだ。

だが、この夜はそこにある種余計なものが混じっていた。

「なんだよ、こんな遅い時間に」

鈴乃《すずの》が待っていたのだ。

「今日、ライラが来た。志波《しば》殿とガブリエルと一緒《いっしょ》に」

「ふぅん。芦屋、今日の晩飯《ばんめし》何？」

真奥は本心から興味無さそうに返事をする。

「とりあえず、揚げ出し豆腐と味噌《みそ》汁です。足りないようでしたら、冷凍の豆腐ハンバーグをすぐに用意できますが」

「いいや、今日は休憩《きゅうけい》しっかりとれたから、晩飯はあっさりめで」

「かしこまりました。すぐに温め直します」

「魔王が話を聞きたくなさそうだったから、私も心を鬼にして彼女を追い返したが……」

「なんでお前が俺に合わせる必要あるんだよ？」

「そ、それは……」

鈴乃は、なぜか一瞬《いっしゅん》だけ顔を赤らめるが、すぐに何かを思い出して居住まいを正す。

「き、聞いてしまえば私は相手の話に納得《なっとく》してしまいそうで……」

「お前は別に聖職者なんだから問題もねぇだろ。相手は天使サマだぞ」

「それは、その……そうだが……で、では逆に聞くが」

鈴乃はやはり少しだけ顔を紅潮させながら、芦屋がてきぱきと夜食を準備するコタツの天板を叩《たた》く。

「何故《なぜ》お前はあそこまで頑《かたく》なにライラの話を聞こうとしなかったのだ！」

「おい、時間考えろ。下に響く」

「っ……。なんなんだ、一体……」

下にはノルドと一緒に、もしかしたらライラもいるかもしれない。

今ライラがどこに住んでいるのかは分からないが、少なくとも新宿《しんじゅく》近郊のどこか、ということだけは確実だろう。

ライラを恐ろしく邪険《じゃけん》にしたかと思えば、こんなところで集合住宅に住む者らしく生活音に気を遣ったりする。

そもそも話を聞きたくないと言っている魔王と、話を聞いてほしい大天使が、畳と床板、そして天井板という、二人にとっては全く物理的障害にならなそうなものだけで仕切られているのも妙《みょう》な感じだ。

「訳が分からん」

鈴乃《すずの》は正座した膝《ひざ》の上で人知れず拳《こぶし》を握りながら、大きく息を吐《は》いた。

「正直、あそこで言ったことが全部だ、聞く気が失《う》せたってのが正しいが、あの流れからいって、話の先は想像できるだろ」

「話の先？」

「恵美《えみ》と俺。もちろんお前やエメラダ、芦屋《あしや》に漆原《うるしはら》、場合によっちゃ天祢《あまね》さんやアルバートとかも勘定に入ってるかもしれねぇけど、全員力を合わせてエンテ・イスラの危機とやらを救ってくれってなるに決まってんじゃねぇか。その危機がどういう危機なのか知らねぇがよ」

「む、それは確かに……」

「んで、エンテ・イスラの危機にはアラス・ラムスやアシエス、それにイルオーンあたりが密接に関《かか》わってて、多分セフィラをどうにかしなきゃいけねぇってなるわけだろ？　そうすりゃ必然的に『ヤドリギ』とかいうのにされてる俺や恵美は無関係でいられなくなる。そんな話、聞く必要あるか？」

「必要が有るか無いかと言われれば、私の立場からすれば有る、としか言いようがないが」

「俺の立場にしてみれば、無い、としか言いようがねぇ」

真奥《まおう》は笑いながらそう言った。

「……」

「お待たせいたしました、魔王様」

漆原はパソコンと睨《にら》めっこしたまま何も言わず、芦屋は真奥の前に膳《ぜん》を並べていく。

「だって俺らにしてみりゃ、エンテ・イスラの人間が滅ぶなら願ったり叶《かな》ったりだしよ。大家さんの話が本当なら、あと何百年かの辛抱《しんぼう》なんだろ？　人間だって支配すりゃ使えるかもしれねぇけど、やっぱこれ以上戦うのも難しいし面倒だし、どっちかといえば俺はエンテ・イスラに滅んでもらいたい方だからな。あ、いただきまーす」

「……」

鈴乃はどうも本心からその言葉を言っているらしい真奥が食事に取りかかる横顔を不審げに眺《なが》める。

言葉だけ聞けば、大層非道な発言に聞こえる。

残念ながら彼が魔王である以上、ごく自然な内容だと言えなくもない。

だが、鈴乃はもう知っている。

彼の本性。魔王サタンや真奥貞夫《さだお》の名に縛《しば》られない、彼の本性は、今の言葉を字面《じづら》通りに吐いてなどいないということを。

今の言葉の裏には、必ず別の思惑がある。

鈴乃は相槌《あいづち》を打たず、真奥の次の言葉を待った。

味噌《みそ》汁をすすり、揚げ出し豆腐の思わぬ熱さに目を見開き、結局ご飯を二度おかわりする真《ま》奥《おう》の横顔を、ひたすら見続けた。

「……お前もしつこいな」

「性格でな」

「これ以上何も出ないぞ」

「お前は嘘《うそ》つきではないが正直者でもない。それは私だけでなく、皆が知っていることだ」

「はいはい、それはどうも。もう帰れ。女一人で男の部屋に夜遅くまで入り浸《びた》るとか、破戒僧もいいとこだろうが」

「構わんさ。今更だ」

「……佐々木《ささき》千穂《ちほ》に聞かれたら、結構怖い会話してない？　構わないって何に対して？」

「……やめんか。最近のベルは本当に妙《みょう》なのだ」

背後でひそひそと言葉を交わす男二人を無視し、真奥は深くため息をついた。

「『他人の人生まで、責任持ちたくねぇ』」

「何？」

真奥は、川田《かわた》の言葉を自分なりに引用して言った。

「それに俺には、エンテ・イスラの人間のためとか、ライラの話を聞いてとか、とにかくあの場でどんな理由を押しつけられても行動しなきゃならない理由が無い」

鈴乃《すずの》は相変わらず余計な相槌《あいづち》は打たず、真奥の一言一言を注意深く探《さぐ》る目つきだ。

「あいつに昔助けられたことには恩を感じてないわけじゃないが、その恩を過剰に着せられる謂《いわ》れもねぇ」

「……」

「そんな顔したって、これ以上何も無いぞ。本当に、それ以外理由ねぇんだから」

「……どうやら、そのようだな」

鈴乃はしばらく真奥の顔を正面から見ていたが、やがて諦《あきら》めたように視線を外し立ち上がった。

「となると、私もどうしたものかな」

「だから、俺に合わせる必要ねぇってのに」

「エミリアも千穂《ちほ》殿もあだったからな。友二人に暫定《ざんてい》的主《あるじ》のお前までそう言う以上、私も皆に準じていたい。私の聖務《しごと》は潰《つぶ》しが効かないから、いざという時のために悪魔大元帥《だいげんすい》の再就職口は残しておかねば」

「聖職者とも思えん発言だな」

「邪魔《じゃま》をした」

鈴乃が皮肉な笑《え》みを浮かべ、草履《ぞうり》を履《は》いて、二〇一号室を辞そうとしたそのときだった。

「鈴乃、お前、冶金《やきん》には詳《くわ》しいか？」

その背に、全く予想だにしない問いが投げかけられた。

「やきん?」

鈴乃《すずの》はきょとんとして振り返る。

「それは夜間の勤務のことか? それとも鉱石から金属を精製する作業のことか?」

真奥《まおう》ならどちらかといえば夜間勤務が似合っているが、どうやらそうではないらしい。

「俺な、まだ魔王軍ができたてのころ、初めて鉄でできた武器ってのを持ったんだ」

「それがどうした」

「鉄って人間の歴史の中でも重要な金属だろ? 石とか銅に比べて滅茶苦茶強くて、古代社会をひっくり返すレベルだったらしいじゃないか」

「ああ、そうだが……」

鈴乃は真奥の言わんとしていることが分からず、玄関に立ったまま首を傾《かし》げる。

実際にエンテ・イスラの古代には鉄器を持った国が覇《は》を唱えた記録が残っているし、地球でも紀元前十五世紀にヒッタイトが世界で最初の鉄器時代を築き歴史を変えた記録がある。

だが冶金《やきん》や鉄器が、これまでの話にどう繋《つな》がるのだろうか。

「でもさ、魔界には『手入れ』って発想がなかなか行きわたらなくてな。最初は随分沢山《ずいぶんたくさん》の鉄の武器をムチャな使い方して無駄《むだ》にしちまったんだ」

「だからそれがなんだというんだ」

呼びとめたわりに内容がとりとめがなさすぎて、鈴乃は少し苛立《いらだ》った様子を見せたが、

「いや、そんだけ。ふと思ったんだ。悪いな」

唐突《とうとつ》に話が終わってしまい、拍子抜けする。

「なんなのだ、一体」

「いや、何事にもメンテは必要だなって思っただけだ。ほら、もうすぐデリバリー始まるからさ、またバイク運転するから、なんかそう思ったんだよ。エンテ・イスラでお前と走らせたあれは、メンテ以前の問題にしちまったからな」

恵美《えみ》を助けるためのエンテ・イスラ親征で用いた鈴乃の二台のバイク、ジャイロルーフは、未だに日本に戻ってきていない。

真奥とアシエスが無茶な運転をして東大陸の皇都《こうと》・蒼天蓋《ソウテンガイ》で破壊されてしまい、アルバートが責任を持って全ての部品を回収すると胸を張っているものの、未だに返還されてはいなかった。

如何《いか》なエンテ・イスラとは違う文化圏で製造されたものとはいえ、そもそもアルバートにバイクのパーツが分かるのか、という問題もあるが、今更真奥や鈴乃が蒼天蓋に取りに戻るわけにもいかない。

「結局、デリバリーすんのに人足りなさそうなんだよ。ライラが現れたならノルドの用心棒だってする必要ないだろ？　お前もマグロナルド来いよ」

「遠慮《えんりょ》しておこう。営業スマイルというものはどうも私の性に合わん。厳しい顔をするのは得意なのだがな」

「もったいねぇの」

「…………に、人間の男に言われれば、ま、まだ素直に喜べたな」

「結構素直に喜んでる気がしない？」

「やめんか」

「で、ではな！」

漆原《うるしはら》と芦屋《あしや》が呆《あき》れている声が聞こえて、鈴乃《すずの》は慌《あわ》てたように二〇一号室から出ていった。

「ははは」

真奥はそんな鈴乃を笑って見送ってから、芦屋と漆原を振り返った。

「今の俺達に、火急の用事は無い。今やるべきことは、この生活環境を維持して日本でさらなるステップアップをすること。そうだな？」

「おっしゃる通りでございます、魔王様」

念を押す真奥に、芦屋は少し違和感を覚えつつも大げさなくらいに頷《うなず》いてみせ、

「どいつもこいつも現状維持現状維持か。まぁ、それでもいいんだけどさ」

漆原は、これまでにないほど不自然な『停滞の中のさらなる停滞』に誰憚《はばか》ることなくぼやくのだった。

勇者、新たな道を探しはじめる

夕方、部活を終え帰宅しようとしていた千穂《ちほ》は、携帯電話の着信画面に表示された見慣れぬ番号に首を傾《かし》げた。

「もしもし……？」

三コール以上待ってから恐る恐る着信ボタンを押すと、

『もしもし～、ササキさんですか～？』

「あ、エメラダさん！　びっくりした！　どうしたんですか？」

千穂は、エメラダが携帯電話を持っていることを知らなかった。これは今度、メールアドレスもきちんと聞いておかねばと心で思っていると、エメラダは意外なことを聞いてきた。

『突然お電話してすみません～実はお尋《たず》ねしたいことが～……』

「はい？」

『エミリアの行方《ゆくえ》を～ご存じありませんか～？』

「……え？　行方？」

千穂は思わず立ち止まって目を瞬《しばた》かせる。

『実は～ルシフェルの病室で～ライラに会った日の二日後から家に帰ってきてなくて～』

「はい？　あの日の二日後から？　え？」

千穂はエメラダの言うことに理解が追いつかない。

「おうちに帰ってないんですか？」

『帰ってきてないんですよ～その日にお仕事に行くと言ったままもう三日も……』

「待ってください⁉　だって遊佐《ゆさ》さん、昨日まで三日連続でバイトのシフトに入ってたんですよ？」

『え』

電話の向こうでエメラダが息を呑《の》むのが聞こえた。

「私昨日も普通に顔合わせましたし……帰りもいつもみたいに、笹塚《ささづか》駅で別れました。遊佐さん、ちゃんと電車で帰りました」

『え、ええええ～？　そ、そんなぁ～⁉』

どうやらエメラダも千穂の答えに混乱しているようだ。

「この前、ノルドさんと鈴乃《すずの》さんがライラさんに付き添って遊佐さんのおうちに行ったって聞いたんですけど……もしかしてその日も？」

『その日は～……確か夕方にお仕事が終わるはずだったんですけど～結局帰ってこなくて～』

「あの日には……もう」

千穂は漆原《うるしはら》が退院する直前に、ヴィラ・ローザ笹塚に向けたおかずの差し入れを空振りしてしまった日のことを思い出す。

「遊佐さんに電話はしてみたんですか？　この番号、エメラダさんの携帯電話ですよね」

『はい～私とアルは初めて日本に来たときにエミリアに持たされてまして～……電話はもちろ

んしましたよ〜。でもどうしてか出てくれなくて〜……エミリアは今日はお仕事あるんですか〜?』

「え、ちょ、ちょっと待ってくださいね」

千穂《ちほ》も千穂で状況が呑《の》み込めないまま、鞄《かばん》の中の手帳から直近二週間のシフト表を取り出しざっと斜め読みする。

「あ、今日はお休みですね」

『ええ〜』

エメラダの途方に暮れたような声。

恵美《えみ》が出勤するならマグロナルドで待ち構えていれば良い話だが、来ないとなると今日中には行方《ゆくえ》を摑《つか》めない恐れがある。

大体一番信頼できる仲間であるはずのエメラダに何も言わずに永福町《えいふくちょう》の自宅を留守にするとはどういうことだろう。

エメラダの言葉を信じるならやはりライラのことが影響していると見るべきだが、それではエメラダに何も言わずに姿をくらます理由が無い。

ライラと会いたくないなら恵美の性格から考えるに自分で拒絶したり、エメラダに言い含めたり色々できるはずである。

千穂は、漆原《うるしはら》の病室から飛び出した恵美を追ったときのことを思い出す。

※

「い、いませんね〜どこ行っちゃったんでしょ……」

「こっちです！」

病院の外でエメラダがきょときょとと左右を見回す中で、千穂は片手に携帯電話を持ちながら迷うことなく代々木《よよぎ》駅の方向へと走り出す。

「な、なんで分かるんですか〜？　デンシャに乗るつもりってことですか〜？」

「そこまでは分かりません！　ただ、遊佐《ゆさ》さん間違いなく駅の方向に……あっ⁉」

ＪＲ代々木駅に向かう上り坂を駆《か》け上がっていた千穂は、唐突《とうとつ》に叫《さけ》び声を上げて停止した。

「速くなった……タクシー乗っちゃったのかも」

エメラダは今度こそ驚いて千穂の顔を凝視するが、千穂はそれには気がつかず、携帯電話を握りしめたまま遠くを見るような目つきになる。

「駅の前の交差点から……多分、あっち」

千穂はビルの谷間から恵美の行く先を正確に指差すが、

「ど、どこに向かってるんだろう。永福町に帰るのかな……こっちって永福町の方向？」

どのような理由か、恵美の位置を追尾しているが、恵美がどこに向かっているかは分からないらしい。

「あ、だめだ、遠い。酔っちゃう」

やがて千穂《ちほ》は諦《あきら》めたように大きく息を吐《は》くと、手の中で携帯電話をぱたんと閉じた。

「……多分、遊佐《ゆさ》さんタクシーに乗って家に帰ってるんだと思います。エメラダさん、遊佐さんのおうちに泊まってるんですよね」

「は、はい～……で、でもササキさん、一体どうされたんですか～？　なんだか～エミリアの行き先を～推理とかじゃなくて～気配で感じ取ってたように見えましたけど～」

千穂は手の中のピンク色の携帯電話を見せると、困ったように微笑《ほほえ》んだ。

「緊急時以外には使っちゃダメなんですけど……携帯電話を使った概念送受《イデアリンク》です」

「概念送受っ⁉」

エメラダは飛び上がらんばかりに驚いた。

「遊佐さんの携帯に向けて発信しながら追いかけてたんですけど、あんまり遠いと追い切れなくて……」

「さ、ササキさん、概念送受を会得《えとく》してるんですか⁉　い、一体どうやって？　ササキさんは、日本の方ですよね⁉」

その驚きが如何《いか》ばかりであるかは、彼女の口調が物語っている。

「遊佐さんと鈴乃《すずの》さんと、あとはサリエルさんに色々教わったりして、できるように」

「サリエル⁉　大天使サリエルですか⁉　エミリアに狼藉《ろうぜき》を働こうとして、今はエミリアと魔王の職場の近くで働いているっていう⁉　な、何がどうしてそんなことに⁉」

エメラダの驚きは収まらない。

聖法気《せいほうき》を持っていないはずの千穂がエンテ・イスラの『法術《ほうじゅつ》』である概念送受を使っていることも驚きだし、その習得に恵美と鈴乃とサリエルの三人が関《かか》わっているとなれば、一体どんな事情があったのかおよそ想像もできない。

「遊佐さんがエンテ・イスラで捕まっちゃう少し前に、色々あったんです」

千穂は少し照れながら解説する。

「私はどうしたって真奥《まおう》さんや遊佐さんの弱点って天使の人にも悪魔の人にも認識されちゃってますから、いざという時すぐに助けが呼べるようにって思って、私からお願いしました」

「そ、そうなんですか～」

エメラダはようやく最初の驚きから立ち直ったらしい。

「で、でも凄《すご》いですね～。お覚悟もそうですが～概念送受は高等法術ですし～普通に法術学院なんかで習えば習得には最低でも一年を要するはずですけど～」

エメラダが手放しで褒《ほ》めるので千穂は照れくさそうに笑うが、すぐに顔を引きしめる。

「って、私のことはどうでもいいんです。今は遊佐さんです。多分遊佐さん、おうちに帰ったんです。急ぎましょう」

「で、でも～、なんて声をかければいいか～……」

「そんなこと、顔を見てから考えればいいんです！」

迷うエメラダの手を取って、千穂《ちほ》は再び駅に向かって走りはじめる。

残念ながら女子高生の千穂とエンテ・イスラ人のエメラダには、タクシーメーターは未知の分野なので、電車で追うのが安全確実なのだ。

「さ、ササキさんって～、性格変わりました～？」

ずっと年下の少女に手を引っ張られながら、なんだか意味もなく笑いがこみ上げてきたエメラダは、初めて日本に来たときのことを思い出す。

そのときの千穂はエンテ・イスラの騒動《そうどう》に巻き込まれ、想い人との距離に悩み、混乱するごく当たり前の少女だった。

だが今自分を引っ張る少女に、あの頃の迷いは無い。

「せめて気持ちくらいは強くないと、真奥《まおう》さんや遊佐《ゆさ》さんにはついていけませんから！」

千穂は、息を切らしながらもはっきりとそう言った。

その背中に、妙《みょう》な逞《たくま》しさと頼もしさを感じたエメラダは、

「……あなたが、エミリアの友達になってくれて、本当に良かった……」

そう、心から思った。

「なんですか？」

「いいえ～。それよりササキさん～ちょっとそこの路地に入っていただいていいですか～？」

「え？　そこの路地？」

「はい～、近道を～思い出したので～」

千穂は駅への道から逸《そ》れる方向を指示するエメラダに首を傾《かし》げつつも、大通りから一本裏に入るための、車が交互通行できないほどの道へと折れる。

そして二人の姿が路地の中に消えたと同時に、

「ひゃあああああああああああああぁぁぁぁぁ…………」

千穂の驚きの叫《さけ》びが、代々木《よよぎ》のビル街を突き抜けて遥《はる》か空へと舞い上がったのだった。

※

あのあと、千穂の予想通り恵美《えみ》は永福町《えいふくちょう》のマンションに戻っていた。

もちろんライラの出現にショックを受けてはいた。それでも人目も憚《はばか》らずに空を飛んできたエメラダと千穂を、恵美はいつもと変わらぬ様子でこんこんとお説教した。

おかげで千穂は、実は恵美の家に行くのが初めてだったということに、自宅に帰るまで気づかなかったほどだ。

緊急の事態に不謹慎《ふきんしん》ではあるが、もっと恵美が日頃生活している場所を見たかったという思いもあるが、とにかくそういうことを後から考える程度には、恵美《えみ》は普段と変わらない様子だったのだ。

もちろんいつもと変わらない態度だったからといって、心の内までそうとは限らない。

だが翌日から普通に出勤してきた恵美は本当にいつも通りに見えたので、千穂《ちほ》はつい油断をしていたのだ。

だが、恵美の性格や今の状況を考えれば、一人でどこかのビジネスホテルやネットカフェなどに逗留《とうりゅう》しているというのも考え辛《づら》い。

となると、おのずと選択肢は限られてくる。

千穂はシフト表の恵美の出勤予定時間を眺《なが》めながら、一つ頷《うなず》いた。

「……私ちょっと、心当たりを調べてみます。少し待っててもらっていいですか？」

『分かりました～。お手数おかけします～』

消沈《しょうちん》したエメラダの返事を最後に、千穂は一旦通話を切る。

そして、あまり深く考えることもなく、電話帳に登録された名前を検索し、電話をかけた。

「あ、もしもし？　佐々木《ささき》です。実は遊佐《ゆさ》さんがおうちに帰ってないみたいなん……」

『うえっ』

電話の向こうの相手は、千穂が何か聞く前から驚嘆《きょうたん》の叫《さけ》び声を上げた。

「……その声は……遊佐さんの行き先、知ってるんですね。鈴木《すずき》さん」

決して意図したわけではないのだが、どうやら不意を突いた形になったようだ。

電話の向こうで、鈴木梨香《りか》が逡巡《しゅんじゅん》する気配がした。

恵美の元職場の同僚である梨香も、今や千穂と同じくエンテ・イスラ絡みのトラブルに巻き込まれ、真奥や恵美の真実をかなりの部分把握している身である。

恵美は梨香を精神的にも頼りにしていた気配があるし、恵美がいるとしたら十中八九梨香の所であろうと決め打ちしたのである。

『参ったなー。千穂ちゃん、明日まで待ってもらえたりしない？』

すると梨香は奇妙《きみょう》なことを言い出した。

このとき千穂は、もしかしたら恵美が梨香の家にいないのではないかという予感を覚えた。

「……私はいいんですけど、エメラダさんに何も言わずにっていうのは良くないです。親しすぎるからこそ話しにくいときってあると思いますけど、それでも、人のおうちの冷蔵庫っていって言われても開け辛くありません？」

『ははは、そりゃそうだ。エメラダちゃんには悪いことしたね』

梨香が苦笑する気配が伝わってくる。

『色々聞いたよ。またあの子、随分《ずいぶん》しんどい思いしたみたいね。お母さんが見つかったんだって？』

「はい。見つかったというか、なんというか」

恵美《えみ》が梨香《りか》に大体のことを明かしていることは予想していたので、千穂《ちほ》は素直に答える。

『でさ、私も大体の状況は把握したけども、まー正直な感想として、最終的にはどのみちガチンコでなんとかしなきゃいけない性質の話だな、と思ったのよ』

それは千穂も分かっていることだ。

ライラの登場は確かに劇的だったが、それによって恵美や真奥《まおう》の身辺が大きく動くのかと言われると決してそんなことはない。

せいぜい、今まで何故《なぜ》彼女がひたすら暗躍《あんやく》していたのかの種明かしが行われ、これまで燻《くすぶ》っていたわずかな疑問が解決する程度のことだろう。

ライラには大きな目的があって、その目的を達成するために大きな力を持つ恵美や真奥を当てにしているだろうこともなんとなくだが分かる。

ただ……。

『別に今の恵美って、急いでやらなきゃいけないこと何も無いんでしょ』

そうなのだ。

究極的には恵美の目的は真奥、芦屋《あしや》、漆原《うるしはら》の討伐《とうばつ》なのだが、千穂にとっては喜ばしいことに、最近の恵美が『魔王討伐』についてどこまで本気なのか怪しく思えることが多々ある。

二度と会えないと思っていた父親とも再会し、エンテ・イスラでオルバに囚《とら》われてしまったことについての真奥からの借りも返した。

エンテ・イスラ東大陸の騒動《そうどう》では魔王サタン敗北後の魔界主戦派だったマレブランケ一党も大人しくなり、さらには何かと恵美や真奥達の邪魔《じゃま》をしてきた天界が、向こうから地球への接触を断ったと志波《しば》とガブリエルが証言している。

サリエルは今や木崎真弓《きさきまゆみ》との未来にしか興味が無く、ガブリエルは志波と天祢《あまね》と真奥の力の前に完全に抑え込まれている。

日本で生活する上で生活の糧《かて》を得るための新しい職場にも巡り会った。

となると、今の恵美がやるべきことは、毎日を精一杯生きる、ただそれだけなのである。

もちろん、当面の敵がいなくなったからといって未来の脅威《きょうい》が全て取り払われたわけではない。

だが今や恵美の身の回りには多くの頼りになる仲間がいて、何が起こっても迅速《じんそく》に対応できるこれ以上ない布陣が完成している。

ここまで来れば、恵美はもはや完全に戦いから引退して、エンテ・イスラの故郷で父親との農業生活を再開しても良さそうなものだが、そうできないのはやはり真奥の存在が大きいからだ。

真奥が日本から動く意志が無いのだから、恵美も日本からエンテ・イスラには帰らない。

「……むぅ」

『千穂ちゃん？　どしたん？』

「え？　あ、なんでもないです……」

千穂《ちほ》は頭の中で恵美《えみ》の状況を整理していたら、妙《みょう》なことに気がついた。

恵美の中で『魔王討伐《とうばつ》』の目的が徐々に形骸化《けいがいか》しつつある。

それでも恵美の中でその目的が中断したり消滅したりしないのは、一応真奥《まおう》率いる魔王軍によって、恵美自身だけでなく多くのエンテ・イスラの人々が苦しめられたという事実があり、それは断罪されるべきだと恵美が思っているからだ。

だが、それでも明らかに恵美の真奥への個人的な敵意は以前より衰《おとろ》えており、むしろ千穂が望む皆が仲良く暮らせる状態に移行しつつあるのではないかとすら思えることがある。

だがその状況をシンプルな言葉に置き換えてみると、『恵美は真奥のために日本に留《とど》まっている』ということになる。

それはなんだか、気持ちがとてもざわつく響きだ。

『あー、まー千穂ちゃんにすれば複雑か。ちょろっと聞いたけど、恵美ってば昔よりも真奥さんに対する憎しみとかが薄れてるっぽいしね』

「そ、そういうことはいいんです！　っていうかそれでいいんです！」

千穂は誰も見ていないのに思わず顔を赤らめてしまう。

つい忘れていたが、このお姉さんは察しが良い上に野次馬根性が強いのだ。

そして梨香《りか》がこんなことを分析してくるあたり、恵美は梨香に対してかなりの部分を包み隠さず話したのだろう。

『まー、そこらへんのことはおねーさんそっちで好きにすればいいと思ってるんだけどさ』

「なんですかそこらへんのことって」

きっと今目の前にいれば、梨香は膨《ふく》らんだ千穂の頬《ほほ》に無闇《むやみ》にちょっかいを出してきたことだろう。

『まぁまぁ。でね、要するに今の恵美ってば、真奥さんをブッ倒すってのも、とりあえず横に置いとけることになっちゃったわけでしょ？　漠然《ばくぜん》とした目的になっちゃったっていうか』

「え、ええ、まぁ」

『そんなとこに厄介事の種でしかない放蕩者《ほうとうもの》の親が突然現れりゃ嫌《いや》にもなるよ。恵美にはなんの責任も無いのに、会ったこともないお母さんとやらがどこかで勝手に作った借金を押しつけてくるようなもんでしょ。そんなのに恵美が振り回される必要ないもん』

例は卑近《ひきん》かもしれないが、感覚としてはとても分かりやすい話だ。

『でね、私はまぁ悩みは聞いてあげられるかもしれないけど、やっぱ事情知っちゃってるからどうしても発想がエメラダちゃん寄りになっちゃうんじゃないかなって思ったの。あの子が凄《すご》い力持ってること知ってるから、何かそれを役立てなきゃいけないんじゃないかーって、どっかで思っちゃう気がしてさ』

「ああ、それは……私も、そうかも」

『借金なんて例え持ち出したけど、恵美《えみ》のお母さんはオルバとか天使とかいう人達みたいな悪人とは違うんでしょ？　それこそ勇者エミリアよ、世界を救うためにそなたの力が必要なのだ、くらいの感覚なんじゃないかなーって思ってさ』

「それは、とても当たってると思います」

千穂《ちほ》は漆原《うるしはら》の病室での志波《しば》の話を思い出して頷《うなず》いた。

『ただ、今の恵美にはそういう話を引き受ける義務も、気持ちの余裕も無い』

「はい」

『だからね、私、恵美が仕事とかじゃなくて、彼女の人生にとって大事なことをするために忙しいって状況を作っちゃえばいいんじゃないかって思ってさ』

「遊佐《ゆさ》さんの人生にとって大事なことをするために忙しい状況？」

梨香《りか》の回りくどい解説に首を傾《かし》げる千穂だが、梨香はそんな千穂の様子を見透かしたように忍び笑いを漏《も》らした。

『千穂ちゃん、このあと時間ある？』

「え？　あ、はい、今日はバイトも無いので……」

『んじゃさ、電話終わったら恵美のいるとこメールするから、アポなしで突撃してみなよ。あっちも千穂ちゃんなら丁度いい時期だってことで歓迎してくれると思うし、きっと面白いことになってるから』

「え？　あ、はい、で、でも丁度いい時期って？　っていうか、あっち？」

『行けば分かるよ。千穂ちゃん、今高二だったよね？』

「そうですけど……」

自分の学年が、一体恵美にどう関係してくるのだろうか。

『別に急がなくても恵美は逃げやしないから、エメラダちゃんにはもう半日だけ我慢《がまん》してもらって、恵美に会ってから連絡してあげて。それじゃね、切ったらすぐメール送るから』

「あ、はい、ありがとうございまし……」

た、と言い切る前に、梨香は電話を切った。

「って速っ！」

そして電話が切れて三十秒もしないうちに、梨香からメールが来た。

もしかして千穂が連絡することを見越して予《あらかじ》めメールを作成していたのではないかと勘繰《かんぐ》りたくなるほどの速さだ。

だが千穂は、そのメールの内容にまた首を傾げる。

「……どこ？」

どうやら個人宅の住所のようだ。

場所を検索してみると、豊島《としま》区の雑司《ぞうし》が谷《や》駅近くのマンションの四階。笹塚《ささづか》からだと京王《けいおう》線に乗り入れている都営新宿《しんじゅく》線で新宿三丁目まで行き、そこから東京メトロ副都心線に乗り換える必要がある。

だが、住所と一緒《いっしょ》に記された名前は、千穂《ちほ》の知らない名前だった。

「清水真季《しみずまき》さん……？」


「ここ、かな」

十八時少し前。秋も深まって大分陽《ひ》も暮れた頃、千穂は東京メトロ雑司《ぞうし》が谷《や》駅と、都電の鬼《き》子母神前《しぼじんまえ》駅にほど近い小さな鉄筋コンクリートのマンションを見つけた。

「コンフォートビル四〇一号室。ここ、だよね」

何度も何度も住所と建物の名前を確認しながら、オートロックのインターフォンを押した。

外のポストには、残念ながら住人の名を察せられる表札のようなものは無い。

『はいー』

すると雑音と共に、聞いたことのない女性の声が飛び出してくる。

「あ、あの清水さんのお宅、ですよね」

『そうですけど、どちら様ですか？』

千穂が自信なさげに声をかけ、インターフォンの向こうの声にも警戒の色が灯《とも》るが、

「あの、私、佐々木《ささき》と言います。鈴木梨香《すずきりか》さんから、遊佐恵美《ゆさえみ》さんがこちらにい……」

『あ、ああ、あああああ！』

梨香の名を出した途端に、雑音交じりの声が一気に高くなる。

『はいはいはいはい聞いてます聞いてます！　今開けますね！　遊佐さん！　佐々木先輩がいらっしゃいましたよ！』

がちゃ。

「あ」

何やら随分《ずいぶん》テンションの高い声がしたと思ったら、通話は切られてしまったが、自動ドアは開いたので、入っていいということだろう。

「『先輩』？」

色々と予想できない展開が待っていて、千穂も目を白黒させてしまう。

恵美がいるのは間違いなさそうだが、結局清水という女性の正体は分からないままだ。

千穂はエレベーターで四階に上がると、すぐに目的の部屋を見つける。

ここにも表札らしきものは掲示されていないが、恐らくは防犯目的とかなんらかの理由があるのだろう。

もう一度息を整えると、千穂は部屋の前のインターフォンを押した。

「ようこそいらっしゃーい！」

反応は直接的だった。

待ち構えていたのではないかという勢いで玄関の扉が開き、千穂《ちほ》より少し年上の女性が満面の笑顔《えがお》で千穂を出迎える。

「わあ！　梨香《りか》さんが言ってた通りだ！　すっごく可愛《かわい》いー！」

「あ、あの、は、初めまして、佐々木《ささき》千穂と言います」

「どうも初めまして！　さぁ入って入って。遊佐《ゆさ》さーん！　超可愛い先輩が！」

「あ、あ、あの」

家主の女性に掃除機に吸い込まれるような勢いで部屋に上げられた千穂は、

「あ」

「ごめんね、心配かけて」

「ちーねーちゃ、こにちゃ！」

入ってすぐの洋室で、ソファに腰掛けて気恥《きは》ずかしそうにこちらを見る恵美《えみ》と、ソファでリラックス熊《ぐま》のぬいぐるみと遊ぶアラス・ラムスと目が合った。

「遊佐さん！」

千穂は引き上げられたままの勢いで、恵美に駆《か》け寄る。

「びっくりしましたよ！　エメラダさんからおうちに帰ってないって聞いて！　普通にお仕事来てたから私全然……」

「うん、ごめんね、なんだかヤケおこしちゃってて」

恵美《えみ》らしくない言い訳だが、仕事にはきちんと来ているあたり、確信を持っての行動なのだろう。それだけに、エメラダに心配をかけるようなことをするのがまた解《げ》せないが、とにかく千穂《ちほ》は大きく息を吐《は》いた。

「もう……私や真奥《まおう》さんなんかどうでもいいですけど、エメラダさんにだけは言っておいてあげてください。今の遊佐《ゆさ》さんの気持ち、分からないエメラダさんじゃないですよ」

「うん、それは反省してる。帰ったら、きちんと謝るわ」

しおらしく顔を俯《うつむ》かせる恵美。

千穂は恵美になんらかのトラブルが起こったわけではないと分かって胸をなで下ろすが、さりとて何故《なぜ》こんな所にいるのか、そもそもこの部屋の主《あるじ》である清水真季《しみずまき》とは何者なのか、分からないことだらけだ。

千穂のそんな顔つきを感じ取ったか、恵美が千穂の後ろを指し示す。

「彼女、清水さんは……真季ちゃんはね、ドコデモのときの、職場の同僚なの」

「です！」

「です！」

真季に合わせて、アラス・ラムスの元気のいい合いの手が聞こえてくる。

「遊佐さんにはもの凄《すご》く色々お世話になったんです！」

「そ、そうなんですか……」

明るさと勢いに圧倒されそうになるほど、溌剌《はつらつ》とした女性だ。

梨香《りか》も大概明るいキャラをしているが、真季にはそれに輪をかけたある種暑苦しさすら感じさせるほどのパワーがある。

「遊佐さんから佐々木先輩の話は少し伺《うかが》ってました。清水真季です、よろしくお願いします！」

「よ、よろしくお願いします。あの、失礼ですけど清水さん私より年上……ですよね？　その『先輩』って？」

手を取られ強引に握手された千穂は目を白黒させる。

「ああ、それは真季ちゃんのキャラというか悪癖というか」

「悪癖はヒドいですよ」

真季は笑って口を尖《とが》らせながら、手を握ったまま千穂に向き直る。

「私、遊佐さんと梨香さんに、単純なバイト先の先輩後輩以上にお世話になったんです。二人とも先輩って呼ばせてくれないんだけど、佐々木さんは、遊佐さんの今のバイト先の先輩なんですよね？　じゃあ私にとっても先輩です」

「え!?　あ、あの、こ、困ります！」

一体何を言っているのだ、この人は。話が全く繋《つな》がっていないではないか。

「だから言ったでしょ。やめてあげて、千穂ちゃん真面目《まじめ》なんだから、年上に先輩とか言われたら本当に困っちゃうのよ」

「えーだってー」

真季《まき》は相変わらず笑顔《えがお》だ。

「遊佐《ゆさ》さんが褒《ほ》めるってことは、高校生かもしれないけど凄《すご》い子なんだろうなーってなるじゃないですか」

「なるのは真季ちゃんの自由だけど、その表現はどうかと思うわ」

「遊佐さん、清水《しみず》さんに何を話したんです？」

「当たり障《さわ》りないことしか話してないはずだけど……真季ちゃん、時々変に直情的で」

困惑しきりの千穂《ちほ》に、恵美は申し訳なさそうに手を合わせる。

「それに、梨香《りか》さんからもちらほら話が出てたのも思い出したんですよ。最近友達になった子に凄い高校生がいるって。それって、佐々木《ささき》先輩のことですよね？」

「さ、さぁ、凄いかどうかは自分では……」

「遊佐さんと梨香さんが口を揃《そろ》えてそう言うんだから、これは失礼があっちゃいけないぞって思うじゃないですか普通！」

「はぁ」

普通、というのはこの場合、単なる強調の感嘆符《かんたんふ》くらいの感覚で捉《とら》えた方がいいだろう。

「ということで、佐々木先輩って呼ばせてもらいますね」

「理由も無く年上の人から先輩とか敬語とか勘弁してください！」

「じゃあ年上権限ということで、佐々木先輩って呼ばせてもらいますね！」

「遊佐さぁん！　なんなんですかこの人！」

「ごめんね千穂ちゃん、この二、三日、真季ちゃんテンションおかしくて」

まるでめげない真季に、ついには千穂の方が音を上げてしまった。

「だってあの遊佐さんが私を頼ってきてくれたんですよ！　応えられなきゃ女が廃《すた》るじゃないですか！　テンション上げてかなきゃ！」

「ちょ、ちょっと気分転換に遊びがてら話を聞きに来ただけなのよ」

真季のテンションを言い訳するように千穂に伝える。

「真季ちゃん、それ以上やると千穂ちゃんが怯《おび》えるからちょっと落ち着いて、ね？」

「あ、はい」

恵美の言うことは素直に聞くらしく、すとんとその場に腰を下ろす。

恵美は縋《すが》りついてくる千穂を落ち着かせると、事情を説明しはじめる。

「改めて紹介するわ。この子は清水真季ちゃん。私や梨香の、ドコデモの職場の後輩で、早生《わせ》多《た》大学の……二年生だっけ？」

「え、早生多!?」

真季が何か反応するよりも早く、千穂もよく知る大学の名を聞いて目を丸くする。

「大したことじゃないです。親に言われて仕方なく行ってるだけで、本当は音大に行きたかったんですよ」

「え、いやでも、早生多《わせた》ってそんな簡単な理由で入れる大学じゃなかったような……」

千穂《ちほ》は焦《あせ》る。

大学全入時代と言われて久しいが、やはりある程度のレベル以上の大学は難関としてのポジションを維持し、入学するにはそれなりの努力が必要となる。

高田馬場《たかだのばば》にある早生多は、それなりどころか相当の努力が必要となる大学のはずだが……。

「事情はともかく、頑張りましたから！　ノリが体育会系なのは高校までやってた陸上のせいなんで許してください。これでも我慢《がまん》してる方なんです」

「はぁ……」

大学二年生ということは、最低でも千穂より三歳以上年上のはずだが、一貫して敬語で接してくる真季《まき》に千穂は苦手意識すら覚えつつあった。

「最初はアラス・ラムスまで先輩扱いでね……」

恵美《えみ》が少し遠い目をし、

「だって遊佐《ゆさ》さんのご親戚ならそれはもう私にとっては遊佐さんと同格ですし」

真季がそう言うので、千穂は恵美がアラス・ラムスについてそう説明したのだと把握する。

つまり真季は恵美やアラス・ラムスの正体を知らない。梨香《りか》も何も話していないのだろう。

「あと可愛《かわい》いし！」

「やん、まきねーちゃ、りらくまもってっちゃや！」

アラス・ラムスが戯《たわむ》れているリラックス熊《ぐま》は、真季の私物なのだろうか。

真季はアラス・ラムスの身長とほとんど変わらないサイズのリラックス熊を抱《かか》え上げてじゃれ合おうとするが、アラス・ラムスにすげなく拒否されてしまう。

「可愛いですよね！」

「え、ええ……」

アラス・ラムスが可愛いことには同意するが、それでもこう、なんというか、この何をされてもめげない元気さは木崎《きさき》に熱を上げるサリエルに通じるものがあるのではないかと思ってしまう。

だが、そう思ったところで、恵美が彼女の家にいる理由はその辺りにあるのではないかとも考えはじめた。

そんな千穂の横顔を見て、恵美がぽつりと言う。

「私ね、真季ちゃんに、大学や受験の話を聞きに来てたの」

「えっ⁉」

千穂にとっては、まさに驚きの一言だった。

「そ、それって遊佐《ゆさ》さん、日本の大学に入るって言うことですか⁉」

千穂は言ってしまってから『日本の大学』という発言が迂闊《うかつ》な一言であることに気づきはっ

として真季《まき》を見るが、

「まぁ海外のミッションスクール卒ってのは結構大きいと思いますよ。遊佐《ゆさ》さんの場合は海外の大学の選択肢を捨てるのはもったいない気はしますけどね」

真季はごく自然に千穂《ちほ》の驚きを受けたので、千穂は恵美《えみ》が真季にどんな風に自分の出自を話したのか察する。

恵美はマグロナルドでも、一貫して帰国子女という立場を通している。恐らくドコデモ時代から、その話は周知のことだったのだろう。

「私の周りで大学行ってて、相談できそうな人って真季ちゃんくらいしかいなくてね」

「光栄です！」

真季は光り輝かんばかりの笑顔《えがお》だ。

「結局は例のことでむしゃくしゃしてて、ストレス解消で仕事の後、ご飯食べに行ったりして付き合わせちゃっただけなんだけど……でも、一日だけ真季ちゃんの大学も案内してもらったんだ」

「大学って、学生じゃなくても入れるんですか？」

小中高なら有り得ないことだが、よほど狭いか閉鎖的な立地でない限り、大抵の大学は部外者も自由に出入りが可能であり、一部の学術施設なども申請すれば利用することもできる。

「コマにもよりますけど、聴講生として講義を受けることもできたりしますよ。遊佐さんさすがに遠慮《えんりょ》してましたけど、でも今日のお昼はうちの学食で食べました」

「ええっ⁉」

千穂にとっては新鮮な驚きであった。

高校の進路指導の中で一部私大のキャンパス見学などの催しが開かれていることは知っていたが、そこまで自由に部外者が出入りできるとは思いもしなかったのだ。

高校までの常識なら、生徒や保護者でもない部外者が学校の敷地内にみだりに入ってくるなどあり得ないことだ。

千穂のそんな驚きに覚えがあるのか、

「まぁ、私も高三でオープンキャンパスとか行くまでは知りませんでしたけど」

と、真季も何かを懐かしむように頷《うなず》く。

「大学は、高卒相当の資格を持ってれば何歳になっても入学できますし、地域の人向けのカルチャー講座なんかも開いてますし、色々な企業の人や研究者、他大生なんかも出入りするんです。中学や高校みたいに制服があるわけでもないし、研究施設とか図書館とかを除けば基本誰でも出入りは自由です。名門お嬢様大学とかだと、また違うのかもしれませんけど」

「へぇ……」

千穂はただ相槌《あいづち》を打つしかない。

「目に映るものみんな新鮮で、凄《すご》く楽しかったわ。学食も安くて美味《おい》しくて、いろんなお店選べて」

「店を選ぶ？」

「いわゆる生協の学食の他に、カフェテリアとか教授とかが使うようなちょっとお高めの店とか、うちの学校はそこそこ選べる方だと思います」

「……」

笹幡北《ささはたきた》高校の学食は当たり前だが一つしかないし、ほとんどのメニューは昼休みが始まる頃には売り切れてしまう。

これまで『大学生活』というものを漠然と捉《とら》えてきた千穂《ちほ》だが、真季《まき》の話の大半は千穂の想像だにしなかった話だ。

「まー唯一の心配ごとといえば、美人の遊佐《ゆさ》さんが偶然出会った学部の軽い男共のターゲットにならないかどうかってとこでしたけど、そこはアラス・ラムスちゃんの鉄壁ガードで」

真季は顎《あご》に手を当てて奇妙《きみょう》な笑《え》みを浮かべている。

「そ、それってな、な、なナンパってことですか？」

千穂は知識の上でしか知らない事態を当惑しながら尋《たず》ねると、

「ま、そういうことですね。草食系男子なんて言われて久しいですけど、大学にはまだまだ肉食も健在ですよ」

「わー……」

真季の回答は肯定《こうてい》も否定もしていないのだが、また一つ、千穂は大学についての妙《みょう》な知識を仕入れてしまう。

「佐々木《ささき》先輩なんか、大学行ったらきっと大変ですよ。サークルのシンカンの時期は、勧誘係の男共は飢えたハゲタカのように可愛《かわい》い子に殺到しますからね」

シンカンが何を意味する言葉か分からないが、真季から吹き込まれる大学生活のごくごく一端に触れただけで、千穂は回りかけていた目がさらに回りそうになる。

だが、次の一言に千穂は虚を突かれ冷静になった。

「そういえば佐々木先輩、今高二って聞きましたけど、進路とか、そろそろ回りの声がウザくなってくる頃じゃありませんか？」

「えっ……」

進路、などという言葉は、思えば久々に他人の口から聞いた気がする。

いや、高校生活を送っていれば、もう高二の秋なのだ。千穂の周りにもわずかながら、大学受験を意識した行動を起こす生徒も現れはじめている。

「第一志望じゃない大学に行った私が言うのもあれですし、もの凄《すご》くうっざい大人の意見って思われるかも知れませんけど、やっぱ目的意識がある程度はっきりしてないと、受験も大学生活も全然モチベ上がりませんから、今ぐらいから少しずつ、自分がやりたいってほんのちょっとでも思うものがあったらリストアップとかしておいた方がいいと思います」

「自分のやりたいこと、ですか」

その瞬間《しゅんかん》千穂《ちほ》の心の中に、最初に真季《まき》に迫られたときとは違う大きな焦《あせ》りが生まれた。

千穂にとって今最も大事なのは、真奥《まおう》や芦屋《あしや》や漆原《うるしはら》、そして恵美《えみ》と鈴乃《すずの》とアラス・ラムスと、いつまでも平和に過ごしたい、という願いだけである。

だがそれ以前に、千穂は日本の高校二年生なのだ。

高校二年生には高校二年生として、やらなければならないことがある。

そしてこのまま日常を過ごしている限り、千穂はもう少しで高校三年生に進級するのだ。

「進路……」

高校三年生になれば否《いや》が応でも進路について具体的に考えなければならない。

マグロナルド幡《はた》ヶ谷《がや》駅前店にアルバイトとして採用されたとき、千穂は同じようにして進路について迷っていたが、今とあのときでは自分を取り巻く環境が全く違う。

今も大学に進学する選択肢は、漠然と常に心にあるが、大学に進学するには相応の努力と時間が必要である。

マグロナルド幡ヶ谷駅前店の先輩クルー達の中にも、就職活動を理由に退店する予定の者が何人かいる。

自分もいずれそうやって、自分の生活のかなりの部分を受験勉強にあてなければならなくなるだろう。

今の千穂の成績は、ただ大学生になるだけなら問題も無いレベルだ。

だが、今の真季の話ではないが、そんな軽い気持ちで進学しても後悔の日々を送る羽目になるだろう。

親にも、中身の無い大学生活のためのお金を出させるわけにはいかない。

それに何より、何も努力をせずに行く先を選んだりしたら、自分は真奥や恵美の傍《そば》にいる資格を失う。

「進路かぁ。なんだか、またよく分からなくなってきました」

千穂はこれだけのことを一瞬《いっしゅん》で考えながら、結局纏《まと》まらなかった思いを言葉にして吐《は》き出した。

「それで、遊佐《ゆさ》さんは、早生多《わせた》に入るんですか？」

ぼんやりした質問しかできない千穂だが、恵美《えみ》は笑って首を横に振った。

「まさか、無理よ。先立つ物も無いし、それに受験の過去問集を見せてもらったんだけど、何が書いてあるのかすら分からないレベルだったわ」

「過去問……あの、見せてもらって、いいですか？」

「どうぞ、遊佐さんがそういうこと考えてるって聞いて、こないだ実家から持ってきたんです。そう、その赤い背表紙」

ふらふらと立ち上がり真季の部屋の本棚から、早生多大学過去問題集と題された本を手に取り、しばらくぱらぱらとめくりながら、やがて千穂《ちほ》は耳から煙を吹きはじめる。

「こ、これは……」

全く分からないとは言わないが、大体分からない。中には何を問われているのか判断すらつかないものすらある。

「いくらなんでも、勉強なんか何年もやってない私が急にそんな試験受けられるはずないし、そこまで本気で『大学受験目指して勉強したい！』ってわけでもないのよ。ただ、大学生ってどんな生活してるんだろーなーって興味があっただけで」

「遊佐《ゆさ》さん、英語できるんだから少し頑張ればどうとでもなると思いますよ」

そう言いながら真季《まき》はやおら立ち上がると、部屋の隅から薄いノートパソコンを手に戻ってきた。

漆原《うるしはら》が使っているものとは比べ物にならないほど世代と機能が新しそうな外見の超薄型ノートパソコンを立ち上げると、真季は画面を恵美《えみ》に見せる。

「それで遊佐さん、農業関係が強そうな首都圏の大学っていうとこんな感じなんですけど」

「農業……あ」

千穂はそのキーワードで目を見開く。

「農業で首都圏っていうとなんとなく東京農耕大《とうきょうのうこう》って感じしますけど、明慈《めいじ》も生田《いくた》の方に農学部持ってますし、扶桑《ふそう》大学なんか無い学部探す方が難しいレベルですからね。あとは一口に農業って言っても畜産とか生命科学とか園芸とか都市政策とか色々あって、北郷《きたざと》大とか地方の国立とかにも、面白そうな学部いっぱいありますよ」

「へぇ、ちょっといじらせてもらっていい？」

「どうぞ、ここ、どの大学にもリンクから飛べるようになってるみたいですから」

恵美は本気八割、興味二割くらいの様子で真季のパソコンをいじりはじめる。

「佐々木《さ さ き》先輩は、進路は何かこれっていうものがあったりするんですか？」

「へっ？」

唐突《とうとつ》に振られて、千穂は持っていた過去問集を取り落しそうになる。

「えっと、あの、今のところは英語に強い学校かな、くらいしか……」

なんとなく春先の進路調査票に書いたものを上げてみるが、恵美が農業関係の学部を探すほどには本気ではない。

英語など、農業以上に多岐に渡る分野で研究されている学問で、極端な話どんな学部に行っても英語と無関係ではいられない。

「留学とか考えてる感じですか？」

「留学!?　いえ、そこまでではないですよ！　そこまでではない、ですけど……」

じゃあなんのために英語をやろうと思った、となると、今のところお店に来る外国人のお客さんと話せるようになるくらいしか思いつくことが無い。

「もしかして、やりたいことや勉強したいことが分からなかったりする感じです？」

「……そんな感じです。前は一度、その悩みを吹っ切ったつもりでいたんですけど」

「なるほど」

真季《まき》はうんうんと頷《うなず》くと、パソコンに見入っている恵美《えみ》をちらりと見てから千穂《ちほ》に近づき小声で囁《ささや》く。

「ある人の受け売りなんですけど」

「は、はぁ」

部屋の中には恵美とアラス・ラムスしかいないので、真季が声を潜《ひそ》めたところで意味は無いし、恵美がちらちらこちらを見ているのもとても気になる。

「何をしていいのか分からないなら、本当に自分の大切なものに巡り会ったときのために、選択肢が広がりそうな所に行くことをお勧めしたいです」

「選択肢が広がりそうな所……？」

「そうです。佐々木《ささき》先輩は人生設計する上で、適当に年収の多い男と結婚すればいいって考える人じゃありませんよね。だから、今の時点でやりたいことがパッと思いつかないなら、とにかく普通に勉強頑張って、出願の締切が来るまでは少しでも偏差値と汎用《はんよう》性の高めのとこを目指しとくといいと思います」

「どういうことですか？」

前後の文がなんとなく矛盾している気がするが、とりあえず千穂は先を促《うなが》す。

「例えば、確かに早生多《わせた》はレベルが高い大学として名が通ってますが、世間的には無名で偏差値が高くないと思われてる大学にも、高度で専門性の高い研究ができる学部を擁《よう》した所は沢山《たくさん》あります。志《こころざし》があるなら偏差値や知名度よりも研究環境の良い方へ行くべきですし、その方が絶対にいい仲間に巡り会えます。まぁ、東大《とうだい》とか京大《きょうだい》とかいう話になってくるとまた全然話が違ってきちゃいますけど、そこまではいいですか？」

「は、はい、それはなんとなく分かります。あと、さすがに東大京大は考えないです」

自分でも学校の成績はいい方だという自覚はあるが、東大京大ともなるともはや自分にとってはエンテ・イスラよりも遠い場所である。

「で、ですね、今の時点で目指す方向が分からないなら、なるべくいいとこに入っておけばいざやりたいこと見つけたとき、転身が楽になります。最初から目指すのに比べれば幾分遠回りにはなりますけど、目指せなくなるよりはずっといいと思いませんか」

「確かに……」

何かの実体験に基づくものなのかは分からないが、ひたすら胡散《うさん》くさいテンションの真季の言葉が、妙《みょう》に心に響いた。

「私の先輩にメガバンクの内定を蹴《け》った人がいました。道を歩けばＡＴＭが転がってる誰でも知ってるような銀行です。就職すれば高給取り間違いなし。超有名企業だから親戚や友人にも自慢できますし海外への展望だって開けます。でも先輩はそこを蹴って就活中に偶然出会った別の会社を選びました。どんな業界に行ったと思います？」

「さ、さぁ……地元の銀行とか、大手の商社とかですか？」

拙《つたな》い知識でありそうな選択肢を上げてみるが、真季《まき》は首を横に振った。

「先輩は船のスクリューを作る会社に行きました。今は広島で大きなスクリュー磨いてます。まぁ平たく言えば、造船業ですね」

そんなこと分かるかとは思ったが、千穂《ちほ》も真季が言いたいことがなんとなく分かってきた。

「メガバンクって最高の就職先を蹴《け》ったせいで親戚中から大バッシング食らったらしいです。就職課にも考え直せって説得されたらしいんですけど、先輩は全く揺《ゆ》らがず、俺は日本の造船業を支えるんだって言って飛び出していきました。この間ビルの三階分くらいあるスクリューを作ってオーストラリアの会社に納品したって自慢するメールが届きました。世間的には夢を追いかけて生涯賃金を目減りさせる道に行ったようにしか見えないかもしれませんけど、大好きな船にまつわる仕事に就いて、毎日仕事に行くのが楽しいって思える環境って、得難いものじゃありませんか？　お給料だってそりゃ銀行に比べりゃ少ないですけど、世間の水準に劣らないんですし」

真季は、大企業に夢や生きがいが無いと言っているのではない。あらゆる選択肢を射程範囲に入れるための努力をした人間の実例を語っているのだ。

「世の中いろんな大学や専門学校や会社があって、それぞれにいろんな選択肢があります。その中で佐々木《ささき》先輩の選択肢が一番広がりそうな所を、まずは選んでみてはどうかと思いました。三歳年上なだけで先輩面《づら》するおばさんの、かったるいアドバイスです」

「いえ……そんな」

「まぁ、佐々木先輩に既に永久就職のアテがあるというのなら、深く悩むことはないとは思いますけど、さすがに今どきそれは……」

「えいきゅ…………っ!!」

永久就職とはつまり、高校卒業後に結婚の道を選ぶ、という意味に他ならない。

先ほどから煙を上げっぱなしの耳から今度は蒸気が噴き出して、体の中で何かが爆発し顔が真っ赤になってしまう。

想像力が妙《みょう》な方向に豊かな自分をこのときほど恨めしく思ったことは無い。

そんな至極分かりやすい反応をしてしまった千穂に、真季はにやにやと顔を寄せる。

「あれっ、佐々木先輩まさか……」

「違います違います違います！　私何も考えてません!!」

「こんな美少女のハートを射止めた男がこの世のどこかにいるなんて！」

「あわわわわわわわわ」

「真季ちゃん、千穂ちゃんをからかわないで！」

「はぁい」

見かねた恵美《えみ》が釘《くぎ》を差してきたので、真季《まき》はさっと引き下がった。

「ふー、ふー、ふー」

千穂《ちほ》は荒く息を吐《は》きながら、狭い室内で真季と思い切り距離を取る。

この女性は危険だ。人との距離の詰め方が、梨香《りか》よりも圧倒的に速く強い。

「まぁ、冗談はさておき」

「どこからどこまでが冗談だったんですかぁ！」

割と真剣に抗議する千穂に、真季はあまり反省していなさそうな顔で頭を下げる。

「ごめんなさいごめんなさい。でも、この二、三日ずっとこんなテンションだったんで、つい楽しくなっちゃって」

それで遊ばれてはたまったものではないが。

「でも、真面目《まじめ》な話ではあるんですよ。今やっといて自分が損しない努力は何かって考えるだけでも、結構方向性見えてくると思います……って話を」

真季はちらりと振り返りながら言った。

「私は、少し前に遊佐《ゆさ》さんから言ってもらいました。あの日から私、前より大学生活楽しくなったんです」

「ちょ、ちょっと真季ちゃん!? そ、それって」

唐突《とうとつ》に話を振られて顔を赤らめる恵美。

「覚えてますよ。私、お酒弱いし酒癖良くないって言われますけど、記憶飛んだりはしないんです。あの日遊佐《ゆさ》さんにもらった言葉は、私の宝物です」

「やめてーーーー‼」

あらぬ方向から強烈なボディブローを叩《たた》き込まれて、恵美はその場で卒倒してしまう。

「い、言ったでしょ⁉　私はまだ自分の力で何か成し遂げたわけじゃないし！　そんな偉そうなこと言ったなんて覚えててほしくないから今すぐ記憶から消して！」

「やです。私、あの日以来割と本気で学生生活変わったと思ってるんです。人生のターニングポイントって、本当意外な所にあるなって思ってます」

「バカなこと言ってないで！　まったく……！」

恵美もこの真季にはやや振り回される傾向にあるらしい。

「まきねーちゃ、まきねーちゃ」

「ん？　なぁに、アラス・ラムスちゃん！」

するとそこに、真季の足元にリラックス熊《ぐま》を引きずりながらアラス・ラムスがやってきた。

「ぱぱなの」

「ぱぱ？」

「そ」

「ちょ、アラス・ラムス？　何を言い出すの？」

「あ、アラス・ラムスちゃん⁉」

恵美《えみ》と千穂《ちほ》は、あどけない横顔に恐るべき危機感を抱《いだ》いて声を上げるが、その爆弾は二人の焦《あせ》りをよそに天高く放り投げられたのだ。

「ぱぱなの。ままもちーねーちゃも、ぱぱと仲良し」

「「ちょ⁉」」

「…………アラス・ラムスちゃん」

「う？」

「その『ぱぱ』のこと教えてくれたら、そのリラックス熊《ぐま》あげる」

「真季《まき》ちゃん‼」

「清水《しみず》さん‼」

年端もいかない赤子を賄賂《わいろ》で釣《つ》ろうとする真季を恵美と千穂は全力で止めにかかるが、一度出た言葉は取り消せない。

教えたらリラックス熊をもらえる、と瞬時《しゅんじ》に理解したアラス・ラムスは、目を輝かせて小さな口を開いた。

「ぱぱね、まおうなの」

「まおう？　そういうお名前？」

「清水さんやめてください！　小さい子を賄賂で釣ろうなんて恥《は》ずかしくないんですか！」

「真季ちゃんさすがに怒るわよ！」

女子三人が下階の迷惑も顧《かえり》みずくんずほぐれつしはじめても、アラス・ラムスの独演会は終わらない。

真季は真季で、恵美と千穂の反応を見てアラス・ラムスの言葉に信憑《しんぴょう》性を感じ取ったか、なかなか引き下がろうとしない。

「まおう……なまえ。うん、そう、ぱぱ、まおう」

「まおうさんかぁ！　変わった名前だね！」

アラス・ラムスの口を無理に閉じさせるわけにもいかず、恵美と千穂は二人で真季の口を止めにかかる。

「ぱぱはね、おかねすきなの。でもびんぼうで、しっそなの」

「あ、アラス・ラムスちゃん、もうその辺で……」

千穂は、真奥《まおう》のことを真季に聞かれたくないのはもちろんだが、それ以上にアラス・ラムスが真奥を評して『貧乏』と言い切ってしまったことに驚きと落涙《らくるい》を禁じ得ない。

ここは心を鬼にしてアラス・ラムスの口を『しー』するべきかと考えた瞬間《しゅんかん》、

「それで、すごくさびしがりやさん」

アラス・ラムスが、そんなことを言い出した。

「へ？」

「……アラス・ラムス？」

真季《まき》をクリンチした恵美《えみ》だが、アラス・ラムスの真奥《まおう》評に思わず目を瞬《しばた》かせた。

「真奥さんが、寂しがりや？」

「ぱぱは、おともだちがだいじ。だから、どこにもいってほしくないの」

「ゆ、ゆ、ゆざざん、ぐ、ぐるじ……」

「ぱぱは、おかねがだいじで、おともだちがだいじで、おしごとがだいじなの。だからままもちーねーちゃもすずねーちゃも、ぱぱがすきなの」

「わ、私はそんなことは……」

アラス・ラムス相手に何を言い訳したいのか知らないが『娘』にはっきりと『ぱぱがすき』と評されたことに、恵美はとにかく動揺《どうよう》した。

「ぱぱもおともだちがすきだから……だから、きっと、ままにめってしたの」

「……アラス・ラムスちゃん、それって……」

千穂《ちほ》は真季から手を離して、アラス・ラムスに向かい合う。

もしかして今、アラス・ラムスはとても大切な話をしているのではないだろうか。

恵美もそれを感じ取ったか、うめく真季から手を離してアラス・ラムスに向き直る。

「アラス・ラムス、今あなたが言った『まま』って……もしかして、ライラのこと？」

恵美の質問に、アラス・ラムスは素直に頷《うなず》いた。

「ぱぱはおしごととおともだちがだいじなのに『まま』はかってにぱぱにおしごとさせようとした。……めっ、よね？」

ライラが、勝手に真奥に仕事をさせようとした。

その言葉がどのような意図で放たれたのか、恵美も千穂《ちほ》もはっきりとは分からない。

だが、なぜだかそれはとても筋が通っているような気がした。

ライラが恵美達にエンテ・イスラの世界情勢に絡《から》むなんらかの難題を持ちかけてくるであろうことはあの場にいた誰もが予想できたことだ。

だが、結果的に恵美も真奥もそれを拒否した。

話を聞くことすらしなかった。

なぜ、話を聞く気にすらならなかったのか。

その答えの一端が、今のアラス・ラムスの言葉に隠されているような気がした。

「勝手にお仕事させようとした、か……」

アラス・ラムスは恵美に連れ出されてしまったからあの場には最後までいなかったし、ライラがどんなつもりだったのか、把握しているとはとても思えない。

だがこれまでになくライラを近くに感じ、それでいて交わろうとしない真奥や恵美には、アラス・ラムスも違和感は覚えているのだろう。

そして彼女なりに、その答えを探そうとしているのだ。

「……アラス・ラムス」

「なぁに、まま」

「このリラックス熊《ぐま》は真季《まき》お姉ちゃんのよ。アラス・ラムスのは、私が帰りに新しいのを買ってあげるわ」

「ほんと!!」

たった今まで神妙《しんみょう》な顔をしていたのが嘘《うそ》のように、アラス・ラムスは顔を輝かせる。

「本当よ、今日はもうおうちに帰らなきゃいけないけど、帰りに新宿《しんじゅく》に寄ればまだお店開いてると思うから」

恵美《えみ》は部屋の時計を見上げると、時刻は十九時少し前を差していた。

「ええっ⁉　遊佐《ゆさ》さん、今日で帰っちゃうんですか⁉」

恵美と千穂《ちほ》の渾身《こんしん》のクリンチにもめげずに迅速《じんそく》に復活した真季は、それでいてショックを受けたように目を見開いている。

「うん、いきなり押しかけて二泊もさせてもらったんだもの。これ以上迷惑かけられないし」

「遊佐さんなら別に何日いてもらっても……」

真季は限りなく本気のようだが、そういうわけにもいかない。

「ありがとう、でもごめんね。私、今家に同居人がいて」

「その、まおうさんとやらでぶべべべべごめんまはいごめんまはい」

真季としては全く深く考えずに発した言葉であろうが、恵美は笑顔《えがお》のまま真季の両頬《りょうほほ》を片手でホールドする。

「女の子よ。海外にいた頃の友達。最初に話したでしょ」

「べふよねべふよね、ふいまへん……ふはっ……で、でも、本当にまた何かあったら、いつでも連絡くださいね。私にできることだったら、なんでも協力しますから」

「うん、ありがとう、真季ちゃん」

真季を解放すると、恵美は笑顔を心からの笑顔に戻して、真季の肩を抱く。

「わひゃっ」

「本当に、助かったわ」

「あ、い、いえ、どういたしまひて」

なんだかろれつが回っていないようだが、真季は恵美の肩の上で不器用に首を何度もこくこくと動かしていた。

その様子を見て、千穂は恵美が何故《なぜ》、真季の所にいたのか、なんとなく察することができた。

「また来てくださいね！　絶対また来てくださいね！」

今生《こんじょう》の別れかというほど名残惜《なごり》しさ全開の真季の部屋を辞した恵美《えみ》と千穂《ちほ》は、雑司《ぞうし》が谷《や》駅から副都心線に乗り込む。

永福町《えいふくちょう》の家に帰るのだ。新宿《しんじゅく》三丁目駅方面に向かう各駅停車は、ラッシュというほど混雑していない。

並んで席に座った千穂の隣で、恵美は言った。

「ごめんね千穂ちゃん、結局いつも、私達あなたを巻き込んでばっかりで」

「正直、さっきは初めて巻き込まれたくなかったたって思いました」

千穂は一瞬《いっしゅん》だけ地下鉄の窓に映る自分に向かって遠い目を送る。

「でもおかげで、遊佐《ゆさ》さんが清水《しみず》さんのおうちにいた理由がなんとなく分かりました」

「梨香《りか》が言ってくれたの。どうせならエンテ・イスラとか、天使とか勇者とか全然関係ない所で、頭リセットしたらって」

恵美を全力全開で慕《した》っている真季《まき》のことである。

普通にしていたってフルパワーで恵美を振り回しそうだし、恵美が何か悩みを抱《かか》えているとなったらなおさら元気づけようと大暴れするタイプに見えた。

真季は恵美の正体を知っている様子は無かったから、それほど深刻に真季に何かを話したわけではあるまいが、さりとて大学見学の話が単なる方便だったとも思えない。

恵美はいくらか本気で真季に日本の学生生活について相談に行ったのだろうし、その本気を感じ取ったからこそ、真季も誠心誠意恵美に応じたのだ。

きっと今の恵美には、そういう相手が必要だった。

恵美は膝《ひざ》の上で船を漕《こ》ぎはじめたアラス・ラムスの髪を梳《す》くようになでる。

「マグドの仕事終わったら、真季ちゃんと待ち合わせてご飯に行ったり、ジムに行ったり。あの子、アラス・ラムスがいても全然驚きもせずに、一緒《いっしょ》にアラス・ラムスの寝間着買いに行ってくれたり。おかげでなんだか久しぶりに、気分がすっきりしたわ……その分後で、エメには埋め合わせしなきゃだけど」

「きっと、分かってくれますよ」

「分かってくれても埋め合わせはちゃんとしなきゃ。こういうときのエメの要求って大抵食べ物に関係することだから、今から頭が痛いわ」

「あはは」

千穂が小さく笑う顔を見ながら、恵美も微笑《ほほえ》んだ。

「……この前のことは、私もやり過ぎたと思ってるわ。この何日かで、それがよく分かった」

「遊佐さん？」

「考えようによってはだけど、私だって今回、真季ちゃんが何も知らないのをいいことに、彼女をダシにして自分一人がスッキリしたいがために利用したようにも見えなくない？」

「でも、お友達って、そういうものじゃありません？」

千穂《ちほ》は小さく首を横に振った。

「清水《しみず》さんは別に遊佐《ゆさ》さんに見返りを期待して受け入れてくれたわけじゃありませんし、遊佐さんだってきっといつか全然違う形で、それも無意識に清水さんに何か今日のことをお返ししようとするでしょう?」

「それはそうなんだけどね、なんて言ったらいいかなぁ……確かに私はライラのせいで色々酷《ひど》い目に遭ってきたけど、ライラの側から見れば、彼女なりに私のために色々な努力を払ってきたってところは、否定しちゃいけないと思ったの。少なくともその努力は、彼女の目的のためにたまたま私が必要だった、ってことじゃなく、私が彼女の娘だから、って理由だからだと思うの……ごめんね、言ってること、めちゃくちゃ」

「大丈夫です。分かりますよ」

千穂は頷《うなず》く。

「遊佐さんを『聖剣《せいけん》の勇者エミリア』としか思わないような人と、ノルドさんが結婚するとは思えません。もちろん、ライラさんを全面的に支持するつもりもありませんけど……ライラさんは、遊佐さんがずっと会えなかった娘だから、どうしていいか分からなくてあんなことしたんだと思います」

「まぁ、ちょっとくらい歩み寄ってもいいかなって思っただけで、別にあの人をお母さんなんて呼ぶ気は毛頭ないんだけどね」

「いいんじゃないですか、それで。いきなり無理ですよ。実際にお母さんかもしれないですけど、遊佐さんにしてみればいきなり現れた知らない人でしょう？　血の繋《つな》がりがあるってだけで、一日会って全てを理解し合えるなんて有り得ないですよ。普通に両親と十七年一緒《いっしょ》にいる私だって、時々喧嘩《けんか》しますし」

「千穂ちゃんがお父様やお母様と喧嘩するって、なんだかすごく意外だわ」

「別に私だって、そんなにいい子じゃないですもん」

「千穂ちゃんがいい子じゃなかったら、世の中悪人だらけよ」

ひとしきり笑ってから、恵美《えみ》はふと千穂の一言を噛《か》みしめる。

「知らない人……か」

その言葉を、恵美はずっと前に、全く違う人物の口から聞いた覚えがあった。

まだアラス・ラムスの正体がはっきりする前のこと。

『その天使って、誰なの』

『お前の知らない奴《やつ》さ』

あの男はぬけぬけと、かつて己の命を救った天使のことを評してそう言った。

確かに、あのときの恵美はライラのことなど『この世のどこかにいるらしい自分の母親』程度にしか思っていなかった。

ライラ本人のことは、知らなかった。

エメラダやアルバートにその存在を聞かされても、そのことで心が動いたかといえば、父が生きていると知ったときほどではなかった。

だがそれでも恵美《えみ》は、ライラが自分の母親である、ということを知っていた。

恵美が知っていることを、あの男は傍《そば》で聞いて知っていた。

だから、なのだろうか。

『自分の母親がかつて、人類の仇敵《きゆうてき》となる男の命を助けた』という事実を、真奥《まおう》は何故《なぜ》、恵美に語らなかったのか。

「……」

「う……」

恵美のアラス・ラムスを抱きしめる力が少しだけ強くなり、腕の中でアラス・ラムスが身をよじる。

「遊佐《ゆさ》さん？」

あのとき、ライラのことを恵美に語らないことで、真奥になんの得があったのだろう。

どんなに考えても、何も無い。

ライラの過去に関する情報を独占したからといって恵美に対して優位に立てるはずもないし、あのとき恵美より優位に立つならアラス・ラムスやイェソドの情報を隠すなりなんなり、いくらでも他の手はあった。

あの時点で、真奥が恵美に対してライラの情報を隠した理由など、一つしかない。

「……やめてよ」

恵美が、傷つかないようにするためだ。

恵美を、思い悩ませないためだ。

サリエルが日本にやってきた直後のことで、ただでさえ天使や天界に対する不信感が募《つの》っていた頃である。

もしかつて『魔王』を救ったのがライラだと知れば、恵美は激しく動揺《どうよう》しただろう。

まだ勇者としての矜持《きょうじ》と魔王討伐《とうばつ》の志《こころざし》が生活の原動力であった時期なだけに、もしその事実を知らされれば自分の母のしたことと自分の勇者の使命の間に生まれた齟齬《そご》に耐え切れず、アラス・ラムスのために行動できなくなってしまったかもしれない。

「魔王の……くせに……」

そんなことをあの時点で真奥に見抜かれていたことも腹立たしいし、聞かされていてもそんなことにはならなかった、と言い切る自信も今は無い。

「まま？」

うとうとしていたアラス・ラムスが、抱きしめる力の強さに気づいてぼんやりと恵美を見上げると、恵美はその視線から逃げるように、アラス・ラムスの小さな肩に顔を埋《うず》めた。

必死で、あのとき真奥がライラのことを自分に隠した理由を他に求める。

あのときライラのことを隠すことで、真奥《まおう》は恵美に不利益を及ぼそうとしたはずだ。もしくはその情報を独占することで、彼になんらかの利益があったはずだ。そうに決まっている。そうでなくてはおかしい。

だってそうでなくては……。

「遊佐《ゆさ》さん、大丈夫ですか？」

「…………うん、平気」

千穂《ちほ》の心配そうな声に、恵美《えみ》は顔を上げずに答える。

やがて電車は乗換駅の一つ前の東新宿《ひがししんじゅく》駅に到着する。車内放送が、この駅で後から来る急行列車の通過を待つために三分ほど停車することを乗客に知らせる。

「遊佐さん……」

「うん、分かってる。はぁっ」

恵美は大きく息をつきながら、顔を上げた。

「い、息止めてたんですか？」

「え？」

上げた顔を見た千穂が、困惑したようにそんなことを言い出した。

「なんだか遊佐さん」

「うん？」

「顔、赤いですよ」

「……へ？」

恵美ははっとして、顔に手を当てる。

もちろんそんなことで自分の顔色など分かるはずもない。

だが夜の地下鉄特有の青白い照明の下でそう見えるということは、やはり自分の顔は少し赤らんでいるのだろう。

何故《なぜ》だろう。

分かっている。

今更否定しても、始まらない。

「千穂ちゃん、私……」

「はい？」

その言葉は、さほどの勇気を必要とせず、ぽろりと口から飛び出した。

「……なんだか、それほど嫌《いや》じゃないみたい」

発車のベルが鳴り、ドアが閉まって電車が動きはじめた。

「へ？　何が……」

千穂は訳が分からず首を傾《かし》げたが、残念ながら次の瞬間《しゅんかん》起こった出来事により、その疑問を解決する時間は失われてしまった。

『急停車します！　お摑《つか》まりください！　急停車します！』

突然車内に機械音声による車内アナウンスが鳴り響き、身構える暇も無く発車したばかりの電車に急制動がかかった。

座っていた二人も大きくバランスを崩し、恵美《えみ》はアラス・ラムスをしっかりと抱きしめる。

「な、なんなの⁉」

「きゃああっ！」

線路と車輪が軋《きし》む耳障《みみざわ》りな音がして、電車は上がりかかっていたスピードを一気に落とす。

ラッシュではないが、何せ池袋《いけぶくろ》と新宿《しんじゅく》を結ぶ地下鉄である。それなりの数の乗客は一斉に慣性の法則に巻き込まれ、そこかしこで転倒する者が相次いだ。

「千穂《ちほ》ちゃん、大丈夫⁉」

「わ、私は大丈夫です。それよりアラス・ラムスちゃんは……」

やがて完全に停車した電車の中で、恵美と千穂はお互いの無事を確認し、
アラス・ラムスも大きく目を見開きながらも、それ以上動揺《どうよう》はしていないようできょろきょろと周囲を見回している。

「びっくり！」

他の乗客も転倒したものの大怪我《けが》を負うような者はいなかったらしく、それぞれに既に落ち着きを取り戻しはじめていた。

『えー、ただいま急停車いたしました。ただいま……えー』

少し慌《あわ》てた様子の乗務員の放送が入ったのは、そのときだった。

『この電車、えー、この先、新宿三丁目《しんじゅくさんちょうめ》駅で非常停止ボタンが押されました関係で、急停車いたしました。えー』

えー、と言う度に放送の後ろから、色々な機器が作動する音や、無線で何かをやり取りする音が断続的に聞こえる。

『お急ぎのところ大変ご迷惑をおかけいたしますが、この電車この場所でしばらく停車いたします……』

「それにしても、凄《すご》い勢いだったわね」

「大きな事故とかじゃないといいんですけどね」

恵美と千穂は腰を落ち着けて顔を見合わせる。

他の乗客も、もはや電車が動いていないことを除けば普段の電車内と変わらぬ様子を見せている。

本を読む者。音楽を聞いている者。携帯電話やスリムフォンをいじる者。中にはあの大騒《おおさわ》ぎにも関《かか》わらず座席で高いびきを掻《か》いている豪の者もいる。

なんとなく静かになってしまった車内で落ち着かなげに視線を彷徨《さまよ》わせていると、

『えー、お客様にお知らせいたします』

再び車内放送が入ってきた。

『先ほど新宿三丁目《しんじゆくさんちようめ》駅構内で、お客様が線路内に転落したとの通報がありました。そのためこの電車止まっております。安全の確認が取れ次第、発車する予定でございます。お急ぎのところ、またお疲れのところ大変ご迷惑をおかけいたしますことを、お詫《わ》び申し上げます』

「こればっかりは鉄道会社のせいじゃないっていつも思うんだけどね……千穂《ちほ》ちゃん？」

恵美《えみ》はなんとなく天井を見上げてそう言うが、千穂の方を見るとなぜか困惑したように眉《まゆ》を八の字に寄せていた。

「どうしたの？」

「あ……いえ、ちょっと変な想像しちゃって」

妙《みよう》に小声で答える千穂。

「変な想像？」

「遊佐《ゆさ》さん、ニュースの隠語って最近ネットとかで流行《はや》ってるの知ってます？」

「どういうこと？」

恵美が首を傾《かし》げると、千穂は記憶を探《さぐ》るようにしながら小声のまま言う。

「幡ヶ谷《はたがや》駅前店だとお手洗いのこと、十番って言うじゃないですか。お客さんに聞かれても分かりにくいように。あれと一緒《いつしよ》で『重傷』と『重態』の違いとか『全身を強く打って』は本当はこんな意味で……ってやつです」

「あー、何か聞いたことあるわ。『線路内に人が立ち入って』は実は痴漢《ちかん》とかって話でしょ？　え、まさかそれが原因でっていうこと？」

まさか痴漢のせいであれほどの勢いの急ブレーキがかけられたとも思えないのだが……。

「いえ……最初はそっちかな、と思ったんです。でもさっきの放送、普通に『線路内に転落』って言ってましたよね」

「そうだった？　あんまりきちんと聞いてなかったけど……」

「新宿三丁目の副都心線のホームって、転落できます？」

「え？」

「少なくとも新宿三丁目はホームドアがあったはずです。それなのに線路に転落って……」

「や、やめてよ。千穂ちゃんらしくもないそんな怖い想像……きっと何かちょっとした言葉の綾《あや》よ。ドアとホームの隙間《すきま》に足が挟《はさ》まったとかじゃないの？　そういうのよく聞くじゃない」

「そ、そうですよね」

恵美に窘《たしな》められた千穂自身、何故《なぜ》自分が唐突《とうとつ》にそんな不吉な想像をしたのかはよく分からない。

だが、どうしても違和感が拭《ぬぐ》えないのだ。

携帯電話の時計を見ると時間は十九時過ぎ。新宿三丁目は大勢の人が行き来する時間だ。

そんな中、線路に侵入でも立ち入りでもなく、転落である。

気にしすぎ。そんなことは分かってる。

だから早く電車が動いてほしい。どうもやはり自分は真奥《まおう》や恵美《えみ》達と一緒《いっしょ》にいるおかげで妙《みょう》な方向に心構えをしてしまう傾向にあるようだ。

せっかく恵美の悩みが少しだけ寛解《かんかい》しそうなのだ。余計なトラブルは無しにして、さっさと駅に着いてほしい。

だが、千穂《ちほ》の小さな願いは地下深くにいるせいか、天には届かなかった。

突然、車内の照明が一斉に消えたのだ。

「何!?」

トンネル内のわずかな数の蛍光灯《けいこうとう》の灯《あか》りだけが差し込む地下鉄の車内はほとんど暗黒に等しく、そこらじゅうで慌《あわ》ただしく携帯電話の待ち受け画面の光が明滅しはじめた。

中には慌てつつもカメラ機能の一部であるライトを点灯させて、周辺を照らす者もいる。

千穂の妙な想像に困惑していた恵美だったが、さすがに異常事態に至っては千穂の安全を確保するように左手を千穂に沿えながら油断なく周囲を見回した。

そこかしこで乗客が携帯電話のＬＥＤライトを点灯させ、不思議と車内の様子は端から端まで見て取れたが、それだけに全員が明らかに動揺《どうよう》の色を濃くしており、既に怯《おび》えてすすり泣き出す女性までいる。

『お、お客様にお知らせいたします』

すると、やや上ずったような乗務員の放送が暗闇《くらやみ》に響き渡った。

背後では無線機器と思《おぼ》しきものが騒《さわ》がしく音を立てており、これが尋常《じんじょう》の事態でないことを裏付けていた。

『この電車、只今《ただいま》全車両に於《お》いて照明が、その、消灯しております。間もなく非常灯が点灯いたします。お客様におかれましては、落ち着いて行動し、乗務員の指示があるまで、決して……………え？』

慌てつつもなんとか職務をこなそうとする健気《けなげ》な乗務員の声が、妙《みょう》なところで途絶えた。

『な、なんだ……だ、誰か、線路に……』

「なんなのよ……」

車内放送のスイッチを切り忘れているのか、明らかに職務を離れてしまっている独り言に、恵美は顔を顰《しか》める。

「だ、誰か非常通話ボタンを押せよ！」

乗務員の妙な言葉に不安を覚えた乗客の誰かが、半ば叫《さけ》ぶようにそう言う。

恵美もはっとして非常通話ボタンの位置を探すが、千穂の傍《そば》から離れなければ押すことができない場所にあったため、躊躇《ちゅうちょ》してしまう。

『A１８７５Tより指令！　せ、線路に人がいます！　新宿三丁目《しんじゅくさんちょうめ》駅側より接近……あっ』

そこで乗務員は、ようやく車内放送が繋《つな》がったままであることに気づきスイッチを切ったようだ。

だがそのタイミングは、却《かえ》って乗客に不安しか残さない結果となった。

何か普通ではあり得ない状況に立ち至ったのは誰しも分かっている。それならば例え意味が分からなくても、誰かに状況を教えてもらいたい。

静寂の中では、不安も相まって恐怖は加速度的に増大していくのだ。

恵美《えみ》は固唾《かたず》を呑《の》んで油断なく身構えていた。

右腕でアラス・ラムス、左手で千穂《ちほ》を抱《かか》え、いつ何が起こってもいいように座席からかすかに腰を浮かせ、不安で騒《ざわ》めく乗客の間をすり抜けてかすかな異変も見逃すまいとしている。

そしてそれは、唐突《とうとつ》に起こった。

「まま!!」

警告は、腕の中にいたアラス・ラムスから発せられた。

十両編成の車両全体が、本来進むべき方向とは逆方向へと動き出したのだ。

正常な動き方でないことは明らかで、車内に悲鳴が上がる。

「遊佐《ゆさ》さん!」

「じっとしてて! 私から離れちゃだめよ! くっ!」

今度ははっきりと、衝撃だった。

逆進などという生易しい動きではない。

まるで十両編成の全車両が玉突き事故を起こしたように衝撃で車体が揺《ゆ》れたのだ。

「なんなの、何が起こってるの⁉　……またっ⁉」

先ほど途切れて以降車内放送が再開される気配は無い。

三度電車が揺れる。

「ゆ、遊佐さん、これってもしかして……」

「そ、そうね、あまり考えたくないけど……」

恵美は千穂の考えを先回りして頷《うなず》いた。

電車の窓から見えるトンネルの中は、うっすらとだが通常の蛍光灯《けいこうとう》が灯《とも》っているのが見てとれて、衝撃の前後に何か音が聞こえるわけでもないので、例えばトンネルの崩落とか重大事故の発生とかそういうことではないようだ。

そして、放送が切れる間際の『線路に人が』の声。

今この電車は、線路上にいた『人』に襲われているのではないだろうか。

「遊佐さん、私は……」

そのとき千穂が決意を込めた眼差《まなざ》しを見せるが、恵美は言葉を遮《さえぎ》って首を横に振った。

「ダメよ、千穂ちゃんをこんな中に残していけないわ」

明らかに尋常《じんじょう》でない事態にできればすぐにでも車外に出て状況を確認したいところだが、車内も安全とは言い切れない状態で千穂を残しては行けない。

とはいえ外に連れ出すのはそれこそ状況が分からない現時点では危険が伴《ともな》うし、こんなときだが『みだりに車外に出ずに乗務員の指示に従ってください』の車内注意書きがやたら気になったりもする。

「で、でもこのままじゃ……んっ！」

逡巡《しゅんじゅん》する間にも、また電車全体が大きく揺《ゆ》れた。

「仕方ないわね。千穂《ちほ》ちゃん」

「は、はい」

「最後にホーリービタンβ《ベータ》を飲んだのはいつ？」

「……！」

千穂は、大きく目を見開いた。

「ちょっと大がかりなことやるわ。影響を受けやすい千穂ちゃんがまた気絶しちゃったら大変だから、できるだけしっかり聖法気《せいほうき》を練《ね》ってほしいの。できる？」

「大丈夫です。最後に飲んだの、つい最近ですから」

千穂は小さく頷《うなず》いた。

「漆原《うるしはら》さんの病室に行った日に、概念送受《イデアリンク》を使ったからその日のうちに……」

「後からエメに聞いたわ。凄《すご》い応用の仕方したらしいわね。今度ゆっくり聞かせて頂戴《ちょうだい》」

恵美《えみ》は小さく微笑《ほほえ》むと、すぐに気を引きしめて顔を上げ、電車の進行方向を睨《にら》んだ。

千穂は恵美の言う通り、緊張で早鐘《はやがね》のように鳴る心臓を抑えるように、大きくゆっくり深呼吸する。

自分の体の中で、暖かい力が大きくなっていくのを感じる。

すると、力がある程度まで大きくなった瞬間《しゅんかん》、その力がより大きな力に取り込まれるのを感じた。

千穂は驚くが、自分の力を包むのが恵美の聖法気であることを感覚と本能で感じ取った。

「……千穂ちゃん以外は、大丈夫なはず」

恵美は少しだけ不安げにそう呟《つぶや》くが、もはや迷いを捨てたように額《ひたい》に意識を集中させる。

「千穂ちゃん、アラス・ラムス。耳を塞《ふさ》いで」

「はい」

「あい！」

千穂は疑問は差し挟《はさ》まず、アラス・ラムスと共に素直に言うことに従う。

その瞬間、

「わ！」

千穂は、体全体に走った鈍《にぶ》く重い衝撃に驚き声を上げる。

何か大きな波のようなものが、自分の体を含めた空間を覆いながら通り抜けたような、そんな感覚だ。

「い、今のはなんだ⁉」

「もういや！　早くここから出して！　いつ動くのよ！」

かすかな違和感を周囲の乗客も感じ取ったようだが、誰も千穂《ちほ》ほどの衝撃は受けていないようだ。どちらかというと先ほどからの異常事態の一部だと解釈されているようで、周囲の混乱の度が増してきている。

「‼」

恵美《えみ》一人だけが変わらぬ様子で真っ直《す》ぐ進行方向を睨《にら》み据《す》えていたが、

「え⁉」

突然怪訝《けげん》そうに眉《まゆ》を寄せる。

「……こ、子供？」

「ど、どうしたんですか？」

「子供が、電車を揺《ゆ》らしてる」

「え？　ど、どうして……？」

「短い距離だけど、ソナーを飛ばしたの」

恵美は手早く答えると、千穂から手を離して立ち上がる。

「車内は安全そうね。でも……あれは、危ないわ。普通じゃない」

恵美は迷いなく座席後ろの窓に手をかけると、

「あれをどうにかすれば車内は大丈夫そうね。ちょっと行ってくるわ」

「あっ、遊佐さ……」

「だ、誰か窓から外に出たぞ！」

恵美はアラス・ラムスを抱《かか》えたまま千穂や乗客の目の前で車両の窓からひらりと外のトンネルに飛び出した。

そして間髪入れずに外から今までいた車両に手を触れると、

「危ないから、出てこないでね」

と、出入り口を封印する法術《ほうじゅつ》で全てのドアと窓を閉鎖《へいさ》してしまう。

パニックが起こって中にいる乗客同士で将棋倒しが起こるような混雑でなかったのも幸いした。池袋《いけぶくろ》・新宿《しんじゅく》間は、やはり山手線《やまのて》に分がある。

「……さて、私のソナーに気づかないわけないわよね⁉　あなたはどこのどちら様⁉」

恵美は一両挟《はさ》んで前方にいる黒い影を睨み据える。

乗車するときは全く意識していなかったが、恵美達が乗った車両は十両編成の五両目だった。前にも後ろにも銀色の車体が闇《やみ》に落ちたまま衝撃の影響で軋《きし》んだ音を上げている。

「あなたのせいで、副都心線は多分終電まで動かないわ。これが動かなかったら、色々な私鉄にも影響大きいのよ。見たところ魔力は持ってないみたいだけど、帰宅ラッシュの時間にこんなことしたら、魔王が復活しても文句は言えないわよ」

恵美《えみ》はかつて、鈴乃《すずの》が新宿《しんじゅく》駅でやってみせた……というか、やらかした事態で真奥《まおう》が魔王型を取り戻したことをふと思い出して挑発してみる。

地下鉄のトンネル内である。灯《あか》りが生きているとはいえ薄暗いことには変わりない。輪郭《りんかく》がはっきりしない人影が人間の子供程度の身長であることは、返ってきたソナーの反応で分かっている。

問題は、今の恵美の周りで唐突《とうとつ》にこんな暴挙に出る存在が思い当たらないことだ。

魔界の悪魔達はエンテ・イスラのエフサハーン皇都《こうと》・蒼天蓋《ソウテンガイ》の騒動《そうどう》で鳴りを顰《ひき》めた。

天界の天使達は日本に馴染《なじ》んでいるサリエルやガブリエルらを除き、今や地球との接触を断っている。

かと言って今更日本にいる恵美にエンテ・イスラ人間世界の権力者や敵対勢力が刺客を差し向けてくるとも考え辛《づら》い。

エメラダやアルバートが蒼天蓋の騒動の後にその辺りの処理をしていないはずもなく、第一そのような危険な異世界の来訪者を、志波《しば》や天祢《あまね》が見逃すとも思えない。

時間にして数秒の睨《にら》み合いの末、事態が動いたのは地下鉄特有の臭《にお》いを孕《はら》む風が恵美の背後から電車の進行方向、つまり影の方に渡ったときだった。

「「!!」」

影の顔が、弾《はじ》かれたように上がったのだ。

そしてそれと同時に、恵美の腕の中でアラス・ラムスがはっとして身を乗り出した。

「アラス・ラムス？」

「……だれ？」

「え？」

「にてる……けど、ちがう。でも、おんなじ。だれ？」

「!!」

アラス・ラムスの奇妙《きみょう》な行動を、抑える暇も無かった。

影が、恐ろしい速さで一足飛びに距離を詰めてきたのだ。

「なっ!!　アラス・ラムス！」

恵美はほとんど反射で、アラス・ラムスを聖剣《せいけん》化し、謎《なぞ》の影の攻撃に備えるが、

「な、なんなの!?」

振るわれた腕らしきものを聖剣の刃《やいば》で受け止めた瞬間《しゅんかん》、恵美は驚愕《きょうがく》の声を上げた。

最初、列車を襲った『子供』が暗い色のローブなりコートなりを羽織っているから輪郭がはっきりしないものだとばかり思っていた。

だが、それは大きな間違いだった。

今恵美の聖剣と『腕』らしきものを交えている相手は、影そのものだった。

地面から剝《は》がされたように黒い人の形をした影が、紅《あか》い双眸《そうぼう》だけを不気味に光らせている。

「ぐっ!!」

その力もまた、驚異的なものだった。

列車全体をどのように揺《ゆ》らしていたかは分からないが、聖剣《せいけん》を振るう恵美《えみ》を突撃の衝撃だけでたたらを踏《ふ》ませ、後方に揺さぶっただけでも只者《ただもの》ではないことが分かる。

「な、なんなのこいつは！」

もう何もかもが異常なのだが、それに輪をかけて異常なのが、激突音である。

金属音なのだ。

揺らめく漆黒《しっこく》の炎、としか形容できない影なのに、聖剣と激突した瞬間はまるで剣戟《けんげき》のような甲高《かんだか》い音がトンネル内にこだましたのだ。

柄《つか》から掌《てのひら》に伝わる振動もまた、激突したものが金属質である手ごたえを物語っている。

『まま！　すごくつよい!!』

「分かってるわ！」

聖剣であるアラス・ラムスも激突の威力に脅威《きょうい》を感じているようで、いつになく厳しい声色で警告を発する。

「全く、現実の戻ってくるのが早すぎるわよ！　もう少し非日常に浸《ひた》らせてくれたっていいじゃないっ!!」

冷静に聞くと普通とは何かが明らかに逆転している恵美の発言に突っ込める者はここにはい

ない。

真季《まき》との休日が非日常で、地下鉄のトンネル内で謎《なぞ》の黒い影に襲撃されるのが現実であるとは恵美自身認めたくはないが、さりとてこの影が偶然自分が乗っている電車を襲ったと考えるほど恵美も楽天家ではなかった。

「でも、一つだけ助かることがあるわ」

恵美は聖剣の柄に意識を集中させると、不敵に笑った。

「中も外も真っ暗だから、変に光らせさえしなければ結構しっかり戦えるわね」

腹を決めて強敵と戦う際の恵美は、髪の色と瞳《ひとみ》の色が天使のそれに変化する『変身』とも呼べる行動をとるが、今回は地下鉄の暗闇《くらやみ》の中で光るわけにもいかないので、ひたすら聖剣そのものの強化に努める。

『おおおおおおおっ！』

アラス・ラムスが何やら驚いているような、高揚《こうよう》しているような声を上げるので恵美は少しおかしくなってしまうが、あまりアラス・ラムスに過度の負担をかけるつもりはない。

謎の影法師に力負けしないようにするのはもちろんなのだが、ただ単に相手を退けるためなら周りの目など気にせずに変身した方が簡単だ。

恵美の狙《ねら》いは、全く別の所にある。

「さて、お願いだから保守点検の人達が駆《か》けつける前に決着つけさせて……ねっ！」

今度は、恵美《えみ》から仕掛ける。

恵美が影法師の脳天を目がけて放ったごく単純な大振りを、影法師は愚直《ぐちょく》に両腕を交差させて受け止めた。

耳障りな金属音が響いて火花が散り、恵美の力は弾《はじ》き返される。

だがそれは予想の内だ。

恵美は振り下ろした姿勢から宙返りをするようにその場で一回転し、がら空きになった胴体目がけて横薙《よこな》ぎを繰り出すと、影法師は当然またその攻撃を防ごうとする。

「やっ!!」

その瞬間《しゅんかん》、顔面に当たる部分目がけて思い切り足裏で蹴《け》りを入れる。

容赦《ようしゃ》なく瞳《ひとみ》のある場所を狙《ねら》うと、相手はさすがに顔をしっかり庇《かば》うような動作をするが、足裏を受け止められた瞬間に恵美は再び影法師の胴体を狙って渾身《こんしん》の突きを叩《たた》き込んだ。

「!」

「……っ!」

変身寸前まで聖法気《せいほうき》量を高めた聖剣《せいけん》の切っ先が一ミリも食い込まず、衝撃が剣を握る右手にはね返ってきて恵美は顔を顰《しか》めるが、影法師もまた衝撃を体のど真ん中に受けて背後によろめいた。

「はあああああっ!!」

その隙《すき》を見逃さず、恵美は竜巻のように全身を回旋《かいせん》させ聖剣を影法師に叩き込む。

その全てが硬い金属音に弾《はじ》き返される手応えしかなかったが、恵美の間断の無い攻撃に怯《ひる》ん
だか、影法師は顔面を守るように顔の前で両腕を固く閉じながら大きく背後に跳躍《ちょうやく》した。

「逃がさないわよ！　せめて正体を現しなさい‼」

恵美の右足が澱《よど》む空気の壁を蹴《け》り、大砲のような音をトンネルに響かせる。

恵美の体はまさしく砲弾の勢いで飛びすさる影法師へと肉薄し、

「我が力、世間を騒《さわ》がす者を成敗するため‼」

と過去最も勇者らしくない掛け声と共に、一瞬《いっしゅん》だけトンネルの中を聖法気の光で満たす。

カメラのフラッシュほどの、目をそらしていれば誰も気づかぬ瞬間の変身。

だがその一瞬で、聖剣は間違いなく敵の体に接触した。

「⁉」

今度は、一切の金属音はしなかった。

だが影法師の体に刃《やいば》が食い込んだわけでもない。

なんの抵抗もなく、聖剣の刃が影法師の体を通り抜けたのだ。

『え？』

アラス・ラムスも恵美と同じように、手応えの無さに違和感を覚えたようだ。

恵美は既に変身を解いた体を空中で翻《ひるがえ》しながら影法師の追撃を警戒する。

だが、

「手応え、あった？」

恵美《えみ》は自分の目で見たものと、体で感じたものの齟齬《そご》に首を傾《かし》げた。

影法師の左腕が、人間のそれになっていた。

まるで今の今まで変幻自在の金属の衣を纏《まと》っていたかのように、ぼろぼろと黒い欠片《かけら》がトンネルに舞い散り、はっきり人間の腕と分かるものが見えている。

だが相手の鎧《よろい》を砕《くだ》いた、という感触が、全く恵美の手に残っていないのだ。

あれほど硬質の金属音を響かせた影法師の腕なのに、いざそれを砕いてみれば金属どころか衣擦《きぬず》れほどにも手ごたえを感じられないとはどういうことなのだろうか。

もちろん砕いたなら砕いたでいいのだが、手加減なしに振るった剣なのに現れた人間の腕に傷一ついていないというのも奇妙《きみょう》だ。

本来なら効果的な攻撃手段を見つけたのだから追撃にかかるべきなのだが、目の前の現象の不気味さに恵美は逡巡《しゅんじゅん》してしまう。

一方の影法師もまた起こった事態が想定外だったのか、紅《あか》い瞳《ひとみ》で自分の左腕を凝視している。

『中を、抜けた』

「え？」

『今、中を抜けた』

　そのとき頭の中に響いたアラス・ラムスの声は、かつてなくはっきりしたものだった。

『まま、今、聖剣《せいけん》の刃《やいば》が中を抜けた。いっぱいの力が体の中を通り抜けて、別のものを斬《き》った』

「別のもの？」

『まま、私、あいつ知ってる。これ以上、めっしないで』

「え、でも……」

『影を叩《たた》いてもあいつの方が強い。でも、中を斬ったらきっと死んじゃう。お願い』

「そ、そう言われても！」

　まるで急激に年齢が成長したようにアラス・ラムスがはっきりとものを喋《しゃべ》るので恵美《えみ》は困惑してしまう。

　しかもその内容が、相手を攻撃するなと来たものだ。

「ど、どうすればいいのよ！」

　だが、相手はこっちのそんな会話などお構いなしだしそもそも聞こえていない。

「くっ！」

　体勢を立て直した影法師が、人間の左腕を露出《ろしゅつ》させたまま再び攻撃へと転じ、恵美に襲い掛かってくる。

『まま！　お願い！　やめて！』

「そ、そんなこと言ったって！」

アラス・ラムスの意志に反して聖剣《せいけん》を振るいたくはないが、影法師の攻撃の威力は本物だ。体に食らえば恵美《えみ》とて大ダメージは免《まぬが》れない威力であり、光輝いて目立ってしまう破邪《はじゃ》の衣を出さない限りは聖剣で攻撃を防ぐより他に無い。

「こ、このままずっとこうしてるわけにも……」

変わったことは確かにあって、影法師は人間の腕になった左腕で攻撃をしてこない。

影に覆われていない部分は脆弱《ぜいじゃく》なのか、単に聖剣と打ち合えないだけなのかは分からないが、だからと言ってアラス・ラムスに全力で拒否されている状態でそこ目がけて斬《き》りつけることもできない。

影の損傷が体力の損失には繋《つな》がっていないようで、左腕を使わなくなったこと以外は影法師の攻撃の苛烈《かれつ》さは変わりなく、このあとの戦運びに恵美が焦《あせ》りを募らせたときだった。

「⁉」

列車がやってきた方向、つまり東新宿《ひがししんじゅく》駅側から、強い光が接近してくる。

まさかこの状況で後続の列車が接近してきているのかと血の気の引く恵美だが、すぐに光が激しく上下していることに気づき、電車の動きではないことに気づく。

「遊佐《ゆさ》ちゃん！」

「エミリア～‼」

トンネルに響いた声は大黒天祢《おおぐろあまね》と、思いがけずエメラダ・エトゥーヴァと、もう一つ。

「エミリアっ！」

「っ‼」

恵美はもし恵美の戦いを感知し得る身近な存在の中で来るかもしれないけれどできれば来てほしくなかった最後の一人の声に歯嚙《はが》みする。

恵美が列車内の乗客の目を気にして光を抑える戦い方をしていたことなど歯牙《しが》にもかけないかのように、一際強い光を放って最速で接近してきたのは、ライラであった。

「信じられないっ‼」

恵美は激しい声で悪態をつく。

「どういうつもりよ！　これまでの私の努力無駄《むだ》にする気⁉」

「そんなこと言ってる場合じゃないの！　その子から離れて！　イェソドの欠片《かけら》でその子と戦ってはダメ‼　早く離れて‼」

「はあっ⁉」

何をふざけたことを、と思う暇も無かった。

『ままっ‼』

接近するライラ、そして後に続くエメラダと天祢に気を取られたほんの数瞬《すうしゅん》、普通の人間なら凝視していても気づけないようなわずかな間に、影法師の左腕が恵美の体近くに伸びた。

「えっ……」

一瞬《いっしゅん》をさらに幾百にも刻んだわずかな時間に、その全てが起こった。

恵美《えみ》と影法師の間に、ライラが割って入った。

恵美に伸びた影法師の左腕がライラの肩に触れた瞬間《しゅんかん》、

「あああああああっ!!!!」

ライラの悲鳴がトンネルにこだまし、

「……!」

恵美の顔に、生暖かい液体が張りついた。

恵美が、それが何かを理解するより早く、

「やっべ！　何してんのよあのバカ！」

「ライラ！　エミリア!!」

天祢《あまね》がさらに恵美とライラを庇《かば》うようにして影法師と対峙《たいじ》し、エメラダが空中でバランスを崩すライラと恵美に体当たりするように突撃する。

エメラダは細い両腕に二人を抱えると飛翔《ひしょう》速度を上げて強引に影法師から引き離した。

「え、エメ……今……」

「考えるのは後です!!」

「ま、待って、まだ、千穂《ちほ》ちゃんが……」

「天祢《あまね》さんに任せれば大丈夫です！　今はあなたとアラス・ラムスちゃんを少しでもあの影か

ら引き離します！」

「待って……待ってよ、千穂ちゃん……ライラ、嘘《うそ》でしょ、なんなのよ、これ」

恵美は遠ざかる電車と天祢と影法師を呆然《ぼうぜん》と見ながら、自分の顔に手を当てる。

「え、こ、こんなに隣の駅と近いんですか⁉」

自分を抱《かか》えて飛翔するエメラダが、新宿三丁目《しんじゆくさんちようめ》駅の灯《あか》りに気づいて慌《あわ》てる声も、恵美の耳には響かなかった。

ふと横を見ると、同じようにエメラダに抱えられているが、美しい肩を完全に砕《くだ》かれて血の気を失い気絶しているライラの、血に染まった横顔があった。

天使の体の構造がどうなっているのかエメラダには知る由《よし》もないが、とにかく早急に治療をできる場所に移動しなければならない。

もしライラに万が一のことがあれば、また恵美《エミリア》の心に暗い闇が落ちる。

だが肝心の恵美の方が、完全に冷静さを失ってしまっていた。

「なんなの……なんなのよ、これは。また、またあなたの差し金なの⁉　なんなのよ、ねぇ！どこまで私の人生の邪魔《じやま》すれば気が済むのよ！　どれだけ私の周りの人達に迷惑かければ気が済むのよっ‼」

「エミリアっ‼‼」

恵美が取り乱しはじめる気配を感じ取ったエメラダは殊更《ことさら》強い口調で叱責《しつせき》するが、恵美はそれすら聞いていなかった。

「答えなさいよ!!」

「エミリア！　後にしてください！　ホーム柵の下側ぎりぎりを人目につかないように飛びます！　静かにしてください！」

「ねぇ！　答えてよ!!」

「エミリア、お願いですから……！」

ほとんど悲鳴のように気絶したライラを責め立てる恵美《えみ》を抱えてこれ以上飛ぶことはできないと判断した矢先、

「お前ら、本当いい加減にしろよ」

その低く抑えられた声は不思議と、地下トンネルの生暖かい風を切り裂く恵美とエメラダの耳にしっかりと届いた。

「ぶわぶっ!!」

その瞬間、エメラダは空中で真綿のように柔らかい何かに激突し、空中で思い切りつんのめった。

「あっ……」

予想だにしなかった衝撃に、エメラダは抱えていた恵美とライラも慣性のままに放り出してしまい、呆気にとられる。

だが、エメラダ本人も、恵美もライラも、そのまま新宿三丁目《しんじゅくさんちょうめ》駅の線路に叩《たた》きつけられるようなことにはならなかった。

「……えぇ～……？」

エメラダは気の抜けたような声を上げた。

水のように、綿のように、雲のように、三人に働く慣性を柔らかく受け止めたものの正体を見て、呆《ほう》けてしまったのだろうか。

エメラダはふかふかのベッドにでも投げ出されたような気の抜けた格好で、ホームドアの上に腰かけていた声の主を見た。

「随分ご機嫌な夜を過ごしてんなぁ、お前ら」

「は……」

ホームドアの固い壁に、足をぶらぶらさせながら革靴の踵《かかと》を苛立たしげに何度も当てる。

「今何時か分かるかエメラダ・エトゥーヴァ。午後の七時半だ」

「は、はい～……」

「日本の生活に馴染《なじ》みの無いお前に説明すると、午後七時半っつったら世間じゃそろそろ晩飯《ばんめし》を食おうって考える時間だ。つまりディナータイムのピークが始まる。ここまではいいな？」

「は、はぁ〜……」

彼は怒っている。エメラダも、それは分かる。

だが、彼の口からこぼれる怒りの性質がどうにもおかしい気がしてエメラダはどう身構えるべきか、なかなか判断できない。

「ディナータイムのピークってことはな、お客さんが沢山《たくさん》店に来るんだ。お客さんが来るってことは、つまり店が滅茶苦茶忙しいってことだ。分かるか？」

「は、はい〜……分かります〜」

「なのに、俺は今ここにいる。どういうことか、分かるな？」

「えっと〜……それは〜……その〜」

判断できないが、何かヤバい。この状況が、とんでもない急角度で彼の逆鱗《げきりん》に触れているということだけは、エメラダも理解できた。

「それをなんだお前らは!!　普段俺にあんなに偉そうなご高説垂れるくせして、ちーちゃん一人もろくすっぽ守れねぇとはどういうことだ、ああん!?」

エメラダは、ビクリと身を縮こまらせた。

額に青筋を浮かべ、完全にブチ切れた様子で、ふよふよと浮かぶエメラダの前に飛び降りて説教をかましはじめる男こそ、赤いユニフォームとバイザー、黒のチノパンに使い古した革靴《かわぐつ》を履《は》いた悪魔の王、魔王サタンこと真奥貞夫《まおうさだお》だった。

「お前らの聖法気《せいほうき》は、法術《ほうじゅつ》は飾りか!? それとも自分は地球人よりスゲェ力持ってるから、地球のトラブルなんざ屁《へ》でもねぇとか余裕カマしてんじゃねぇのか!? おぉ!?」

「返す言葉も〜ありません〜……」

完全に無音となった新宿三丁目《しんじゅくさんちょうめ》駅構内に響くのは、ただただ真奥の怒声のみ。

十九時過ぎの新宿三丁目駅構内がこんなに静かなはずがない。

ホームドア越しに、石像になってしまったかのような大勢の人々の凝固した姿が見える。

真奥が、魔力結界を張り巡らせているに違いなかった。

エメラダは悄然《しょうぜん》として、真奥の怒《いか》りを甘んじて受け止める。

視界の端で、恵美《えみ》とライラもエメラダと同じように無音の構内でふわふわと浮かんでいるのが見て取れた。

「ったく、ちーちゃんの方がよっぽど肝《きも》も据《す》わってるし、リスク管理の心構えもしっかりしてるってもんだぜ。恵美があんなパワー出すような戦闘がすぐ傍《そば》で起こってる状態で冷静に概念送受《イデアリンク》飛ばしてくるなんざ、なかなかできることじゃねぇ」

「仰《おっしゃ》る通りです〜……私達は〜エミリアの異常な力を感知して駆《か》けつけたのですが〜……」

「恵美がどんなトラブルに巻き込まれてるかも分からねぇのに、鈴乃《すずの》や芦屋《あしや》になんの伝言もせずにノルドの傍《そば》から離れたのか、あのバカは《ライラ》」

「っ〜！」

エメラダはまたもはっとして、肩を落とす。

全く真奥《まおう》の言う通りだった。

千穂《ちほ》の連絡をやきもきしながら待っていたエメラダは、突如《とつじょ》発生した大きな聖法気《せいほうき》反応がすぐに恵美《えみ》のものだと気づき、矢も楯《たて》もたまらず飛び出した。

途中で同じく聖法気を感知したらしい天祢《あまね》とライラに合流したのだが、そのときノルドがどうしているかなど、気にも留めなかった。

頭の中には、アパートの方に何かあっても志波《しば》が対応してくれる、という考えもあったかもしれない。

「それは甘えだ」

真奥はエメラダの心を見透かしたように断じる。

「ちーちゃんは俺と鈴乃《すずの》の携帯に概念送受《イデアリンク》を飛ばしてきたから、ノルドの守りには鈴乃と芦屋《あしや》と漆原《うるしはら》がついてるはずだ。ったくよ」

真奥は腹立たしげに鼻を鳴らすと、ようやくエメラダから目を離して背後に浮かぶ恵美とライラを睨《にら》む。

「いい加減に、してよ……なんなのよ。どうして……」

「おい恵美」

「答えてよ……答えなさいよ」

「恵美」

「ライラ、あなたは……」

「……」

空中に放り出され、魔力結界に包まれているという状況に至っても尚《なお》、ライラに対する恨《うら》み言を呟《つぶや》き続ける恵美を落ち着くのを待つほど、真奥は優しくはない。

「どけ、バカ」

「!?」

真奥の魔力で真横に水平移動させられて、初めて真奥の存在に気づいたらしい恵美は涙に濡《ぬ》れた目を限界まで開いて真奥を見るが、真奥は一切取り合わずに肩を砕《くだ》かれて気絶しているライラの傍《かたわ》らに立った。

「何にやられりゃ大天使がこんなことになるんだ、ったく」

呆《あき》れたように傷の様子を確認した真奥は、恵美ではなくエメラダに声をかける。

「おい、今ここで治せるか？」

「い、いえ～すぐには無理です～。魔力結界の中ですし、状態をきちんと検診しないと……」

「分かった。じゃあ俺がやる」

「へ……？」

もごもご言うエメラダの声を早々にぶった切ると、真奥《まおう》はもう視線をライラに戻していた。

「言っておくが、悪魔以外に治療の魔術使ったことなんざ数えるほどしかねぇのに、まして天使になんか初めてのことだからな。多少乱暴なのは勘弁しろよ」

骨が砕《くだ》け、皮膚からとめどなく血が流れる状態を放置すれば、天使といえど命に係《かか》わる。

むしろ普通の人間など比べるのも馬鹿馬鹿《ばかばか》しいほど頑丈な天使をここまで痛めつける力を受けて、命があっただけ幸運かもしれない。

「ひでぇな、こりゃ」

手から禍々《まがまが》しい魔力の光を放射しはじめるや否《いな》や、真奥は顔を顰《しか》めた。

「砕かれてんのかと思ったが、それどころじゃねぇ。熱した刃物で滅多切りにされたようにしか見えねぇ。一体何とやり合ってこんなことになったんだよ」

真奥は目だけで恵美《えみ》を振り返るが、恵美は呆然《ぼうぜん》と視線を宙に彷徨《さまよ》わせるばかりだ。

「う……ぐ」

魔力の放射で傷の修復が促進されているのか、それとも痛みによるものか、気絶したままのライラがうめき声を上げる。

「よくショック死しなかったってレベルの傷だ。治すのにもそれなりに痛みは伴《ともな》う。できれば気絶したままでいろよ」

「真奥さん……」

「お！　無事だったかちーちゃん。良かった」

そのとき、トンネルの中から天祢《あまね》に付き添われた千穂《ちほ》が不安げな顔で歩いてきた。

「わ、私は電車の中にいただけで……そ、それより遊佐《ゆさ》さんは……」

「そこでボケてる」

真奥はライラの治療をしながらも、結界の中で物理的にも精神的にもふわふわしてしまっている恵美に顎《あご》をしゃくった。

「何があったんだよ、本当に」

真奥は千穂に尋《たず》ねるというよりも、千穂に付き添う天祢の様子を見てほとんど独り言のように言った。

「手強《てごわ》かった。逃がしちゃったよ」

天祢は苦笑してみせるが、彼女もライラほどではないにしろ、明らかに傷ついている。

長い黒髪の先のあちこちが高熱にさらされたように縮こまり、黒の長袖シャツが無残に千切れて覗《のぞ》く肌が痣《あざ》のように変色している。

「マジかよ」

真奥は正直に驚愕《きょうがく》の声を上げた。

天祢は、今となっては疑うべくもないが、アラス・ラムスやアシエスの系譜に連なるセフィラの力を持つ女性だ。

老いたとはいえ悪魔大尚書《だいしょうしょ》カミーオを一捻《ひとひね》りに叩《たた》き伏せ、真奥《まおう》の魔王型の魔力も平気で受け流し、ガブリエルを戦わずして撤退させた天祢《あまね》を手負いにするほどの相手だったのか。

真奥はライラの傷を見て、何が起こったのかを想像して瞑目《めいもく》する。

「これで昔の借りは返したからな。もうこれ以上、仕事の邪魔《じゃま》すんなよ」

真奥はさらに魔力を集中させて、ライラの肩の傷をハイスピードで癒《いや》していく。

「ライラさん、怪我《けが》してるんですか？」

「はい～……魔王が、治してくれています～」

千穂《ちほ》の問いに頷《うなず》きながらも、エメラダは真奥から目が離せなかった。

今更真奥のことを血も涙も無い悪魔だとはエメラダも思っていない。だがそれでも、悪魔が魔力で誰かを癒《いや》す、という光景が、エメラダには信じられなかった。

悪魔の魔力は、力の弱い人間ならその気に当てられただけで体に異常を来《きた》す有害なものだ。

その先入観があったからなのか知らないが、魔術で起こる奇跡の全ては悪魔以外には有害なものばかりなのだと思っていた。

そこまで考えたエメラダは、悪魔に『治療』の概念があったことにすら、驚いている自分がいることに気がついた。

如何《いか》に自分が、人間が『敵』のことを何も知らずにいたのか、まざまざと実感した。

もちろん、真奥本人が言っていたように、魔術で治癒できる相手や症状は著《いちじる》しく制限されるだろう。魔力が人間に有害である事実は変わらないわけで、恐らく天使であるライラだからできる治療もあるのだろう。

エメラダは、ふと自分の傍《そば》で心配そうに真奥の様子を見る千穂に目を向ける。

千穂は今、魔力結界の中で、高度な治療魔術を用いる真奥を誰の保護も受けずに見ている。

彼女が、魔力に対して一定の耐性を持っている証《あかし》だ。

漆原《うるしはら》の病室の中でも、ノルドは真奥の魔力に当てられて気分を悪くしていたのに、千穂は全く反応を見せなかった。

「彼女は……こんなに強くなったのに……」

自分はどうだ。真奥の言う通り、地球人とは比べるべくもない圧倒的な力を持っていながら、友達一人を守ることすら覚束《おぼつか》ない。

「私達は……こんなに弱かったんでしょうか……」

「ンなことはないよ。あんま自分を責めても始まらないからその辺にしときな」

そんなエメラダの悔悟《かいご》に手を差し伸べたのは、千穂と同じように真奥とライラの様子を見守る天祢だった。

「あんた達はできることが大がかりだから、その分失敗したときの面倒も大きいってだけだよ。千穂ちゃんはあんた達の迷惑にならないようにこの場にいられればそれでいいけど、あんた達はそうじゃない。大きな力を持ってるから、自然と面倒事に巻き込まれたときには大きく力を発揮しなきゃならなくなる」

「天祢《あまね》さん……」

「失敗にビビるくらいなら、最初から力を捨てて、目も耳も塞《ふさ》いで孤独に生きるしかない。でも、あんた達はそんなことできやしないだろう？　なら」

と、天祢は千穂《ちほ》と真奥《まおう》に目をやった。

「あとはこの子達みたいに選ぶだけさ。その瞬間《しゅんかん》、やるかやらないかをね」

「やるか、やらないか」

「私は基本面倒くさがりやだからね。大きな力持ってるからって世の中全部の揉《も》め事を解決するつもりも、する義務も無い。ただ『あんときやっときゃ良かった』って後悔もしたくないからなんとか行動してる……ま」

その瞬間、奇妙《きみよう》なことが起こった。

「行動したからって必ずいい結果が出るかってゆーと、それもまた違うんだけどね」

真奥の魔力の放射が鎮《しず》まり、どうやら治療が完了したようだ。

ライラ自身はまだ目覚めた様子は無いが、呼吸は落ち着き、肩の傷も目をこらしても判別できないほどに消え去った。

だが、傷が癒《い》えたことよりもはっきりと、ライラの体には見過ごすことのできない大きな変化が現れたのだ。

「ま、真奥さん、これって……」

「まー、あいつがあーなったんなら、こいつだってそーなったんだろ」

真奥は目の前の現象に大きな反応を示さないが、千穂には劇的な変化だった。

「これがサリエルさんとかが言ってた『堕天《だてん》』ですか？」

「さぁなぁ。堕天がそもそもどういう現象なのか俺は知らないし、そんな大層なもんじゃねぇとは思うが」

真奥は首を横に振る。

「頼むからちーちゃん、ここで俺が治療しなけりゃ危なかったかもしれねぇってことだけは証言してくれな。なんだか後々、このせいで各方面から責めたてられそうな予感がするんだ」

真奥と千穂は神妙《しんみょう》な顔で空中に横たわるライラを見下ろす。

長く美しい蒼銀《そうぎん》色の髪が、紫色に変色したライラを。

魔王、メンテナンスを語る

「な、何が起こったんだ⁉　一体これは……⁉」

ノルドの動揺《どうよう》は激しいものだった。

天祢《あまね》に付き添われてライラが、エメラダに付き添われて恵美《えみ》がタクシーでヴィラ・ローザ笹塚《ささづか》に戻ってきたときには、二人とも憔悴《しょうすい》しきっており、ライラは髪の色まで変わってしまっている有様だ。

「エミリア、大丈夫か⁉」

「……」

恵美の目は、ノルドの呼びかけにも答えないほどに虚《うつ》ろだった。

「これは……どういうことです？」

ノルドは天祢とエメラダと千穂《ちほ》に尋《たず》ねる。千穂は何から話したものか迷ったが、それよりも先に、ライラに肩を貸す天祢が後ろから答えた。

「話すと長くなるし、外でするような話でもない」

天祢はすぐには応えずに、目で一〇一号室を開けるよう促《うなが》した。

「遊佐《ゆさ》ちゃんには私が付き添うから、あんたはほら、彼女に肩かしてやんな」

「は、はぁ……ライラも、一体何が……」

ノルドはライラの髪色が変わっていることはそれほど気にならないようで、恵美を見送るとごく自然にライラの身を受け止めた。

エメラダはそれを見ながら、ノルドはこの瞬間《しゅんかん》に期せずして一つ修羅場《しゅらば》を回避したことに気づく。

たまたまタクシーから降りてきたのがライラより恵美が先だったのでノルドもごく自然に恵美に声をかけたのだが、もしライラを優先しようものなら恵美がどんな反応を見せたか分かったものではない。

何せ恵美は、ヴィラ・ローザ笹塚に到着するまで目の焦点《しょうてん》も合わせず、口の中で延々とライラに問いかけていたのだ。

何故《なぜ》だ。何故私の人生を不幸にしようとするんだ。何故私の周りの人達を傷つけるのか。なんの権利があって。

「エメラダ殿、魔王は」

ヴィラ・ローザ笹塚でノルドの身辺を警戒するために待機していた鈴乃《すずの》が問うと、エメラダは少し困惑しながら笹塚の街を振り返った。

「その〜……お店をそのままにしてきたから〜……って」

「そうか。仕事に戻ったのだな」

「は、はい〜」

エメラダにしてみればとんでもないトラブルの後に、状況の整理もせずにそのまま職場に戻るのかと驚愕《きょうがく》したのだが、どうも鈴乃にとっては真奥《まおう》のその行動は驚くべき事態ではないらしい。

鈴乃《すずの》は鈴乃で、エメラダのそんな反応に気づいてこともなげに言う。

「デリバリー業務の開始が間近に迫っていると言っていたからな。木崎《きさき》店長も不在がちだというし、魔王はあの店の時間帯責任者だから職場に戻るのは当然の選択だ」

「そうなんですか～？」

「そうだ。アルシエルやルシフェルにも聞いてみるといい。きっと私と同じ反応だ。千穂《ちほ》殿も、別に疑問を差し挟《はさ》まなかっただろう？　ここまで送るのは、天祢《あまね》殿一人いれば安心だからな」

「た、確かに～」

まるで現場にいたかのように状況を言い当てる鈴乃にエメラダは目を丸くした。

「密に近所付き合いをしているとな、それくらいは分かるようになる」

「はぁ……」

「とにかく、まずはエメラダ殿も体を休めて、それから何があったか聞かせてくれ。この場所にいながらにしてエミリアの力を感じることができたくらいだ。とんでもない戦いだったのだろう？」

「私も最初から現場にいたわけじゃありませんし～あれを戦いと言って良いものか～」

エメラダは難しい顔で腕を組んだ。

「それに～肝心《かんじん》のエミリアが～……」

「……ああ」

丁度一〇一号室に招き入れられようとしている恵美《えみ》の背を見て、鈴乃は頷《うなず》いた。

「何か、とても辛《つら》いことがあったようだな」

「タクシーの中で～ずっとライラに対して恨《うら》み言を呟《つぶや》いていました～」

「良くない傾向だな」

鈴乃は恵美が三日も家に帰らなかった話を知らない。

それでも恵美がこの数日をライラのことを考えないように過ごしていただろうことは分かるので、鈴乃なりにその意志を尊重しようとした。

だがその結果は、あまり芳《かんば》しくなかったようだ。

一〇一号室の扉が開いた瞬間《しゅんかん》、恵美はハッとして顔を上げると背後にいたノルドと千穂を弾《はじ》き飛ばさんばかりの勢いで後ずさった。

「エミリア⁉」

「遊佐《ゆさ》さん？」

「私、入らない」

「え？」

「その女と、一緒《いっしょ》の部屋になんかいられないわ」

「遊佐ちゃん、このアパートには魔王はいるけど殺人鬼はいないよ」

天祢《あまね》が困惑しながらもそう茶化すと、恵美《えみ》は憔悴《しょうすい》した目を少し上に上げた。

「私は上で待たせてもらうわ」

「上？」

「魔王の部屋よ‼」

恵美はヒステリックに叫《さけ》ぶと、傍《かたわ》らにいた千穂《ちほ》の手を掴《つか》んで引きずるように引っ張っていく。

「ライラの話なんか聞きたくもない‼　何が起こったかなんて私には関係ないわ！　私はいつも、二階の部屋で、アラス・ラムスと一緒《いっしょ》に魔王や千穂ちゃんが帰ってくるのを待ってたのよ‼　今日もそうさせてもらうわ！　そっちはそっちで勝手にやって‼」

「ゆ、遊佐《ゆさ》さん、わ、わ、わ」

千穂は恵美の力につんのめりそうになりながら、二階へと引っ立てられる。

「アルシエル！　ルシフェル！　お邪魔《じゃま》するわよ‼」

「居座《いすわ》るのは構わんが、図々しくも夕食を食べていくつもりなら、さやえんどうの下ごしらえを手伝え。あ、佐々木《ささき》さんはお疲れでしょうし、ゆっくりなさってくださいね」

「邪魔するなら少しは申し訳なさそうに入ってこいよな」

恵美が共用階段の扉を引きちぎらんばかりの勢いで開けて中に飛び込むと、中から芦屋《あしや》と漆原《うるしはら》の恵美の闖入《ちんにゅう》など慣れっこになった反応が聞こえ、やがて戸板がへし折れるのではないかと思うほどの大音量で二〇一号室の扉が閉じられた。

「…………」

ノルドは娘の行動に呆気《あっけ》にとられ、

「こりゃあ相当嫌われてるね。困ったもんだ」

天祢は全然困ってなさそうに肩を竦《すく》め、

「エミリア〜……」

エメラダは捨てられた子犬のようにしょんぼりと肩を落とし、

「エメラダ殿、すまないが、私の部屋で待っていてくれないか。今日のことを現場で見聞きしたエメラダ殿が行けば、エミリアを余計に刺激してしまうかもしれない」

「……はい〜。そうですね〜」

悄然《しょうぜん》とするエメラダを慰《なぐさ》めるように鈴乃《すずの》はその肩をなでる。

「エミリアは、エメラダ殿を信頼していないわけではないのだ」

「分かっていますよ〜。ただ〜どうしようもないんですよね〜。どうしたって私とエンテ・イスラは切り離せませんし〜彼女の『勇者』の部分を刺激してしまいますし〜」

エメラダは少し悲しげに、それでも湿っぽくない瞳《ひとみ》でヴィラ・ローザ笹塚《ささづか》の共用階段を見上げる。

「今の彼女は〜『遊佐恵美』なんですね〜。『遊佐恵美』のことは〜日本の皆さんと一緒に解決するべきです〜。私は〜彼女がどんな選択をしても〜それを支持しますから〜」

「思いがけず、日本は居心地がいいからな。折角《せつかく》だからエメラダ殿も長逗留《ながとうりゅう》を検討してみてはどうだ」

「私の職責はそれを許しませんし〜私はどんなに日本が便利で食べ物が美味《おい》しくても〜セント・アイレが落ち着きます〜」

「そうか」

エメラダの答えに微笑《ほほえ》んで頷《うなず》いた鈴乃《すずの》は、その手にシリンダー錠《じょう》の鍵《かぎ》を握らせる。

「少しの間近くに出かけてくるから留守を頼む。もし喉《のど》が渇《かわ》いていたら、勝手に冷蔵庫を開けてくれ」

「……早く帰ってきてくださいね〜」

エメラダは鍵を受け取って頷くと、そう言った。

「人のおうちの食料庫は〜、いいと言われても開け辛《づら》いですから〜」

「心得た」

鈴乃は軽くエメラダを抱きしめてその背を慈《いつく》しむようにぽんぽんと叩《たた》く。

「天祢《あまね》殿、すまないが」

「はいはい。用心棒でしょ、任しとき。まーここなら上に芦屋《あしや》君と漆原《うるしはら》君いるし、エメラダちゃんもいるから誰かが来てもすぐに大変なことにはならんでしょ」

天祢が気の無い声で請け負うと、鈴乃は一つ頷いてエメラダから離れ、アパートの敷地を出る。

携帯電話を見ると、時間は二十時少し前。

「たまには夕食にジャンクフードもよかろう」

そう呟《つぶや》いて、笹塚《ささづか》の街に踏《ふ》み出したのだった。


「ん？」

マグロナルド幡ヶ谷《はたがや》駅前店の自動ドアが開いた瞬間《しゅんかん》、鈴乃は視界の端に知った顔を二つ見つけてそちらに顔を向けた。

すると向こうもこちらに気づいたようで、小さく手を振ってくる。

「梨香《りか》殿」

「や」

鈴木《すずき》梨香はソファ席に腰掛けたままそう言った。

「と、アシエス？」

そして、梨香の向かいで堆《うずたか》く積まれた包み紙の山を前に満足そうな顔をしているのは、アシエス・アーラだった。

見た目は中学生くらいの少女だがその実アラス・ラムスの妹であり、イェソドの欠片《かけら》のもう一人の化身でもあるアシエスが何故《なぜ》、梨香《りか》と二人でマグロナルド幡ヶ谷《はたがや》駅前店にいるのだろうか。

「あ、スズノ。私もうお腹《なか》いっぱいだヨ」

「そうだろうな。アシエス、まさかとは思うがこれだけの量の注文、梨香殿に金を出させたのではあるまいな」

日頃ファーストフードを嗜《たしな》まない鈴乃《すずの》の目にも異様な量のバーガーの包み紙に加え、空の紙コップが四つも置かれている。

アシエスがこれだけの注文をするだけの金を持っているとも思えず、まさか知り合いであるのをいいことに梨香に金を出させたのかと危惧《きぐ》したが、

「なんかね」

梨香は諦念《ていねん》をにじませた苦笑を浮かべてひらひらと小さな紙切れを取り出す。

「志波《しば》さんって人に領収書を渡せば、お金は返ってくるらしいよ」

鈴乃は顔に手を当てて天を仰《あお》いだ。

「魔王が勤務中でなければ、またお仕置きの拳骨《げんこつ》を食らうところだぞ」

「ネー、マオウって私にだけすぐボーリョク振るうんだモン、ヤンナッチャウよネ」

「そういう話をしているのではなくてだな。最初から他人の金を当てにするような生き方はみっともないということだ。ルシフェルでもあるまいに」

「こんなところで槍玉《やりたま》に上げられる漆原《うるしはら》さんも気の毒だね」

真奥《まおう》達の事情を既にきちんと把握している梨香《りか》は、漆原の本当の名も把握している。

「まーいいよ鈴乃《すずの》ちゃん。志波《しば》さんっておたくのアパートの大家さんでしょ？　恵美《えみ》や真奥さんとツルんでる以上無関係じゃいられないだろうから、いつかお会いしたときに謹《つつし》んで払い戻しをお願いするよ」

「……すまない梨香殿。後で私から志波殿に苦言を呈《てい》しておく」

別に鈴乃が謝るようなことでもないのだが、志波には時々妙《みょう》に考え方が甘い部分がある。

よく言えば鷹揚《おうよう》だが、金銭的なことに関して実は杜撰《ずさん》なのではないかと鈴乃は思いはじめている。

「それで、二人とも何故《なぜ》この店に？」

「多分鈴乃ちゃんと同じ理由だよ」

そう言うと、梨香は携帯電話のニュースサイトの画面を見せてきた。

そこには速報で、東京メトロ副都心線で起こった謎《なぞ》の事故について報じられていた。

「副都心線沿いに、ドコデモの職場の後輩が住んでるんだよね」

梨香は複雑そうな顔で携帯電話をしまうと、かいつまんで恵美が雑司《ぞうし》が谷《や》駅近くに住んでいる清水真季《しみずまき》の家に宿泊した事情を語る。

「真季ちゃんていうんだけど、彼女、恵美に半分心酔《しんすい》してる感じなのね。それで丁度恵美が帰ったタイミングで心配だ心配だって言うから、どうせ何も無い、考えすぎだといいなって思いながら来てみたのよ。エンテ・イスラ絡《がら》みのトラブルなら真奥さんも動いてるかなって思って。何もなきゃカロリー高めの晩ご飯食べに来たと思えばいいやって……でも道すがら恵美に連絡しても、電話もメールも繋《つな》がらないしさ」

先ほど見たあの様子では、とてもではないが携帯の着信に気を配る余裕はありはしまい。

梨香の声が、どんどん小さくなる。

「したらまぁよくできたことに、お店の前で真奥さんとアシエスちゃんにばったりよ」

「私は別に意識して来たワケじゃないけどネ」

アシエスは不機嫌《ふきげん》そうに頰《ほほ》を膨《ふく》らませる。

「マオウが幡ヶ谷《はたがや》より遠いとこ行ったせいデ、勝手に融合状態になっちゃってサ。そんでまーチカテツんとこでマオウの怒ること怒るコト。さすがの私もちゃかすにちゃかせなくテ」

今の発言で、アシエスの日頃の無神経極まる発言は計算によるものである可能性が出てきたが、今はそんなことはどうでもいい。

「ということは、アシエスは新宿《しんじゆく》で何が起こったか見たのだな？」

「途中からネ。げぇっプ」

年頃の女の子にあるまじきお下品なおげっぷをなさったイェソドの欠片《かけら》の化身は、腹をさすりながら頷《うなず》いた。

「アマネとチホはもう帰っタ？」

「つい今しがたな」

「エミとエメも一緒《いっしょ》？」

アシエスの問いに梨香《りか》も身を乗り出して鈴乃《すずの》を見上げる。

「ああ、皆ヴィラ・ローザ笹塚《ささづか》に帰ってはきたが……」

あの状況は簡単には説明できないが、

「エミリアは、これまで以上にライラに対して強い拒否反応を示すようになってしまった。エメラダ殿すら、受けつけないかもしれない有様だ」

「あの子、また酷《ひど》い目に遭ったの？」

梨香の顔が痛ましげに歪《ゆが》む。

「私もまだ、詳《くわ》しいことは分からないんだ。エミリアもエメラダ殿もショックと疲労が酷そうに見えたし、天祢《あまね》殿にはライラの様子を見つつ周囲を警戒してもらわねばならんから、時間があれば魔王に話を聞こうと思ってきたのだが……」

そこまで言って、鈴乃《すずの》は店内を見回す。

「見当たらないな。裏か上にいるのか？」

「さっきアシエスちゃんのオーダーこなしてから、あの美人店長さんに連れられてどっか行っちゃったよ」

「エミリアを助けに行ったことを、木崎《きさき》店長に叱責《しっせき》されているのでないといいのだが。では、何も頼まずに席を占領するわけにもいかんな。すまないが、相席を頼めるか」

「え、てことはおかわりいいノ!?」

「アシエスちゃん、会話になってないよ。てか、さっきもういらないとか言ってたじゃん」

呆《あき》れる梨香の傍《かたわ》らに金魚柄のトートバッグを預けて、財布だけ持って大柄な男性店員が立つカウンターに向かう。

「いらっしゃいませ、ご注文お決まりでしたらどうぞー」

「ん……と」

鈴乃はカウンターに置かれたメニューをさっと眺《なが》めて、たどたどしく指を差していく。

「この、満月バーガーのセットを、ええと……ポテトと飲み物をMサイズで……」

「お飲物をこちらの中からお選びください。赤いマークがついているものは、百円増しとなっております」

鈴乃が注文に慣れていないのを察したか、男性店員は飲み物が表示されている部分を丁寧に手で指し示して、ゆっくり解説してくれる。

「ええと、ホットコーヒーで」

「ミルクとお砂糖はどうされますか？」

「砂糖はいらない。ミルクだけ頼む」

「かしこまりました。それではご注文の内容を確認させていただきます」

注文を終えた鈴乃《すずの》は、額《ひたい》にうっすら汗を掻《か》いていることに気づいた。

考えてみれば一人だけでマグロナルドに来て注文するのは初めてのことだ。

大抵恵美《えみ》が一緒《いっしょ》だったし、そうでなくてもカウンターの中には真奥《まおう》か千穂《ちほ》がいて、およそ気《き》後《おく》れすることもなかった。

店長の木崎《きさき》とも顔見知り程度にはなったという自覚はあるが、いざこうして見知らぬ店員相手に注文をすると、まるでマグロナルドに慣れていない自分に気づく。

満月バーガーを選んだのは、フェア商品らしく一番上に表示されていたのと、メニューが漢字で書かれていたからで、特別それを食べたいと思ったわけでもない。

「まだまだ、修行が足らんな……」

客の立場でこれなのだ。およそスタッフ側としてこれらの商品を扱うことなどできはしないだろう。

千円札を出しながらため息をつく鈴乃だったが、お釣《つ》りを手渡される段階でふと、店員が自分の顔を真っ直《す》ぐ見ているのに気づく。

「何か？」

「あ、いえ。お客様はまーくん、あ、真奥君の知り合いですよね」

「確かにそうだが、何故《なぜ》それを？」

突然素性《すじょう》を言い当てられて鈴乃は驚く。

目の前の男性店員の顔を思わず見返すが、残念ながら鈴乃の記憶に残っている顔ではない。

「あ、いや、何故っていうか」

大柄な男性店員は、困ったように頭を掻《か》いた。

「いつも真奥君や、店入る前の遊佐《ゆさ》さんと一緒にいらっしゃってたなって思っただけです。あと、その、お祭りの季節でもないのに和服で来る若い人って正直目立つので……すいませんいきなり」

「いや、構わないが……そうか、やはり洋服も考えるべきか……」

恵美の誕生パーティーには洋服を強引に着せられたものの、結局慣れたものを着る癖が抜けずに、あのときの洋服一式は仕舞い込まれてしまっている。

反射的に店員の胸元を見ると、ネームプレートには平仮名で『かわた』と書いてある。

「真奥君、今仕事のことで少しの間だけ裏に引っ込んでるんです。少ししたら出てくると思うんで、来たらお席に伺《うかが》うように声をかけておきます。満月バーガーとホットコーヒーのセット、お待たせいたしました」

「そうか、かたじけない」

驚きから立ち直った鈴乃は、礼を述べてトレーを受け取る。

「ううむ……」

と言ったものの、なんだか気になってしまって鈴乃《すずの》はしきりに自分の足元を見ながら梨香《りか》達の待つテーブルに戻った。

「何、どしたの?」

「ああいや、やはり和服は目立つのかと思ってな」

「そりゃ目立つわよ。私達はもう鈴乃ちゃんっていえばその格好《かっこう》だから慣れちゃったけど」

梨香は苦笑する。

「そ、そうか、ううむ。冬服なら、厚手で長いものもあるか、少しは真面目《まじめ》に洋服を……と」

鈴乃は服装のことで没入しそうになった思考から危《あや》ういところで脱出すると、

「私の服のことはいい。それよりエミリアだ。アシエス、一体何があったか……オイ」

新宿《しんじゅく》の地下で起こった出来事の仔細《しさい》を聞き出そうとしてアシエスを見たまま、顔を強張《こわば》らせた。

「あー、鈴乃ちゃんが注文に立ったの見てから視線戻したらもうその状態だった」

「……んぐぐごゴゴ」

他人の金で腹いっぱい食べたアシエスは、マグロナルドの一人がけシートにだらしなく身を預けたままいびきをかいて食後のシュスタを決め込んでいたのだ。

「な……んなんだこの緊張感の無さはっ!」

恵美《えみ》やエメラダがあれほど憔悴《しょうすい》し、天祢《あまね》まで負傷したほどの大事件が起こったにも関《かか》わらず、真奥《まおう》と融合状態とはいえ現場を見たはずのアシエスがこの有様である。

元々あまり深く物事を考える性格ではないことを差っ引いても、これはあまりに酷《ひど》い。

「アシエス！　起きろ！　店内での睡眠は禁止行為だ！」

「むにゃ……」

鈴乃《すずの》は肩を摑《つか》んで揺《ゆ》さぶるが、アシエスは目を開かない。

「んぐ……あむ……うう……マダ、食べられるヨ……」

「そんなこと聞いてない！」

「これ見ると、実は大した事は起こってないんじゃないかなーとか思っちゃうよね。なんかこう、心配してたのが馬鹿《ばか》らしくなるというか」

「騙《だま》されるな梨香殿！　これはアシエスの性格のせいで、実態はそれなりに深刻なはずだ！　おいアシエス！」

「うブ……んぐぐグ……」

「真奥さん戻ってくるまで、諦《あきら》めた方がいいんじゃない？」

「アラス・ラムスはあれほど両親思いだというのに、一体どこでこんな差がつくんだ!!」

「環境の違いとか、躾《しつけ》とか？　今は天使みたいなアラス・ラムスちゃんも、大きくなるとこんな感じになるとか？」

「そんなことがあってたまるか！　おいアシエス！」

周りの目もあるのであまり大きな声は出せないが、それでも鈴乃《すずの》はアシエスを眠りの縁《ふち》から引きずり出そうと必死に呼びかけた。


真奥《まおう》がスタッフルームから戻ってきたのは、丁度そんなタイミングだった。

「あーびびった。怒られるのかと思った」

ライラを治療して天祢《あまね》達に身柄を預けると、すぐさま店に取って返した真奥。

彼を待っていたのは店の前の梨香《りか》と、店内の木崎《きさき》だった。

木崎は今日は事業所に詰めているはずで店に来ないと思っていただけに、目を合わせた途端真奥は身を竦《すく》ませたものだ。

幸いにして木崎は真奥が店を留守にしていたことについては一切触れず、明日の仕事の段取りについての確認を取られただけだった。

「貸しだよ。あんな忙しい時間にいきなり店を三十分開けるとか言い出すんだもん。何かと思ったよ」

川田《かわた》は殊更《ことさら》に不機嫌《ふきげん》顔を作ってみせる。

「悪いカワっち。ちゃんと埋め合わせはするよ。木崎さんになんて言ったんだ？」

「まーくん三十分で戻るって言ったろ。木崎さんが来たの、まーくんが戻る五分前くらいだったから、本当に三十分で戻るって信じて、お客さんに忘れ物を届けに走ってったって言っただけ。生きた心地しなかったよ。今度理由も聞かせてもらうからね」

「助かった。すまない」

真奥は川田に手を合わせて、深々と頭を下げる。

「で、なんの話だったの？　わざわざ明日の仕事の確認とか、随分《ずいぶん》改まった話だけど」

「ああ、いよいよ明日デリバリー用のスクーターが運び込まれるんだと。でも木崎さんが引き渡し時間に店に来られるかどうか際どいらしくて、万一のための申し送り」

「ああ、そういうこと。いよいよかー。緊張するね」

二階のマッグカフェ業態開始からたった二ヶ月と少しで導入される新業態マグロナルドデリバリー。

導入が決定してからの期間は、真奥にとっては身の回りが急激に変化する濃密すぎるスケジュールをこなしてきたため、短いようでかなり長い時間がかかった、という認識がある。

その中でもやはり特筆すべきはイェソドの欠片《かけら》の化身アシエスと勇者の父ノルドの出現。それにエンテ・イスラへの親征。極めつけが恵美《えみ》のマッグクルー採用とライラの出現である。

魔王である自分の身の回りでこれだけのことが起これば、それだけで世界変革が成立するんじゃないかと思われるくらいの濃密なスケジュールをこなしてきたわけだが、それで真奥自身何が変わったわけでもない。

アシエスと融合したことでセフィラの秘密に迫る力を手に入れ、その上魔力を取り戻したところでこれまでの目標もやり方も変えるつもりは無いし、恵美が以前にも増して身近にいるのも、元々向こうがこっちにいい感情を抱《いだ》いてはいないのだから適当にいなせば済む話だ。

魔界も、エンテ・イスラも情勢が安定し、天界が地球とのアクセスを遮断した今、真奥《まおう》が手を煩《わずら》わせなければならない事態など起こりようが無い状況のはずだ。

それでも今日のようなことが起こるのは、身内にトラブルメーカーが潜《ひそ》んでいるか、そうでなければ見逃しているリスクがある、ということだ。

ただ見逃しているといっても恵美絡《えみがら》みのこととなれば、真奥にはそれほど関係が無いとも考えられる。

なればこそ今の真奥には、積極的に隠れたリスクを暴《あば》き出そうという気持ちは無い。

そんなことをしても時間の無駄《むだ》だし、真奥にはなんの利益も無い。

今の真奥にとって大事なのは、迫りくる新業態始動を信頼できる仲間達とつつがなく迎えることなのである。

「あ、そういえばまーくん」

「ん？　……なんだよ、その目は」

呼びかけてきた川田《かわた》が妙に据《みょうす》わった目をしていて、真奥は鼻白む。

「友達来てるよ」

「友達？」

「いつも遊佐《ゆさ》さんやちーちゃんと一緒《いっしょ》にお客で来てた、和服美人。三十一番卓」

真奥が三十一番卓に目をやると、ソファ席の梨香《りか》と向かい合って座る鈴乃《すずの》の後ろ頭と、その隣で何やら不自然な格好《かっこう》で座っているアシエスの姿が見えた。

「ああ、鈴乃か。なんだよ。あいつも鈴木《すずき》梨香よろしく事情聴取じゃねぇだろうな」

恐らくヴィラ・ローザ笹塚《ささづか》に、恵美《えみ》達が到着したのだ。そして鈴乃は真奥に様子を聞きに来たのだろう。

「なんなの。本当なんなのまーくん、ちーちゃんという子がいながらなんなのまーくん。あの外人ぽい子とか、ＯＬっぽい人とかもうなんなの」

「いや、なんなのって、なんでもねぇよ。鈴乃はただのお隣さんで、アシエスは言うなれば親戚みたいなもんだし、あのＯＬはどっちかっつーと恵美やちーちゃんの友達だ。っていうかちーちゃんを引き合いに出すなって頼むから。まだなんでもねぇんだって言ってんだろ」

「まだ。まだね。冗談も大概にしてほしいよ全く。男が一人暮らししてるボロアパートに和服美人のお隣さんとか都市伝説もいいとこだろ」

「カワっちお前ん家《ち》をボロアパートとか言うなよ。それに俺一人暮らしじゃねぇし。前も話したろ、男友達と三人でルームシェアしてるって」

「ルームシェアの相手が男だということも、僕は最近疑っている」

「勘弁してくれよ」

どこまで本気なのか分からない川田《かわた》だが、ふと真面目《まじめ》な顔になって、三十一番卓に座る鈴乃《すずの》の方を見た。

「あの人、何だか妙《みょう》に思いつめた感じだったよ。わざわざまーくん訪ねて一人で来るの珍しいし、まさかちーちゃんや遊佐《ゆさ》さんに何か良くないことがあったとかじゃないよね？」

「……」

今度こそ真奥《まおう》は、実は川田がエンテ・イスラの事情を全て把握しているのではないかという錯覚に襲われた。

鈴乃の要件は間違いなく恵美《えみ》と千穂《ちほ》が遭遇したトラブルに関することだが、梨香《りか》のように予《あらかじ》め恵美達の予定を把握していなければ予見できるものでもないだろう。

真奥が木崎《きさき》に呼ばれて席をはずしていたのはほんの十分程度。川田はそのわずかな間に、ほとんど面識の無い鈴乃の様子を観察して、正しい推測をしたことになる。

「やっぱ進路考え直せって。まだ料理屋やってるご両親元気なんだろ？　カウンセラーがだめなら教師とか、カワっち絶対人と向き合う仕事に就くべきだって」

「小料理屋も人と向き合う仕事だよ」

川田はそこで話を打ち切り、真奥も任されている二階のカフェレジに戻ろうとすると……。

「ンだよ……待ってるんなら家にいろよな」

三十一番席からの視線に気づき、真奥はそれを無視して上に上がろうとして、

「はぁ、もー」

踵《きびす》を返して三十一番席に向かう。

「……お客様、店内で眠らないでください」

背もたれに仰《の》け反《ぞ》って幸せそうな顔で眠るアシエスに、形式的に声をかける。

「うう…………お腹《なか》…………減っタ」

アシエスは傍目《はため》にも明らかに膨《ふく》らんだ腹を抱《かか》えながら、とんでもない夢を見ているらしい。

「おい鈴木《すずき》梨香、こいつ本当に一人でバーガー四十個食ったのか」

「あと五個ってとこで限界が来て、家に持って帰るとか言ってたよ」

「だからこんだけ食えるのに微妙《びみょう》に辿《たど》り着けないのはなんでなんだよ」

真奥はがっくりと肩を落とす。

「今日俺ラストまでだからな。早上がりもしねぇぞ。適当に飯《めし》食ったら帰れ。終電無くすぞ」

「梨香殿、私の部屋は狭いが一通りの化粧品などは揃《そろ》っているから、そのときは是非《ぜひ》泊まっていってくれ」

「俺と会話しろ」

真奥はイライラと唇《くちびる》を震わせる。

「別に何があったわけでもねぇよ。恵美《えみ》とちーちゃんが乗ってた地下鉄が変な奴《やつ》に襲われて、

の話だ」

天祢《あまね》さんとライラが助けに入ったんだけどライラがやられて、俺が傷を治してやったってだけ

「それを『何があったわけでもねぇ』って言っちゃえる真奥《まおう》さんの感覚は、一般人視点から見ておかしいからね」

梨香《りか》は携帯電話のニュースサイトを眺めながら眉《まゆ》を顰《ひそ》める。

副都心線の緊急停止に始まる一連の事故は、現在全く原因不明、と報道されていた。

死傷者こそいないものの、十両編成のうち三両分が脱輪し、うち二両はドアがこじ開けられたような形跡があった。

乗務員の『線路に人が』という通信と、新宿三丁目駅《しんじゅくさんちょうめ》での非常停止ボタン作動との関連性はまだ判明しておらず、事故から何時間も経っていないため、当然復旧はしていない。

結果的に副都心線に乗り入れている近郊私鉄のダイヤは壊滅的に乱れたままだ。

「ちーちゃんの概念送受《イデアリンク》を受けて俺が駆《か》けつけたのはライラがやられた後で、ひでぇことになりそうだったから新宿三丁目周辺を結界で封鎖しただけだ。魔力治療したらライラの髪の色が変わっちまったけど、死ぬよりはよっぽどいいだろ？　実際俺に言えることはそれくらいしかねぇんだよ。だから食い終わって適当に休んだらさっさと帰ってくれ」

今すぐ帰れ、と言わないところに真奥の仕事モードを感じる鈴乃《すずの》と梨香だったが、当然二人はこの説明では納得《なっとく》しなかった。

「その襲ってきた『変な奴《やつ》』とは何者なのだ。天祢殿すら苦戦したらしいではないか」

「天祢さんって、私を助けてくれた色黒のお姉さんだよね。やっぱ普通の人じゃないんだ」

「だから俺は知らねぇんだって。恵美《えみ》は完全にパニクってて話は聞けなかったし、エメラダもチラっとしか見てねぇって言うし、聞く時間も無かったしよ。本当に、俺に聞くよりちーちゃんや天祢さんに聞いた方がよっぽど分かるぞ」

「恵美……どうしたの？」

「そういう聞き方するってこた、あんたもある程度恵美から話は聞いてるんだろ？　親子の確執だよ親子の確執。親父《おやじ》はともかく、お袋とはとことんウマが合わないらしい。そこは俺達部外者がどうこうできる問題じゃない。じゃあ、俺は仕事戻るからな。適当にしといてくれよ。あとアシエスは叩《たた》き起こしとけ」

「あ、ちょっと……」

梨香が呼び止めるのにも構わず、真奥は早口に言い切ると振り返りもせずに二階に上がって行ってしまった。

「なんだよ、そっけないな」

梨香は不満げに口を尖《とが》らせるが、

「……」

鈴乃《すずの》は無理に真奥を追うことはせずに、大人しくポテトをつまみはじめた。

「どうすんの鈴乃《すずの》ちゃん、終わりまで待つの。あれ絶対何か隠してる口ぶりだよ」

「梨香《りか》殿も分かるか」

「ん？　う、うん」

ポテトを一本ずつちまちまとつまみながら、鈴乃がなぜか小さく微笑《ほほえ》むのを見て、梨香は首を傾《かし》げた。

「魔王は今、肝心《かんじん》なことを言わずにいた。ただ、そのこと自体は事件と直接関係ないし、突くと意固地になるから迂闊《うかつ》に突けなかった」

「ん？　何それ」

「ふふふ」

鈴乃はコーヒーを一口啜《すす》ると、少しだけ二階を振り返る。

「魔王はどのタイミングで、店を離れたのだろうな」

「え？」

「先ほど、魔王とレジの彼の会話が聞こえてきた」

「き、聞こえるの？　あそこの会話が？」

梨香は思わずレジの方に目をやる。

一階席の中でも、梨香達が座るこの席はレジからかなり離れた場所にある。

客席は六割埋まっている様子だが、今必死で耳を凝らしても、レジに立っている大柄な店員が何を言っているかなど全く聞こえない。

「まぁ、職業柄な」

　鈴乃は梨香の驚きを流して説明を続ける。

「魔王は『三十分で戻る』と言って店を出たらしい。実際に三十分で戻ってこられたようだが、話を総合すると千穂《ちほ》殿のＳＯＳを拾ってからでは際どいタイミングな気がするのだ。それに……」

「それに？」

「つかぬことを聞くが、梨香殿のお仕事は就業中に私用電話の携帯を認めているか？」

「え？　仕事中に携帯使えるかって話？　そりゃダメだよ。仕事だもん」

「そうだ。仕事中には携帯電話を使えない。なら魔王は、一体どのタイミングで千穂殿の概念《イデア》送受《リンク》を受信したのだろうな」

「いでありんく、ってなんだっけ。そっちの世界の、テレパシーの魔法みたいなやつだっけ？」

「そうだ。千穂殿は短期集中講座で概念送受を会得《えとく》しているのだが」

「塾か」

　梨香の簡潔な突っ込みを、鈴乃はスルーした。

「千穂殿は法術士《ほうじゅつし》ではない。必要なエネルギーを無理矢理補給して力を運用しているだけで、我々のように徒手空拳では使えない。千穂殿は術を補助する道具として、携帯電話を用いているんだ」

鈴乃《すずの》は千穂《ちほ》が、携帯電話を法術《ほうじゅつ》の増幅器として概念送受《イデアリンク》を用いている理屈を説明する。

「何も考えずに聞いてると、千穂ちゃんが危ない電波を送受信してるようにしか聞こえないけど」

千穂が概念送受を会得《えとく》していることを本人から聞いていても、こうして実際に異世界の人間から詳《くわ》しい理屈を解説されると、改めて千穂の超常性が際立ってくる。

「とにかく、携帯電話が手元に無ければ千穂殿からの概念送受は確実には届かない。魔王は事件が起こった夕食時、忙しく働いている最中だった。だが魔王は千穂殿の概念送受を受信して現場に駆《か》けつけたと言う。これはどういうことなのだろうな」

「ん？　んんん？」

梨香《りか》は鈴乃の言わんとすることがすぐには分からず、頭を捻《ひね》っている。

「休憩中《きゅうけい》……ってことはないか。ディナータイムで忙しい時間だもんね。こっそり携帯電話をポケットに持ってたってのは真奥《まおう》さんっていうより、このお店の人には有り得なさそうだし……ん？　ごめん、降参、どういうこと？」

「簡単なことだ。千穂殿のＳＯＳを受け取る前から魔王は店を出ていたんだ。……この満月バーガーというやつは、思ったより食べにくそうだな」

「へ？」

鈴乃はバーガーの包みに手をかけて、出てきたバーガーの妙《みょう》な厚みに軽く驚く。

「むぐ……もぐもぐ……これを三十五個とは、一体どういう体をしているのだ」

小さな口で厚みのあるバーガーを頬張《ほおば》りながら、鈴乃は困惑の目でアシエスを見た。

「エミリアの持つ聖法気《せいほうき》は、普通の人間のそれとは違う。アラス・ラムスと力を合わせれば、志波《しば》殿や天祢《あまね》殿のような例外を除けば事実上エミリアは宇宙最強の人間と言っても過言ではない」

「うちゅーさいきょーねぇ」

現実感のない言葉に梨香は苦笑する。

「襲ってきた敵が何者かは知らないが、エミリアは聖剣《せいけん》を振るって敵と戦った。千穂殿は、エミリアの戦闘の音を聞いてのっぴきならない事態だと考え概念送受を使った。魔王はそれをすぐに受信した……つまり魔王は、エミリアの聖法気を感知して、すぐに店を飛び出したんだ。だから千穂殿の概念送受もすぐに受信できた」

「……うん、でもそれは、どういうことなの？　何もおかしくないように聞こえるんだけど」

真奥が、恵美《えみ》の戦闘の気配を感じ取って緊急事態に対応するために店を飛び出した。

一体何がおかしいのだろうか。

「梨香殿にはおかしくないのだろうな。だが、我々にしてみれば大問題だ……うん、私は一個でも持て余してしまうな……野菜か、せめて緑茶が欲しいところだ」

普段一汁三菜の健康的な食卓を心がけている鈴乃《すずの》にとって、バーガーとポテトのみという夕食は少々バランスが悪すぎるように感じる。

数分で済んでしまった夕食に眉《まゆ》を顰《しか》めながら、鈴乃はその事実を告げた。

「真奥貞夫《まおうさだお》は魔王でエミリアは勇者だ。二人は依然として敵同士だ。それでも魔王は、エミリアの戦う聖法気《せいほうき》を感知して、千穂《ちほ》殿のSOSよりも前に店を飛び出した。大問題だと思わないか?」

「恵美《えみ》が危ないと思ったから店を飛び出したってこと?」

鈴乃ははっきりと頷《うなず》いた。

「以前の魔王なら考えられないことだ」

少なくとも鈴乃が笹塚《ささづか》に住みはじめた頃の真奥なら、恵美のトラブルなんざ知るか、こっちは仕事が忙しいんだ。勇者なんだからそれくらい一人でなんとかしろ、と説得する千穂や鈴乃相手に散々渋ってみせるところだ。

一緒《いっしょ》に千穂が危機に陥《おちい》っている場合はその限りではないが、今回千穂が現場にいるのを真奥が知ったのは、店を飛び出してからである。

「最近になってその傾向は顕著《けんちょ》になりつつあるのだが」

鈴乃は食べ終えたバーガーの包みを丁寧に畳みながら続ける。

「魔王は、口ではあれこれエミリアに文句を言いながら、エミリアのことをちゃんと大切な仲間だと考えている。かつてその場の勢いでエミリアのことを『悪魔大元帥《だいげんすい》だ』などと言ったことがあったが、魔王の中ではそれが事実として成立しかけているようだ

「ん、んん？　んんん⁉」

梨香《りか》は、鈴乃の迂遠《うえん》な説明をなんとか自分の中で消化しようとして、

「え、それって……」

とんでもない結論に辿《たど》り着いてしまった。

「それって、え、それって、ええ？」

「魔王と勇者という間柄を考えれば驚きだろう？」

梨香の驚愕《きょうがく》の声を驚きの共有と捉《とら》えた鈴乃は得たりと手を打つが、

「やー、そりゃ驚くよ。つまりあれでしょ⁉」

「うむ」

「真奥さんにとって、恵美も守るべき女の子になったってことでしょ⁉」

「…………………んむ？」

鈴乃は、予想だにしない発言に笑顔《えがお》が固まり、眉が奇妙《きみょう》な勢いで上がる。

「や、え、何、つまりそれって、きゃー何それ、あれでしょ、つまりあれでしょ？　敵味方の垣根《かきね》を越えてしまった禁断の愛じゃない⁉　きゃー何それ！　超燃えるんですけど⁉」

「あ……あい？」

「そういうことよね⁉　敵だったけどずっと長いこと一緒《いっしょ》にいたおかげで憎しみや恨《うら》み以外の感情が芽生《めば》えて、遂にはそれを自覚しはじめたわけでしょ真奥《まおう》さんが⁉」

「んんん⁉　待て梨香《りか》殿⁉　それは何か違う！　それは何か違う！」

思わず二度言う鈴乃《すずの》だが、

「何も違わないじゃん。元々敵だった恵美《えみ》が条件反射で心配になるくらい絆《きずな》が深まったってことでしょ⁉」

「違わ……ちが……ちがわ、ない、かもしれないが、そういうことでもなくてだな！」

「大丈夫よ安心して。別に真奥さんが恵美を異性として意識してるとかそんな風に思ってるんじゃないのよ⁉」

「ならばなんなのだその奇妙《きみょう》なにやにや笑いは！」

「だぁってさー⁉」

梨香は先ほどまでの深刻な顔が嘘《うそ》のように、華《はな》やかな笑《え》みを浮かべた。

「人間関係ってのはシンプルな方が、分かりやすくて皆ラクじゃん！」

「は？」

「恵美と真奥さんの場合、今まで人間の勇者と悪魔の王様っていう立場の間に、宿敵とか親の仇《かたき》とか侵略の障害とかそういう色々な要素が立ちはだかってたわけでしょ？」

「ま、まぁそうだが」

「どれも普通なら到底乗り越えられない障害だよね？　でも、真奥さん側からは、もうそれを乗り越えちゃってるってことだよね？　もしかしたら恵美が危ない目に遭ってるのかもしれないって思った途端に店飛び出しちゃうんだもんね？」

確かに梨香の言う通りなのだが、鈴乃が意図していた話の流れとは微妙《びみょう》に違うし、なぜかそれを認めようとすると心の中がざわつく気配がして、鈴乃は激しく首を振った。

「いや、しかしだな、それはあくまで魔王側から見た話であって、エミリア側からは特別魔王に歩み寄ったわけでは……」

「鈴乃ちゃん？　何か焦《あせ》ってる？」

「な、何を……焦ってなど」

「いや、妙《みょう》に顔が赤いから」

「あっ⁉」

鈴乃は慌《あわ》てて自分の頬《ほほ》を触《さわ》るが、もちろんそんなことで自分の顔色は分からない。

「い、いや、それは」

「あ、そっか、鈴乃ちゃんは千穂《ちほ》ちゃんと違ってエンテ・イスラの人類側なんだもんね。魔王が勇者にすり寄ってちゃ、手放しで喜べないか」

「そ、そうだ。そういう……」

ことなのか？

ほとんど飛びつくように梨香《りか》の言うことに同意したが、飛びついた瞬間《しゅんかん》には自分がそう思っていないということを心の冷静な部分が警告してくる。

なぜなら、飛びついたこと即《すなわ》ち、最初からそんなことは考えてすらいなかったということだからだ。

だが梨香は鈴乃《すずの》の複雑怪奇な心理には気づかずに、満足げに微笑《ほほえ》んだ。

「そっかー真奥《まおう》さんは恵美《えみ》に歩み寄れたんだー」

「う、ま、まぁ、そうかもしれんがしかしだな」

「それって、とても素敵なことだよね」

「…………………うん？」

梨香は両手で頬杖《ほおづえ》をつく。

「別に恵美と真奥さんがくっつくとか思っちゃいないけどさ」

「う、うん……」

「やっぱ友達同士が角突き合わせてるってのは傍《はた》から見てて気持ちいいもんじゃないもん。私、今なら千穂《ちほ》ちゃんの気持ち、ちょっと分かるよ。人間も悪魔も、殺し合わずに済めばいいなーって気持ち」

「梨香殿……」

「へへ」

梨香は困ったように笑った。

「それに私も……さ」

「うん？」

「……んん。今は本当に、千穂ちゃんの気持ちが分かる。痛いくらい。どうして千穂ちゃんがああやって気丈に振る舞えるかも分かる。自分でも意外だけど、今でもあの人達が悪魔だってこと、全然気にもならないし。ただなー……千穂ちゃんと比べると、私の方はどーもそーゆー芽が無さそうなんだよなー」

梨香はそう言うと、トレーを横に避《よ》けてテーブルに突っ伏した。

「何時《いつ》まで経っても、携帯電話を買いに行きそうにないし」

「携帯電話？」

突然なんの話だろうと鈴乃は首を傾《かし》げるが、

「なんでもない」

梨香は心なし固い声で、そう言うだけだった。

「さて、私は帰ろうかな。いい話聞けたし、一応状況は分かったし、恵美が落ち着かんなら今んとこ私は首突っ込まない方がいいって分かっただけでも収穫……あれ？」

一人で何かを吹っ切ったかのように顔を上げた梨香は、ふと向かいの席を見て目を瞬《またた》いた。

「アシエスちゃんどこ行った？」

「ん⁉」

鈴乃《すずの》は驚いて隣を見ると、今の今までだらしなく強欲な夢を見ながら寝こけていたアシエスの姿がいつの間にか消えている。

「まだ温かい。そう遠くには行っていないと思うが」

鈴乃がアシエスの座っていた椅子《いす》に触れると、人肌の温度がかすかに残っていた。

「トイレかな」

「……いや、私はなんだか嫌《いや》な予感……が」

そのとき鈴乃は、マグロナルドの階段を重い足音が下りてくるのに気づいて思わず振り向いた。

するとそこには、張りついた笑顔《えがお》の裏に恐るべき憤怒《ふんど》を隠しながら歩いてくる真奥貞夫《まおうさだお》の姿があるではないか。

一階まで下りてきた真奥は一直線に鈴乃と梨香《りか》の所に駆《か》けてくると、笑顔《えがお》のまま魔王サタンの名に相応《ふさわ》しい地獄の釜《かま》が開くような声を出す。

「お前ら、アシエスになぁにを吹き込んだ」

「「……へ？」」

「俺と？　恵美《えみ》が？　なんだって？」

「げ」

「っ〜〜」

梨香が思い切りうめき声を上げ、鈴乃は鈴乃で額《ひたい》に手を当てて俯《うつむ》いてしまう。

話に夢中で完全に油断していたが、アシエスは二人の話が佳境《かきょう》に入ったあたりで既に目覚めていたのだ。

それなのに、目覚めた気配を微塵《みじん》も感じさせなかったのは果たして意識してのことなのか。

とにかく二人の隙《すき》を突いて、アシエスは二階に駆け上がって二人の話をアシエス流に端折《はしょ》って伝えたに違いない。

「い、いや、その、それはなんというか言葉の綾《あや》であってだな……」

「綾も蚊帳《かや》も鞘《さや》もあるかバカ野郎。冗談でも言っていいことと悪いことがあるぞ」

「つ、つまりあれよ！　敵も助けちゃう真奥さん魔王の鑑《かがみ》！　かっこいーってことよ！」

「褒《ほ》めるなら俺の目を見て言え」

「す、凄《すご》いぞ魔王！　は、拍手だ！」

「鈴乃、柄にもねぇこと勢いでやると、後悔はすぐに襲ってくるもんだぜ」

「肝《きも》に銘《めい》じる！　もう既に後悔した!!」

顔を真っ赤にしながら慌《あわ》てふためく鈴乃。

「そ、その、アシエスはどうした？」

「ハウスだ」

真奥《まおう》はとんとんと自分の頭を指差す。

「首に縄つけとかねぇと本当何しでかすかも何言い出すかも分からねぇだけ恵美《えみ》よりずっと厄介だこのバカ」

完全に犬扱いである。

そして、この馬鹿《ばか》、と言った瞬間《しゆんかん》真奥の顔が五月蠅《うるさ》そうに歪《ゆが》んだ。

恐らく融合状態になったアシエスからの猛抗議を受けているのだろう。

「……お前ら、今日木崎《きさき》さんがいて良かったなぁ。俺の怒《いか》りは木崎さんのおかげで封じられていると言っていい。話は済んだんだろ？」

「「は、はい……」」

神妙《しんみよう》な顔になる鈴乃《すずの》と梨香《りか》は、

「お済みのトレーはお預かりいたしますので……またのお越しをお待ちしております」

真奥貞夫《さだお》の顔に悪魔の王の覇気《はき》の片鱗《へんりん》を見た気がして、素直に店を後にした。

「あれが、歩み寄ってる顔かねぇ……」

「ちょっと自信が無くなってきた」

すっかり沈んだ顔でとぼとぼと幡ヶ谷《はたがや》駅前までやってきた二人。

「あ、しまった」

「どうしたの？」

梨香が帰宅するためにバッグの中の定期入れを探しはじめたとき、鈴乃がはっとして顔を顰《しか》めた。

「いや、魔王に伝えようと思っていたことを忘れていたんだ。まぁ、仕事が終わるのが深夜ではどうしようもないか……」

「どんな用だか知らないけど、今から戻ったら叩《たた》き出されるだろうから、メールでも入れておいたら？」

「それしかあるまいな」

鈴乃は携帯電話を取り出すと、ぽちぽちと慣れない手つきでメールを打ちはじめる。

「よし、これで……」

なんとか文面を作成し、読み直しておかしなところがないか確認し、いざ送信しようとなった段で、鈴乃はふと指を止めた。

「…………………………………………………………」

「い、いきなり止まってどうしたん？」

鈴乃がネジの切れた人形のように表情まで固まってしまったのを見て、梨香は何事かと慌《あわ》てるが、

「初めて、だな。そういえば」

鈴乃がぽつりとそう呟《つぶや》いて、再び体のネジを回しはじめた。

「何が？」

「いや、大したことではない。思えば随分《ずいぶん》長いこと隣に住んでいるのに、魔王にメールを送るのが初めてだと今気づいたんだ」

そもそもつい最近まで、真奥のメールアドレスも知らなかったのだ。

電話番号だけは万が一に備えてずっと以前に聞き出していたのだが、何せ敵同士とはいえ隣人同士ほぼ毎日顔を合わせ、用があれば窓越しの会話の方が早い相手にメールを送るなどそうそう無いことだ。

鈴乃《すずの》が真奥《まおう》のメールアドレスを知ったのは本当につい先日。

恵美《えみ》を捜しにエンテ・イスラへと赴いたときなのだ。

「…………」

「な、何？　そんな神妙《しんみょう》になるような話をし忘れたの？」

「いや、そういうわけではないのだが」

煮え切らない態度の鈴乃に首を傾《かし》げる梨香《りか》。

鈴乃はほんの少しだけやるせなさそうな顔をして、首を横に振った。

「初めてのメールがこの内容ではいささかつまらんと思ってな」

鈴乃は文面が完成しているメール画面をさらに操作し、恵美や千穂相手でもまず使わない機能を呼び出し文面に添えた。

「本当に、つまらん」

　そう言って、送信キーを押した。

　メールの送信が完了したのを見て携帯電話を閉じると、鈴乃は改めて梨香に向き直った。

「正直私も、今日何が起こったのか分かっているわけではない。だが詳細《しょうさい》が分かったときには、梨香殿にも必ず連絡する。少しの間、待っていてほしい」

「うん。まぁ力にはなれそうにないけど、恵美《えみ》を元気づける会とかやるんなら幹事は任しといて。んじゃ、私帰るね。皆によろしく」

「ああ。道中気をつけて」

　梨香が手を振りながら幡ヶ谷《はたがや》駅に消え、鈴乃も踵《きびす》を返してアパートへの道を歩きはじめる。

「柄にもないことを言えば、すぐに後悔が襲ってくる。そんなことは分かっているさ」

　鈴乃はまた携帯電話を取り出すと、メールの送信済みフォルダを開いた。

　宛先に恵美と千穂《ちほ》ばかりが並んでいるその画面の一番上に表示されている『魔王』の文字。

「でも、不思議と今は後悔は無いな」

　真奥に送ったメールの文面をもう一度だけ見直してから、鈴乃は軽い足取りで夜の笹塚《ささづか》の街を帰路に着いた。

「おいまーくん」

鈴乃《すずの》と梨香《りか》が帰り、融合したアシエスも結局満腹だったのかふて寝を始め、ディナーのピークを過ぎた二十一時。

この時点での売り上げジャーナルを帳簿に添付するためにスタッフルームに戻った真奥《まおう》を、木崎《きさき》が呼び止めた。

「はい？」

「今、スタッフルームの君のロッカーの中から、何か重い物が派手に落ちる音がしたぞ。携帯か財布か何かがポケットからこぼれたんじゃないか？」

「え、マジですか」

「もの凄《すご》い音がして驚かされた。壊れていても知らんぞ。早いところ見ておけ」

「え、あ、すいません」

真奥が慌《あわ》ててロッカーを開けると、折角恵美《せっかくえみ》に買わせた新しい携帯電話がロッカーの床に落ちていた。

背面のイルミネーションが光っており、誰かからメールの着信があったことを知らせている。

恐らくはこのメールを受信したときのバイブレーション動作で落ちてしまったのだろう。

反射的に携帯を開くと、なんと鈴乃からのメールであった。

「あいつまだ何か…………………………うん」

真奥《まおう》は今が就業時間中であることを思い出し、迅速《じんそく》に携帯電話を片付けるとロッカーの扉を閉め、本来の作業に戻る。

「…………木崎さん、二十一時の売り上げジャーナル、貼っておきました」

「ん？　ああうん、ご苦労さん」

真奥はそのままさっとスタッフルームを出ると、足早に仕事に戻ろうとする。

「まーくんどうしたの、なんか顔青いけど」

すると途中で川田《かわた》が声をかけてきた。

自分でも自覚はあったが、そんなに一気に顔色が変わっただろうか。

「いや……その」

一体鈴乃はどういうつもりなのだ。ただでさえアシエスに妙《みょう》なことを吹き込んでくれた上に、あんなメールを送ってくるとは。

アシエスが起きていたら、またぞろ大惨事《さんじ》を覚悟しなければならないところだ。

「俺……今日ちょっと家に帰りたくなくて……」

「は!?」

「できれば、どこか別の所で一夜を過ごしたい……」

「何気持ち悪いこと言ってんの。頭打ったかなんかした？」

川田はどこまでも辛辣《しんらつ》だった。

「なんなら閉め作業は僕がやるから先に帰ったら？　同居人と美人のお隣さんが待ってるんでしょ」

やっかみ半分からかい半分で言った川田《かわた》の言葉に対する反応は劇的だった。

「もっと面倒な奴《やつ》が待ってるらしいんだよおお!!　帰りたくねぇよぜってぇ家に面倒事が待ち構えてるんだよこれは!!　俺は自分の仕事がしたいのにどいつもこいつも面倒事ばかり持ち込んできやがってなんなんだ畜生《ちくしょう》自分のことは自分で片付けろよ本当によ!!」

「ま、まーくん!?」

「鈴乃《すずの》も鈴乃だよなんだあのメールは!!　柄にもねぇことすんなって言ったばっかだろが！」

仕事中の真奥《まおう》には珍しく本気の感情を露《あら》わにしながらばたばたと駆《か》け上がっていき、

「何か……悪いこと言ったかな」

川田は呆然《ぼうぜん》とそれを見上げる。

だが、真奥が焦《あせ》るのも無理もなかった。

鈴乃から送られてきたメールには、こうあったのだ。

『仕事が終わったら早く帰ってこい♥　エミリアが待ってる♥』

「帰りたくね〜〜〜〜」

真奥は仕事上がりの深夜の0時半、デュラハン弐号《に》を押して歩いて帰っていた。

鈴乃のメールを受け取って以来仕事がいまいち手につかず小さなミスをいくつもしてしまい、余計にテンションも下がっている。

真奥は携帯電話を開いて鈴乃のメールを見直すと、小さくため息をついて足を止めてしまった。

「まさか……この時間まで待ってるってことはねぇよな？」

ハートマークのことは最近ありがちな鈴乃の気の迷いだとして放っておくとしても、恵美《えみ》が待っている、とはどういうことだろうか。

新宿三丁目駅《しんじゅくさんちょうめ》での様子を思い出せば、とてもライラや天祢《あまね》などと冷静に話をできる状況とも思えない。

当然エメラダと一緒《いっしょ》に永福町《えいふくちょう》に帰ったものだとばかり思っていた。

千穂《ちほ》が待っている、ならなんとなく分かるのだ。

実は千穂の家というのは安全ではない。

千穂は両親と暮らしているのだから社会常識的には夜になったら家に帰るのが当たり前なのだが、勇者でも法術士《ほうじゅつし》でも悪魔でもない、身を守る術《すべ》を持たない千穂をアパートから離れた場所に帰す、というのはこの状況では結構勇気のいる選択である。

いくら天祢や志波《しば》の協力が得られているとはいえ、今回も天祢が現場に駆《か》けつけるのにはそれなりのタイムラグがあった。

だからこそ、なるべく千穂《ちほ》の両親に気遣いつつ千穂を真奥《まおう》や鈴乃《すずの》や志波《しば》の目の届く所に保護しておく、というのなら分かる。

だが、実際に待っているのは恵美《えみ》だと言う。

背後から戦車で撃《う》たれても傷一つ負わないと皆が思っている恵美が何故《なぜ》、わざわざアパートで真奥の帰りを待っているのだ。

というか、あの時点で鈴乃がその旨《むね》メールで送ってくるということは、恵美を待たせているのはノルド、或《あ》るいは芦屋《あしや》ということになる。

「帰ったら、大喧嘩《げんか》の最中とかだったら嫌《いや》だなぁ……全く」

漆原《うるしはら》の病室でライラを無視し、その後も接触を断っているため、真奥は未だライラがどこに住んでいるかは分からないが、恵美とライラがヴィラ・ローザ笹塚《ささづか》で世界最悪の親子喧嘩など繰り広げていた日には、日本が消滅するかもしれない。

「まぁいつも通りの静かな夜だから、それは無いんだろうけど」

真奥は立ち止まったままデュラハン弐《に》号のスタンドを立てて、背後を振り返った。

「で、お前が俺の時間潰《つぶ》しの相手をしてくれるってのか？」

「あ、バレてた」

「何故バレねぇと思ったんだよ」

振り返ると、いつもと変わらぬトーガとTシャツの大天使、ガブリエルが立っていた。

何せ大柄だしそもそも存在がうるさいガブリエルである。人通りの無いこの時間に、気づくなと言う方が無茶だ。

「ミキティからの御達しでね。まさかまさかでエミリアが襲われたろ。単独行動してるアパートの関係者の護衛に就くように言われてるんだ」

「俺に護衛なんか必要ねぇよ」

「エミリアにもいらないと思ってたけど、結局襲われただろ？」

「どっちにしろ、お前が護衛ってだけで嫌だ」

「そう言うなよー。こっちも宮仕《みやづか》えなんだからさー」

「誰が宮だ誰が」

「あ、佐々木《さ さ き》千穂なら安心して。僕が送り届けて、実家周辺にばっちり警戒網を張っておいたから、何かトラブルがあってもいつでも対応できるよ」

「誰も聞いてねぇし、お前がちーちゃんを送り届けたって話もちーちゃん家の周辺に何かしたって話もその響きだけでいかがわしさ満載だバカ野郎」

「天使がいかがわしい真似《まね》するはずないだろう？」

「お前初対面でちーちゃんに何言われたか覚えてるか」

「あははー」

真奥《まおう》は今度こそ体の芯から疲れを感じて、その場に座り込んでしまう。

「何、勤務明けでお疲れ？」

「お前にトドメ刺されたようなもんだよ……おい、アパートに恵美《えみ》が待ってるって、マジなのか」

「え？　あーそういえばいたね。佐々木千穂《ささきちほ》が家に帰ったのは十時くらいだったけど、そのときにはまだいたと思うよ。そのあとのことは知らないけど」

「帰っててくんねーかなー……親子喧嘩《げんか》に俺巻き込むなよなー……」

「まぁまぁ、そうは言っても君が帰る家は一つしかない！　さぁ立つんだ悪魔の王！　元気に足を前に出そうじゃないの！　元気に帰ろうアルシエルのご飯が君を待っている！」

「ああああああもう頑張ってる俺に誰か心穏やかに仕事に打ち込める生活をプレゼントしてくんねぇかなぁちくしょおおおおお!!」

うざい、という言葉以外では表現のしようのないガブリエルのテンションに打ちのめされて、真奥は頭を抱《かか》えうずくまりたくなってしまう。

だがここでうずくまっていてもいい結果は見えそうにないので、仕方なく自転車を押して再び歩きはじめると、ガブリエルが横に並んできた。

「ねぇ、一つ聞いていい？」

「なんだよ」

　真奥は顔を上げずに答える。

「なんで、ライラの話を聞こうとしないの？」

「聞く理由が無い」

「なんでよ」

「なんでもだよ。何か複雑な理由を求めるようならすまねぇが、本当に聞く理由が無い、ただそれだけだ」

　真奥は特別感情も込めずに言った。

「昔、命を助けられたことは感謝してる。感謝してるが、もう十分あいつの掌《てのひら》の上では踊ってやった。今日のことであいつの命も助けた。利子含めてもとっくに借りはチャラだ」

「ふむふむ。なるほど。なるほどと言ったものの、まだちょっとよく分からないな。これまで日本で起こった色々なトラブルに柔軟に対応してきた君らしくもなく、ライラの話を一言も聞こうとしないのは、損にならない？」

「損て、何がだよ」

「だって、君もイェソドの子達とライラが密接に関《かか》わってることはもう分かってるんでしょ？今後のこと、聞いておいて損は無いと思わない？」

「……ガブリエル、お前ガキ育てたことあるか？」

「は？」

唐突《とうとつ》な逆質問に、ガブリエルは目を瞬《しばた》く。

「俺、アラス・ラムスと暮らしはじめてすぐ、保険に入ろうか検討したことがあるんだ」

「保険？　それって医者にかかる用のとかじゃなくて、生命保険とか火災保険みたいなやつ？

魔界は長期的なリスクの管理に力を入れてるの？」

魔王の入れる保険とはどんな保険だと一瞬《いっしゅん》悩むガブリエルだが、話をきちんと聞くと、結局入っていないのだということが分かる。

「掛け金もバカにならんし、健康診断が必要なのとか色々あって結局入りはしなかったけどな。

なんでそんなこと考えたかっていえば、お前のせいでこれから俺が死ぬことも万が一とはいえあり得るんだって気づいたからなんだ」

「あ、僕のせいなのね」

ガブリエルははたと手を打つ。

そういえばあのとき、魔王を殺すことも視野に入れて力を解放したことを思い出した。

「ただな、なんで保険かけるかっていえば、要するに先々何が起こるか分からないから、悪いことが起こったときのためにかけとこうってなるわけだろ」

「うん、まぁね」

もう遠目にヴィラ・ローザ笹塚《ささづか》の灯《あか》りが見えてきている。

「逆にな、先のことが分かったら、保険会社の商売なんか成り立たねぇんだ」

「うん、まぁ……」

「俺は、アラス・ラムスの将来に何が起こるかなんて、知りたくない」

「それは保護者としてどうなの？　悪いことを予見できるなら、それは知っておくべきじゃないの？」

「その予見できちまった悪いことが、絶対不可避のことだったらどうする」

真奥《まおう》は鋭《するど》く言い放った。

「お前はあの場にいなかったが、大家さんはアラス・ラムスとアシエスは、お前らの天界に帰らなければならないって言ったんだ。あの大家さんがだ。大家さんはずっと前からライラと繋《つな》がってた。なら話を聞けばアラス・ラムスとアシエスを天界に帰さなければならなくなる。だが、俺にも恵美《えみ》にも、そのつもりは無い。アラス・ラムスを遠いとこになんかやりたくねぇし、アラス・ラムスも俺達と離れたがらない。なら、何もかも今のままでいい」

「……僕が言うことじゃないけど、知らないから免《まぬが》れられることばかりじゃないよ？」

「本当、お前にだけは言われたくねぇな。注意しとけよ、今は寝てるが、アシエスはお前のこと見るだけで殺したいっていつも言ってるからな。いつ大家さんの隙突《すきつ》いてお前の寝首掻《か》くか分からんぞ」

「あー、もう何度か夜討《ようち》ちされてる」

「そのまま死ねば良かったのに」

「酷《ひど》いなー。本当酷いなーもー」

そんなことを言いながらも二人は着実に足を前に進め、ヴィラ・ローザ笹塚《ささづか》に帰り着いたときには、もう時刻は一時に迫ろうとしていた。

真奥《まおう》はデュラハン弐《に》号のスタンドを立てると、ガブリエルに向き直る。

「護衛ご苦労、もう帰っていいぜ」

「一応今の話は最後まで聞かせてよ。気になるじゃん」

「最後までって、何が最後なんだよ……」

真奥は面倒くさそうに鼻を鳴らした。

「……一番気に食わないのは、そこなんだよ」

「え？」

「知らないから免《まぬが》れられることばかりじゃねぇ。なら俺達はお前やライラがやってきたことを知る努力をしてやるくらいはするべきかもしれねぇ。だがな」

真奥は自分の胸を指差すと、小さく言った。

「知ったことに対して、なぜ俺達が力を尽《つ》くしてやらなきゃならないんだ？　そんな義務を負わされる謂《いわ》れはねぇよ」

「世界が滅びるって言われても？」

「知ったことじゃねぇな」

「君達の子孫の未来が閉ざされるかもしれないんだよ？」

「人間の子孫が死に絶えれば悪魔にとっては好都合だし、悪魔の子孫なんて考える頃には俺は死んでるだろうからその頃の奴《やつ》らが必死になってなんとかしろよ」

「君達には力がある。他の誰にも無い力が。それで事態を解決できるかもしれないのに、動かないっていうのかい？」

「……本音が出たな？」

するとと悪魔の王は、顔を歪《ゆが》めながらニヤリと笑った。

「え？」

「なら俺はこう返してやるよ。『どうして力を持ってるってだけで、訳の分からない責任を一方的に押しつけられなきゃいけねぇんだ』ってな」

「お……おおお？」

真奥の論法に一瞬《いっしゅん》ついていけず、ガブリエルが言葉に詰まる。

「つまるところお前らは『勇者エミリアよ、魔王サタンを倒せる力を持つのはそなただけなのだ。見事魔王を打ち倒して参れ』をもう一度やりたいんだろ」

その瞬間《しゅんかん》、真奥はすっと表情を消す。

「それで恵美《えみ》は何を手に入れた。ええ？」

「えっと……」

「俺には恵美《えみ》から命を狙《ねら》われる理由にいくらでも覚えがある。俺はそれだけのことを恵美にしたし、その恨《うら》みを晴らしてすっきりしたいってのはあいつ自身の意志だ。だけどエンテ・イスラの人間共はあいつの気分に乗っかって、自分達も一緒《いっしょ》に背負うべき重荷を全部あいつに押しつけたわけだろ？　力があるってだけの理由で」

それこそは、エメラダがずっと後悔し続けてきたエンテ・イスラに住む全人類の咎《とが》だ。

その咎が先だって恵美をエフサハーンに囚《とら》え、彼女の心を縛《しば》った。

「俺をあと一歩まで追い詰めて、逃がしたからって後追っかけてきて、いざ倒せそうになったら仲間の裏切りだ。そのあと俺とエメラダとアルバートと鈴乃《すずの》がどうにかするまでお前ら天界に踊らされ続けた人間達の未来を、どうしてあいつが救ってやらなきゃならないんだ。まして俺なんかが、救ってやる理由はどこにもねぇ」

「……それは、エンテ・イスラの人間達が罪深いから嫌《いや》だってことかい？」

「まだ分かってねぇな」

真奥《まおう》はガブリエルを小馬鹿《こばか》にしたように口を歪《ゆが》める。

「なんで俺や恵美が、今の平穏で順調な生活を捨てて、お前らのカビの生えた計画の片棒担《かつ》がなきゃいけねぇんだよ。冗談じゃねぇよ」

「えええ？　そ、そんな勝手な……」

「勝手はどっちだ」

真奥は吐《は》き捨てた。

「一つ聞くがよ、金持ちは世界中の貧しい人に自分の金をばらまいて、代わりに無一文にならなきゃいけない義務でもあんのか」

「えっと……」

「貧しい人は、ひな鳥みてぇにただ口開けて施《ほどこ》しを待ち続けてればそれでいいのか」

ガブリエルは反論できずに黙《だま》り込む。

「俺や恵美が誰よりも強い力を持ったら、今の自分の生活の全てを投げ出して世界中を助ける責任を負う義務があるのか。ええ、その責任は、誰に負わされたものだ？」

真奥の声に、紛《まぎ》れもない怒《いか》りと苛《いら》立《だ》ちが混じる。

「俺はお前らのそういう態度が気に食わないんだ。『力を持ってるんだからやってくれるよね』。そういう態度で来るのは、そういう態度で来ても力を持ってる俺達が『そうだね、僕らには責任があるから頑張るよ』って言うと思ってるってことだよな」

「そ、そこまでは……っていうか夜中だからちょっと静かに……」

「違うってのか。じゃあどういう了見だってんだ言ってみろ」

「ぼ、僕はともかくライラは決してそんなことはないよ。彼女は自分も命がけで必死に滅びを食い止めようと頑張ってたんだ。エミリアやノルドを守りながら、エンテ・イスラを可能な限り正しい世界に戻すために……」

「ああ、なるほどな。それであの態度か、よぉく分かった」

ガブリエルが珍しく誰かを弁護しようとするが、真奥《まおう》はそれをはねのけた。

「やっぱそうだ。お前ら鉄は傷つけても壊れねぇって思ってる奴《やつ》だな」

「え？　て、鉄？」

突然話が飛んで、ガブリエルは目を白黒させる。

「鉄は強いよな？　ちょっとやそっとの衝撃じゃ壊れないし、どんだけ傷ついてもなかなか頑丈さは失わないよな」

「う、うん、まぁ……」

「だからって、殴《なぐ》っていいのか」

「え？」

「傷がつかねぇなら殴っていいのかって聞いてんだよ‼」

完全に怒声であった。

町のどこかで、真奥の声に呼応した犬の遠吠《とおぼ》えが聞こえた。

「頑丈なら投げても蹴《け》っても殴ってもいいのか？　傷つきにくい素材であれば、粗末に扱うのが正しい使い方か？　力があればどんな仕打ちをしても構わねぇってのか？　俺や恵美《えみ》や、芦屋《あしや》や漆原《うるしはら》や鈴乃《すずの》がお前らの言う通り踊ってやった後、お前らは俺達のその後の生活を保障してくれんのか⁉　それとも俺達の生活なんか、世界や人類の未来のためなら大事の前の小事か？」

「……あー、うん、なるほど、そういうことか」

言い募《つの》る真奥の言葉をようやく理解したガブリエルは、小さく頷《うなず》いた。

「今度のなるほどはちゃんと納得《なっとく》したなるほどだよ」

「……本当に分かってんだろうな」

「分かってるよ。他人にエコだエコだやかましい人の家行ったときに部屋の電気つけっぱなしでクーラーガンガンきかせてたら、なんだコイツってなるよね」

「……そういう例を出してくる当たり、お前もいい具合に染まってきてやがるな」

真奥はこの夜初めて、表情を緩めた。

「とにかくそういうことだ。ライラは俺達に何かをさせたいらしいが、俺達にはライラの話を聞く理由も、責任も、義務も、メリットも無い。エンテ・イスラの政情は定まって、魔界も平穏を取り戻して、天界は地球との接触を断った。後に残った問題は今日ちーちゃんと恵美に怖い思いをさせた奴《やつ》を排除することと……まぁあとは、俺と恵美がどう関係を清算するかってことくらいだ。それが全部済んだら、俺達はそれぞれ生きたいように生きる。お前達には一切干渉させない」

「色々突っ込みどころは多いけど」

ガブリエルは苦笑する。

「君が生きたいように生きるってことは、要するにエンテ・イスラ征服をいつか再開するってことでしょ？　僕らはそれを止めるかもしれないよ？」

「それはそれで構わねぇさ。俺の野望を邪魔《じゃま》したい奴《やつ》がいるのは当然だし、邪魔する奴を排除するのは、俺の意志だからな。だが訳も分からず用意されたフィールドで後ろから善意の鎖《くさり》で操《あやつ》られるのは、俺の意志じゃねぇ。お前さっき、俺が色々なトラブルに対応してきたっつってたけど、これまで起こったトラブルは、排除しねぇと俺自身や俺の周りの連中が危険にさらされるから対応してたんだ。世の中のためとか思ってやったことなんか、一度もねぇよ」

「あいしーあいしー。その若さであの魔界を統一した芯の太さと強さ、仲間を思いやる気持ちをライラは完全に誤解してたね。彼女が今のままなら何百年経っても、話は聞いてもらえそうに無いや」

「分かってもらえて何よりだ。じゃあ、いい加減俺は帰るぞ。お前も帰れよ」

「うん、そうさせてもらおうかな」

共用階段の下で、真奥《まおう》とガブリエルは別れるが、真奥が階段を上がり切ったところで、ガブリエルが声をかけてきた。

「でもね、その話を僕にしてくれたのは、君にとっては失敗かもよ」

「なんだと？」

怪訝《けげん》な表情の真奥に、ガブリエルは得意げな笑《え》み。

「ほら、僕、君よりも世渡り上手だから」

「言ってろ。お前がライラと裏でどう繋《つな》がってたか知らねぇが、ライラ以上にお前の話なんか聞く気ねぇから」

「はいはい。今はそういうことにしておくよ。それじゃね、お休み」

「ああ」

「あと」

「ん？」

「気をつけて帰りなよ」

「は？」

「自覚があるのか無いのか分からないけど、発言には責任持ちなね」

意味深な一言を残して、ガブリエルはこの寒い中サンダルをぺたぺたさせながら軽い足取りで隣の志波《しば》家へと帰っていった。

共用階段の扉を開ければ二〇一号室の扉が見える所まで来て、今更気をつけて帰れもクソも無いと思うのだが……。

「あー一時かよ畜生《ちくしょう》。もう芦屋《あしや》も漆原《うるしはら》も寝てんじゃねぇか？」

ガブリエルと話し込んでしまったせいで余計な時間を食った真奥は、顔を顰《しか》めながら共用階段の扉を開けて、

「うおっ！」

思わず叫《さけ》び声を上げて後ずさってしまった。

「な、な、な、なんだよ！　お前まだ帰ってなかったのかよ⁉」

恵美《えみ》が立っていたのだ。

共用廊下のくすんだ蛍光灯《けいこうとう》の灯《あか》りを背後にしているので表情はよく分からないが、先ほど新《しん》宿三丁目《じゅくさんちょうめ》駅で見たのと変わらぬ服装でいるから、一度も家に帰っていないようだ。

真奥《まおう》が予想した通り二〇一号室と、そして二〇二号室からも灯りは漏《も》れていないので、芦屋《あしや》も漆原《うるしはら》も鈴乃《すずの》ももう床についているのだろう。

この流れなら恵美は鈴乃の部屋に泊まることにしたことまでは予想できるが、なら何故《なぜ》皆が寝静まっている状況で恵美一人が起きたまま共用廊下で地縛霊《じばくれい》よろしく突っ立っているのか。

「あ……もしかして、起こしたか？　わ、悪い」

真奥は今更、小さな声で言い訳する。

外でガブリエルと口論じみたことをしたせいで、確かに大声を出してしまった。

恵美なら寝入りばなを起こされて苛立《いらだ》って文句を言いに待ち構えていた、ということはありそうだ。

「ほ、ほら、今日お前とちーちゃんがトラブルに遭ったろ。それで大家さんがいらねぇ気ぃきかせて、ガブリエルを護衛とかいって寄越しやがってよ。つまんねぇことばっか言うからつい大声出しちまって……魔王に大天使の護衛つけるとか笑わせるよな、はは、ははは…………恵美？」

ここまで真奥の言葉に全く無反応。真奥はさすがにちょっと気味が悪くなってくる。

「恵美？　ど、どうした？　おーい……」

一応目の前で手をぱたぱたと振ってみるが、反応が無い。

「……遅いわよ。アラス・ラムスは待ちくたびれてもう寝ちゃってるわ」

「お、おう？　で、でもお前も知ってるだろ。今日の俺のシフト閉店まで、と真奥は最後まで言うことができなかった。

かすかに風を感じた。

気がつくと真奥は、恵美に抱きつかれていた。

「っっっ!?!?」

殺される！

真剣にそう思った。何が気に食わなかったのかは知らないが、寝入りばなを起こされたのがそこまで不愉快《ふゆかい》だったのだろうか。

首の後ろに感じる恵美の腕の感触から、真奥は数瞬《すうしゅん》後に自分の頸椎《けいつい》があらぬ方向に曲がる予感を覚え凝固した。

二〇一号室の押し入れの魔力をこの場所から操作していては間に合わない。

これまでエンテ・イスラでの決戦からこっち、恵美《えみ》が真奥《まおう》に容赦《ようしゃ》なく攻撃を加えたことは一度や二度ではないが、ここまで直接的な実力行使に及んだのは初めてのことだった。

これまでか。

だが、覚悟して体を固くしても、その瞬間《しゅんかん》は何時《いつ》まで経ってもやってこなかった。

「……お？」

五秒たっても自分が生きていることに気づき、真奥は無意識に閉じていた目を開く。

「…………」

「あ、あのー……？」

視界のすぐ下に、恵美の頭が見えた。

肩と首に恵美の体の重さが少しだけかかっている。

恵美の顔が、自分の胸に当たっている。

この状況はどういうことだろう。出会い頭の首折りフィニッシュホールドというわけではなさそうだが、さりとて一体何がどうしてこうなったか、真奥にはさっぱり分からない。

「いいから」

「は？」

思ったよりもはっきりした声が、自分の胸のあたりから聞こえてきた。

「いいから」

繰り返される言葉に、真奥《まおう》は混乱を深くする。何がいいからなのか知らないが、声からは特別怒《いか》りの感情が聞こえてこないので、とりあえず恵美《えみ》が何かに怒ってるわけではないことは理解する。

理解したが、理解すると同時に少しずつ冷静になった頭が今のこの状況が客観的にどう見えるかを分析しはじめ、少しずつ血圧が下がってくる。

これでは、誰がどう見たって先ほどの鈴乃《すずの》と梨香《りか》の戯《ざ》れ言の通りに解釈されてしまうではないか。

真奥的には鈴乃と梨香の会話を聞いてアシエスが持ち出した「くっつく」という言葉など物理的接触以外の意義で考えたことは無いが、残念ながら今の真奥と恵美はこれ以上ないほど物理的に接触している。

ここで真奥は、自分がこの場を冷静に切り抜けなければならないことに気づいた。

アシエスは、真奥の心や精神の動揺《どうよう》を敏感に察知する。テレパシーや概念送受《イデアリンク》に拠《よ》らなくても、融合状態なのだから仕方のないことだ。

だが今ここでアシエスに目覚められたら、明日以降周りの人間が真奥を見る目は、パラレルワールドや異次元の宇宙に飛ぶよりも酷《ひど》いことになるだろう。

「私ね」

「お、おう」

何を考えているかまるで分からないが、恵美の声は極めて冷静で、彼女がはっきりと理由があってこの行動に出ていることは分かる。

なればこそ、変に刺激して事態を悪化させるのは得策ではない。真奥は凝固したまま恵美の話を聞くことが現状最善の策であることを理解した。

「誰かに助けてほしいって思ったこと、ないの。体が大きくなる頃には、大体なんでもできるようになってたし」

「そ、そうか。まぁ、人類最強の勇者だもんな」

「あとは、エメや、アルや、昔はオルバだって必要なときには何も言わなくても助けてくれた。ツーカーってやつよ。だから私、あなたを殺しに行くのを辛《つら》いと感じたことはあっても、やめたいって思ったことはなかった」

「…………そぉか。そりゃ結構なことだ」

明らかに状況に不適合なセリフだが、真奥はとりあえず頷《うなず》く。

「でもね、この間、エフサハーンで私は……」

「お、おう、あのときな」

何を言い出すのかまるで分からない恵美に真奥はひたすら相槌《あいづち》を打つことしかできないが、続いて飛び出した言葉は思いもよらぬものだった。

「初めて『守って』もらったの」

「……あ？」

真奥《まおう》が疑問の声を上げたのは、二つの理由からだった。

一つは純粋に、恵美《えみ》の言葉の意図がよく分からなかったこと。

もう一つは、恵美の体が小刻《こきざ》みに震えはじめたからだ。

「……どうして、あなたなのよ」

「な、何が……」

「どうして私を守ってくれるのが、私の人生を滅茶苦茶にしたあなただけなの……？」

「……」

ここで、お前を守っているのが俺だけってこたねぇだろう、というほど真奥も空気の読めない男ではなかった。

要するにこれは、グチだ。

恵美は決して、これまでのエメラダやアルバートや千穂《ちほ》や梨香《りか》や鈴乃《すずの》の友情や献身を忘れてしまっているわけではない。

だがその記憶でも支えきれないほどに、心が疲弊《ひへい》してしまったのだ。

ただでさえエフサハーンの事件で心にダメージを負っていたところに、ライラの出現でさらに心を大きく揺《ゆ》さぶられた。

ならば、言いたいことを言いたいだけ吐き出させてしまったほうがいい。

それで命が助かるならば、ここはサンドバッグ役に徹するのが上策である。

「昔は、お父さんがずっと私を守ってくれてた」

「ああ」

「でも、あなたのせいでそれが無くなった」

「それに関して言い訳はしねぇよ」

「それから私は、ずっと誰かを守り続けなきゃいけなかった。私は……一番強かったから」

「そうだな」

「今だって、私は誰よりも強いわ……だから」

恵美の肩が小さく震えた。

「お父さんはもう、私を守ってくれない」

「……」

その一言に、恵美の昏《くら》い思いの全てが凝縮されていると、真奥ははっきり理解した。

再会したノルドは、むしろ恵美が守らなければならない存在になっていた。

それでも父の存在は精神的な支えになると信じていた。

だが、漆原《うるしはら》の病室で、父は母を庇《かば》った。

かつて命がけで守ろうとした娘の圧倒的な力を目の前に、ノルドはその命をかけて守る相手を、娘の心より妻の身と定めてしまったのだ。

あの場にライラが現れた時点で、どう転んでも家族が平和裏《り》に再構築されることなど、有り得なかったのだ。

「あなただけよ」

「は？」

「あなただけが誰よりも強くなった私を守ってくれた。私の人生を滅茶苦茶にしたはずの、あなただけが」

「……寝ぼけてんのか？」

「寝ぼけてもいないし、酔ってもいないわ」

「そりゃそうだ、未成年だもんな」

「戸籍上は二十歳《はたち》よ。日本の警察には捕まらないわ」

「とても勇者とは思えない発言だな」

「私は勇者でもなんでもないもの。周りがそう呼んだだけ。そんな職業、世界のどこにも無いわ」

今度は、震えながら微笑《ほほえ》む気配。涙を流しながら、笑っている。

真奥《まおう》を抱きしめる力が、少しだけ強くなった。

「まさに、悪魔の誘惑よね。あなただけがいつも、私が欲しかった言葉を聞かせてくれた。さっきだって……」

再び真奥の血の気が下がる。

ガブリエルは、ここに恵美《えみ》がいることを知っていてあんなことを言ったのか。

やむを得ないこととはいえ、先ほどの自分の発言には、恵美や鈴乃《すずの》すら自分が守るべき『周りの連中』として扱っていた部分がいくつもあった。

「ど、どっから聞いてたんだよ」

掠《かす》れる声で聴くと、恵美はすこしだけからかうように言った。

「アラス・ラムスと一緒《いっしょ》にずっとあなたの帰りを待ってたのよ。アパートに帰ってきてからのことは、全部聞こえてたわ」

「……最悪だ。こんなバツの悪いことあるかよ。どこの性悪な神の悪戯《いたずら》だ畜生《ちくしょう》」

真奥はガブリエルとの会話を反復して苦笑する。

「私だって、そろそろ自分のためだけに生きたっていいじゃない？　でも、心のどこかでそうしちゃいけないんだってどうしても思っちゃうの。エメも、ベルも、千穂《ちほ》ちゃんも、私の意志を尊重してくれる。でも、やっぱり私は自分の力を仲間のために振るわなきゃいけないんだって自負は捨てられなかった。別に千穂ちゃんや、周りの人を守りたくなかったとか、そういうことじゃないの。でも、結局私一人では何も解決できない。そんな私をどうして皆は勇者って呼んでたの？　力があるのに友達どころか自分の身一つ守れない、しかも、ライラなんかに助けられて、これ以上重荷を背負うなんて無理。無理なのよ……っ！」

やがて声が震えはじめ、涙と共に乱れた心が溢《あふ》れ出す恵美《えみ》の身を、抱きしめ返すことは真奥《まおう》はしなかった。

ただ、されるがままになっていた。

これはグチなのだ。グチに正論を返したって、誰のためにもならない。

「私にできることなんて何も無い。それなのに、皆が私を勇者だって言う。力があるなら、戦ってくれって、その力を貸してくれって……自分の身一つ守れない私に、これ以上何をさせたいのよ……」

「俺はお前がさっさと研修抜けて、一人前のクルーになって欲しいと思ってる」

「……」

恵美の嗚咽《おえつ》が、一瞬《いっしゅん》虚を突かれたように止まる。

「……あなたのそういうブレないところ、最近嫌いじゃないわ」

「俺はいつだって正直に自分の言いたいこと言うからな」

「その代わり、いつだって隠し事してるわよね」

「カードをオープンにしたまま生きてたら、切り札がいくらあっても足りねぇだろ」

真奥は嘆息《たんそく》すると、初めて自分から恵美の肩に触れた。

「一応言っとくが、俺は別にお前の興を買いたくてガブリエルにあんなこと言ったわけじゃねえからな。そこは分かっておけよ」

「分かってるわよ。だから…………嬉《うれ》しいんじゃない」

「あぁ？」

「本心からの言葉だから、心地いいのよ。あなたは否定するかもしれないけど、あなたは私を邪険《じゃけん》にしながら、いつだって仲間……ううん、ご近所として守ってくれてた」

「それは必要に……」

「必要に迫られたからって私を守れる人は、そう多くないわ」

「……相当参ってんな、お前」

「そうよ。魔王相手に、こんなこと言っちゃうくらいだもの」

真奥の胸から顔を離して、泣き笑いの顔で見返してきた恵美の目尻は赤く濡《ぬ》れていた。

「ありがとう、魔王。私、元が頑丈だから、簡単なメンテですぐ元に戻れるわ」

「最近随分《ずいぶん》と調子悪そうだったのは、酷使《こくし》されすぎてエラーが出てたってことでいいな」

「ええ、今日のこれは深刻なエラーよ。ノーマルな状態じゃないわ」

恵美は小さくため息をついて、真奥から一歩離れた。

「……恵美？」

だが、今度は真奥の手を握ったままだ。

「一つだけ聞いていい……？」

「あ？」

「もし……私がこのまま弱くなっていったら……あなたは、私を守ってくれる？」

「おい、深刻なエラー状態から抜け出てねぇぞ。何言ってんだ」

「言ったでしょ。今日はまだノーマルな状態じゃないの」

恵美《えみ》は少しだけ顔を赤らめながら言った。

真奥《まおう》は恵美に握られたままの左手にある腕時計が、間もなく一時半になろうとしているのを見て、またため息をついた。

「世界が変わっても、真実は変わらないんだろ」

「え？」

「『勇者』の名乗りに誇りを持っていたお前も、確かにいたんだろ」

「……あ」

真奥が言っているのは、あのときのことだ。

日本で真奥と出会って、千穂がエンテ・イスラの真実を知った、あの日の笹塚《ささづか》でのことだ。

「俺自身そんな自覚ねぇけど、俺がお前を守ってるんだとしたら、それは強いお前がどうにもならないことを助けてやってるだけだ。俺は、弱いお前になんか興味ねぇ」

「……深刻なエラー状態なのに、言ってくれるわね」

「弱ることも弱いことも構わねぇよ。でも弱さを武器にする奴《やつ》は嫌いだ」

真奥はなんでもないことのように言う。

「俺が認めるお前は、勇者だ勇者だって威張り散らして、友達助けたくて必死で足掻《あが》いてるお前だ。たまのエラーならともかく、常時なよなよしてる奴は俺の魔王軍にはいらない。『悪魔大元帥《だいげんすい》』は、心技体が誰よりも強い者にしか与えられない称号だ」

「……そっか」

恵美は何か納得《なっとく》したように頷《うなず》くと、ようやく真奥の手を離した。

「技や体はともかく、心がルシフェルに劣ってると思われるのは癪《しゃく》ね」

「うわ、ひでぇ」

「だってそういうことでしょ？」

「まぁ、魔王軍云々《うんぬん》は置いといても、実生活で漆原《うるしはら》以下ってのは普通にどうかと思うぜ」

「あはは」

恵美はようやく、快活な笑い声を上げた。

何故《なぜ》だろう、真奥はその笑顔《えがお》が、とても珍しいものに感じられた。

「やっぱりあなたは私の宿敵ね。優しい言葉を期待したのが間違いだったわ」

「大いなる間違いだし、何バカ言ってんだって感じだな。もしお前が敵じゃなかったとしても、今のお前はとてもじゃないがそれに値しねぇ」

「そうね。自分でもそう思う。ちょっと、不思議なくらい今日はダメだわ」

「人間だから凹《へこ》むことがあるのは構わねぇんだけどな、周りが微妙《びみょう》な反応起こすから、最低限誤解されない行動を心がけてくれ」

「あら」

恵美《えみ》は顔を赤らめたまま微笑《ほほえ》む。

「私と抱き合ってたのを見られたら、誰がどんな誤解をするのかしら」

「日本語は正確に使え。『合って』はねぇよ。お前が出会い頭に飛びかかってきただけだ」

「交通事故に遭ったみたいな言い方しないでよ」

「俺にしてみりゃ人生最悪の接触事故だ」

限りなく本気の悪態をつく真奥《まおう》。だが不思議なことに、恵美は全く気分を害した様子は無かった。

「傷つくわ」

「言ってろ。じゃあ俺もう寝るぞ。明日も仕事だからな」

真奥は恵美の横を通って共用廊下に入り、二〇一号室の扉に手をかける。

「うん、ありがとう。遅くにごめんなさい」

「……おう」

背後からかけられた声に、真奥は振り向くことはしなかった。

そのままドアの鍵《かぎ》を開けて中に入り、それ以上は恵美を見ることなく後ろ手に扉を閉める。

カーテンの隙間《すきま》から月明かりだけが差し込む室内では、芦屋《あしや》と押し入れにいられなくなった漆原《うるしはら》が、畳の上で眠っている。

勇者がずっと魔王の帰りを待ち構えていたというのに、この悪魔大元帥《だいげんすい》達は油断するにも程がある。

炊飯器の電源は切られており、コタツの上にはラップに包まれた、ふりかけをまぶしてあるらしい握り飯《めし》が三つ置かれていた。

どれもいびつで、とても普段真奥が目にする握り飯とは似ても似つかない。

「なんなんだよ、一体……」

真奥は壁一枚隔てたすぐ傍《そば》にいるであろう恵美に聞こえないように小さく呟《つぶや》き、

「下手《へた》くそ」

鼻を鳴らしながら、その少し歪《ゆが》んだ握り飯を手に取った。

魔王と勇者、取引を持ちかけられる

「諸君！　いよいよだ！」

木崎《きさき》真弓《まゆみ》の号令に、マグロナルド幡ヶ谷《はたがや》駅前店の全クルーが姿勢を正す。

「様々な困難があったが、今日晴れて、幡ヶ谷駅前店はデリバリー対応店舗として正式に稼働する！」

賽《さい》は投げられた。

本日午前十時より、幡ヶ谷駅前店に於《お》いてデリバリー業務が正式稼働する。

配備されたデリバリー業務用ジャイロルーフは三台。

真っ赤に染め抜かれたボディに燦然《さんぜん》と輝くマグロナルドマークが眩《まぶ》しい。

「記念すべき初日のデリバリークルー達は、研修で学んだことを思い出し、全力で業務に当たってほしい」

『はい！』

朝の時点で出勤している全員の声が唱和する。

初日の幡ヶ谷駅前店の宅配担当に選ばれたのはクルーの中では真奥《まおう》と川田《かわた》。

恵美《えみ》が電話注文の応対をメインに担当し、木崎が状況に応じてあらゆるポジションに対応することになっている。

つまり真奥と川田が宅配に出ている間に入ったオーダーは、木崎自らバイクを駆《か》って届けるということだ。

もちろんデリバリー注文が無いときは、真奥も川田も恵美も通常業務を並行して行う。

初日ということもあり、さすがに真奥も川田も顔つきが緊張している。

幡ヶ谷駅前店では、先行しているマグロナルドデリバリーと違う、実験的な試みが投入されており、通常のデリバリーより注文数が多く見積もられている。

それは、木崎が当たり前のように恵美をデリバリー受注オペレーターとして期待していたので誰もが気がつかなかったことだが、従来のマグロナルドデリバリーには、電話注文というシステムが存在しなかった。

これまでのマッグデリバリーはインターネット上のポータルサイト、或《ある》いはスリムフォン用アプリケーションソフトから注文すると、近隣のデリバリー対応店舗が自動でピックアップされ、そこにオーダーが送られる仕組みになっていた。

だが木崎はそれだけでは不十分であると考えた。

地域や商店街との繋《つな》がりを密に保っている幡ヶ谷駅前店で、店舗に直接の電話注文ができないなど考えられないとエリアマネージャーを喝破《かっぱ》したらしい。

スリムフォン全盛の時代に於《お》いてインターネットがどんなに普及しても、旧来のシステムを好んで用いる層は確実に存在し、デリバリーをインターネット注文だけに限定するのは商機を逃していることに他ならないと木崎は考えていた。

「何十年もかけて蕎麦《そば》屋、中華料理屋、ピザ屋、寿司《すし》屋が作り上げた『出前』の伝統はまだまだ根強い。アプリやサイトによって個人情報の登録が必要だったり、操作方法が違ったりするネット注文に比べ、欲しい物をただ言うだけの電話注文は圧倒的に簡単だ。これからの若者はインターネットしか使わないなどというのは、考えることをやめた者の幻想だ。若者に限らず、ユーザーはそのときそのときで使いやすいものを使うんだ」

木崎《きさき》はそう断じた。

「それに少子化著《いちじる》しいこれから何十年かは、インターネットに馴染《なじ》みの無い世代こそをターゲッティングしていかなければならない。いずれ全ての情報インフラがインターネット上に統合されてゆくにしろ、旧来のシステムに満足しているお客様に対する営業を心がけねば見える明日も見えてこなくなる」

恵美《えみ》は特にそのことを身に染みて分かっている。

ドコデモで問い合わせに応じていた頃も、中高年以上の個人ユーザーからの問い合わせが全体に占める割合はかなりのものだった。

そのことを思えばハンバーガーは若い人だけが食べるもの、という既成概念を崩す営業をしていくことは、今後必ずプラスに働くだろう。

「もちろんデリバリー以外の業務も変わらず大事な仕事だ。普段と変わらぬ高い水準での諸君らの健闘に期待する。では解散！」

木崎の号令で、とりあえずは朝のメニューに対応するためにそれぞれが持ち場へと散ってゆく。

「馴染むわね」

恵美は、支給されたインカムを装着すると、マイク位置を調整しながら気分が高揚《こうよう》するのを感じた。

恵美と同じく、今日からしばらくの間は二階のカフェ、キッチン、ホール担当クルー全員が就業中の無線インカム着用を指示されていた。

クルーの数も増え、オペレーションの数や種類も一気に増えたため、迅速《じんそく》に情報伝達を行うために導入されたのである。

恵美は口元のマイクが視界に入る度、これまで以上に『仕事をしている』感覚が研《と》ぎ澄まされる。

全クルーが着用しているものの中でも、恵美のインカムは電話着信した際にオーダーを取るための特殊仕様だ。

デリバリーにはお客様の住所、電話番号等の個人情報のPC入力が不可欠なため、受話器に片手を塞《ふさ》がれる普通の電話機での対応は効率的にも接客的にも好ましくないとのことから木崎が導入させたものである。

またこの子機は、宅配業務に出たクルーとのやり取りをするのにも欠かせない。

デリバリー用のバイクにはナビが積んであるわけでもないし、クルーも地域の地理に明るい者ばかりではないので、有体《ありてい》に言ってクルーが迷子になってお届けに手間取ることがないように、いざというときには店舗から指示出しができるのだ。

スリムフォンの地図アプリを使うという手もあるが、全従業員がスリムフォンを持っている訳でもない。

デリバリーの出数によっていずれは宅配業務専従クルーの採用も検討されている。

クルーは所属した店の事情に通じてなければいけない、ということと、全ての業務を万遍《まんべん》なくこなすことができるエキスパートは一定数確保しなければならない、という木崎《きさき》の信念から、最終的には全てのクルーが全ての仕事に通ずることになるだろう。

『さえみー、聞こえるか』

「……あ、はい！」

インカムから聞こえてくる木崎の声に、恵美《えみ》はワンテンポ返事が遅れた。

慣れない呼ばれ方に、まだ迅速《じんそく》な反応ができない。

『研修期間の君の働きぶりを見ても、君はそのポジションに相応《ふさわ》しい人材だ。初日にデリバリーの司令塔となれる人間は君しかいない。今日はよろしく頼む』

「分かりました。ご期待に添えるよう励みます」

『頼んだ』

恵美は少し離れた場所から、親指を立てて励ましてくる木崎に微笑《ほほえ》み返す。

※

クルー達の間で『ホーリーネーム命名《渾名》』と呼ばれている『事実上の研修期間卒業』の儀式は、あの日の翌日唐突《とうとつ》に行われた。

柄にもなく真奥《まおう》に弱音を吐《は》いてしまったあの夜の次の日。

不思議なことに自分でも全くそのことを後悔しておらず、妙《みょう》にすがすがしい気持ちで朝を迎えた。

そしてランチタイムの少し前に出勤し、真奥の渋面《じゅうめん》をやり過ごし、ようやく体に馴染《なじ》んできたマグロナルドの制服に腕を通しホールに出た途端、

「おはよう、さえみー」

丁度前を横切った木崎に、笑顔《えがお》でそう挨拶《あいさつ》されたのだ。

「お、おはようござ……います」

本当に突然のことでまさしく豆鉄砲を食らった鳩《はと》のような顔をしていると、

「遊佐《ゆさ》さん、もしかして研修抜けた？」

「え？」

そう声をかけてきたのは先輩女性クルーで真奥や川田《かわた》と並ぶベテランクルーの大木《おおき》明子《あきこ》、通

称アキちゃんだった。

「木崎《きさき》さんから渾名《あだな》、呼ばれたんでしょ？」

「あれは渾名、ですか？」

「うん」

明子《あきこ》は面白そうに口元を緩ませながら言った。

「最初はみんなそんな顔するんだよ。本当にいきなりだから、私も最初は驚いたんだ」

「はぁ……」

まだ意味の分からない恵美《えみ》だったが、そこに川田《かわた》がやってきた。

「うちの店では木崎さんに渾名を呼ばれはじめたら、そのクルーは一人前になったって暗黙《あんもく》の了解なんだよ。なんて呼ばれたの？」

「え、えっと……」

本当に突然のことですぐに思い出せなかったが、

「確か……そうだ、さえみー、って言われました……」

「「おお」」

すると、川田と明子が声を揃《そろ》えて驚いた顔をする。

「珍しいパターンかもね」

「うん、でも考えてみれば遊佐《ゆさ》さんはフルネームで四音だから、無理に苗字や名前で区切るよりその方が口馴染《なじ》みが良かったのかも」

唐突《とうとつ》な命名に盛り上がる先輩達に恵美は目を白黒させるが、すぐにもっと大きな変化に気づくこととなった。

「さえみー、今日はウーロン茶の原液が少ない。ピークにランプ点灯しないよう注意しておいてくれ」

「さえみー、十番の清掃を頼む」

「さえみー、今日は二度、トレーペーパーの向きを間違えていたぞ。忙しいときほどやってしまいがちだから注意するんだ」

木崎の言葉遣いが明らかに変わった。

これまでは恵美のことを『遊佐さん』と呼び、何かを指示したり教えたりする場合にも言葉遣いはですます調だったのだが、真奥や千穂や川田と接するときと変わらぬ口調になったのだ。口調が変わったからといって指示や指導が雑になったわけでも高圧的になったわけでもない。

そのことについてなんとなく明子に質問すると、

「あー、これは私の想像なんだけど」

と前置きして、考えを聞かせてくれた。

「飲食業ってやっぱ仕事キツいこと多いじゃん？　研修期間中に辞《や》めちゃう人もいるかもしれないし、もしそうなった場合にも悪い印象を残さないように、そうしてるんじゃないかなって思ってる。研修は雑より丁寧な方が印象いいしね」

それはとても納得《なっとく》できる考えだった。

「確かに言われるまで気づかなかったけど、僕のときもそうだったな」

川田《かわた》も自分の新人時代を思い出しているのか、明子《あきこ》の考えにしきりに頷《うなず》いていた。

「何にしろこんなに早く渾名《あだな》呼びになったの、私が知ってる限りちーちゃん以来だよ。研修明けの時給は普通より大分高めになってると思うよ。これは負けたくないなぁ」

明子が朗《ほが》らかに笑い、恵美《えみ》は思わずかしこまってしまう。

※

それ以後今日まで、半分くらいのクルーは恵美《えみ》のことを『さえみー』と呼ぶようになった。

千穂《ちほ》や川田はそれまでの呼び方が口に馴染《なじ》んでいるので『遊佐《ゆさ》さん』と呼んでくる。

そして。

『すまない、誰か下にメンテブラシの予備があるか見てくれないか。上のがぼさぼさになって使い物にならないんだ』

「はい、今見てみます。あったら持っていきますから」

『恵美……お、おう』

真奥《まおう》一人が、いつものように恵美を呼ぶようになった。

インカムからの複雑そうな返事に、なぜか恵美は自然と微笑《ほほえ》んでしまう。

真奥から恵美に接する態度は店の外と中でほとんど差は無くなったが、恵美は店内で真奥に接する態度を意識してこれまでと変わらず先輩として立てるようにしていた。

真奥はクルーの中でも随一《ずいいち》のベテランなのに、入りたての恵美が外と変わらぬ態度で接すれば、眉《まゆ》を顰《ひそ》める者も出てくるだろう。

真奥もそれは分かっているのか恵美の態度に特別文句を言ってくる様子は無いが、どこか複雑なものがあるようだ。

不思議なもので本当に入りたての頃は、真奥を先輩として立てるのは演技半分のところが多々あり、それに乗じて先輩面《づら》をしてくる真奥に苛立《いらだ》つこともあったのだが、あの夜以降なぜか恵美は自然に真奥に接することができるようになっていた。

後輩として素直に接することができるようになった、と言えばいいだろうか。

「うふふふふ」

「ど、どうしたのアキちゃん」

真奥の指示を受けて機械のメンテナンス用ブラシを探しはじめる恵美の姿を見て、明子が奇《き》妙《みょう》な声で笑い出し、川田が軽く驚く。

「いやね、さえみーももう随分《ずいぶん》慣れてきたじゃない？」

明子《あきこ》は早速、恵美《えみ》を渾名《あだな》で呼びはじめる。

「なのに最近真奥《まおう》さんが逆にぎこちなくなってるのが何か面白くて」

「あー……時々よく分からないよね、あの二人。確かにここんとこ、遊佐《ゆさ》さん肩の力が抜けてる感じはするけど……」

川田《かわた》の目には、数日前までの恵美は何やら重い悩みを背負っているように見えていたが、ここ数日はそんな気負いは感じられなくなっていた。

「もともと真奥さんとちーちゃんとさえみー、友達なんでしょ？　カワっち気づいてる？　ここんとこちーちゃんがまた面白いんだ」

「なんだろう、アキちゃんが凄《すご》く悪趣味なこと考えてる気がしてならない」

「カワっちには見抜かれるなー。いやね、この何日か真奥さんとさえみーが会話してるところを見るちーちゃんの顔がね、不思議な動きするのよ」

「不思議なってどういうこと」

「まずね、まるで母親のような暖かい笑顔《えがお》になって、それから科学者のように何かを疑問に思う顔になって、最後に幽霊《ゆうれい》を見た人みたいに顔が白くなるのよ」

「あー……」

川田は明子の話に大きく頷《うなず》くと途端に遠い目になった。

「まーくんはいつか、月のない夜道で後ろから刺されるべき」

「だよねだよね！　あれってそういうことだよね！」

川田の分析に明子は我が意を得たりとウキウキしはじめるが、

『アキちゃん、カワっち、どうした、手が止まってるぞ』

そのときインカムから木崎《きさき》の声が聞こえて、二人は慌《あわ》てて本来の仕事に戻ったのだった。


午前十時を待つことなく、フライングの電話が四本もかかってきて、幡《はた》ヶ《が》谷《や》駅前店の緊張は否《いや》が応にも高まっていた。

電話対応を任された恵美の最初の仕事は、ＰＣ入力の関係でどうしても通常メニューのデリバリー対応が十時からになってしまうことへのお詫《わ》びだった。

やがて時計が十時を差し、店内のオペレーションが朝メニューから通常メニューへとシフトしたその五分後。

『ウェブオーダー、入りました』

インカムから入った恵美の声に、思わず手の空いている従業員から拍手が起こった。

早速川田が、マグロナルドのデリバリー用に開発された黒い保温用デリバリーバッグを担《かつ》ぎ、万が一に備えて肘《ひじ》と膝《ひざ》を保護するためのプロテクターを着用し、プラスチックのタグと紛失防止用のコードがついたスクーターのキーを腰につけ、初のデリバリーオーダーに対応するために店を飛び出した。

そして川田《かわた》が出た五分後にはまたｗｅｂによるオーダーが一本。さらにはそのオーダーの直後、

「お電話ありがとうございます。マグロナルド幡ヶ谷《はたがや》駅前店、遊佐《ゆさ》がお伺《うかが》いいたします！」

初めての電話によるオーダーが入ったのだ。

「恐れ入りますが、お客様のご住所とお電話番号を……はい、かしこまりました、ご注文を確認いたします。ダブル満月バーガーのセットが……はい、只今《ただいま》のお時間ですと……」

通話中にも慣れた手つきで情報を入力した恵美《えみ》は、一つ前のオーダーのデリバリー先の住所を確認してからインカムで指示を出す。

「同一方向。笹幡《ささはた》五丁目方面。前後五分以内です」

『まーくん、両方行けるか』

『了解しました』

恵美の情報から木崎《きさき》が判断し真奥《まおう》が了承する。

迅速《じんそく》に二つのオーダーが完成し、真奥が手順通りそれらを保温バッグに詰め込み、

「分かりそうですか？」

「ああ、この辺なら大体分かると思う。お客様の番号は、これだな」

真奥は恵美に手渡された伝票を改めて一通り確認してから、壁に張り出されたデリバリーエリアの詳細《しょうさい》地図を確認。

「ここか、五丁目ってことは伝票の11番があの急な坂の下あたりだな……21番は……よし、大丈夫だ。何かあったら連絡する」

「分かりました。いってらっしゃい」

「…………ああ」

真奥はごく普通の笑顔《えがお》と言葉で自分を送り出す恵美に激しく違和感を覚えながらも、仕事中なのでそれ以上深くは考えずにデリバリー用のヘルメットを手に取り店を飛び出した。

なんとなく視界の端で、明子《あきこ》がこちらを生暖かい目で見ているのを感じたが、とりあえずそれも気にせずに店を出ると、真新しいホソダ・ジャイロルーフに跨《また》がった。

キーを差し込んでひねり、エンジンスイッチを入れると、エンテ・イスラで聞き慣れた高いエンジン音が響き渡る。

「行くぞ、レッド・デュラハン一号!!」

店のバイクに、ナンバーが若い方から一号二号三号と勝手に名前をつけて、真奥は雄々しく笹塚《ささづか》・幡ヶ谷の街へと繰り出したのだった。

「思ったより少ないですね」

「そうだな。フライングの数のことを考えるともう少しあっても良さそうなものだが、まぁ仕方が無い」

恵美《えみ》と木崎《きさき》は一階のカウンターで並びながら、普段通りの仕事に従事していた。

既にランチのピークは過ぎたが、現時点で入ったデリバリーオーダーの数はまだ十件だ。

満を辞しての導入で店舗全体が意気込みを見せていただけにこの数字は若干《じやつかん》拍子抜けと言わざるを得ないが、

「初日にオペレーションが破綻《はたん》しても困るし、今日は慣らし運転の日だと割り切ろう」

木崎はもう切り替えが済んでいるようだ。

「特に今日は快晴だ。スタートの日和《ひより》としては悪くないが統計的に悪天候の日の方がオーダー数は増える傾向にある。シフトの人数が少ない雨の日が来たら、きっとその日こそ我々の真価が試されることになるだろう」

絶好のスタート日和なのに気合がいまいち空回りする結果、というのも皮肉だが、こればかりはどうしようもない。

そのとき、十件目のデリバリーに出ていた真奥《まおう》が、九件目のデリバリーに出た川田《かわた》よりも早く店に帰ってきた。

「お帰りまーくん、お疲れ」

「お帰りなさい、何か備考は？」

「学生の集まりみたいで、誰が家の主《あるじ》だか分からなかったからお客さんについては言えることは無いな。マンション前の道が狭いのに車通りが滅茶苦茶多かったから、書くならそっちかな。マンションの前につけるより、少し手前からエンジン切って歩道歩く方が安全だ」

「分かりました。入力しておきます」

デリバリーを注文したお客様やデリバリー先の地理情報などについて、情報を共有するために全ての新規注文で所感を手入力することになっているため、恵美が『近隣の車両通行多し、駐車注意』の情報をPCに入力しようとした瞬間《しゅんかん》だった。

店の電話が鳴って、三人は顔を合わせる。

「お電話ありがとうございます。マグロナルド幡《はた》ヶ谷《がや》駅前店、遊佐《ゆさ》がお伺《うかが》いいたします」

恵美はPCの前に駆《か》けていって、慣れた様子で応対する。

「カワっち、まだ戻ってないんですか」

「エリアの一番端だったからな。あの辺は細い道も多いし、一方通行も……」

恵美の横顔を見ながらそんなことを話していた真奥と木崎だが、

「……っ」

恵美の息を呑《の》む気配がして、二人は何事かと彼女を見ると、これまで受話器を越えて届きそうな笑顔《えがお》の応対をしてきた恵美の顔が強張《こわば》っている。

「……遂にイタズラでも来ましたかね？」

「分からんが……」

今のところ悪戯《いたずら》電話や、行ってみたらデリバリー先が存在しないといったトラブルは無いが、もしかしたらこれがトラブル第一号かと思った矢先、

「……はい、かしこまりました。ビッグマグロバーガーのセットをお二つに……」

恵美《えみ》がマニュアル通りにオーダーを受けはじめて、真奥《まおう》は首を傾《かし》げた。

考えてみれば、これまでコールセンターで働いていた恵美が、悪戯電話如《ごと》きであそこまで動《どう》揺《よう》を見せるとも思えなかった。ならば尚《なお》のこと、恵美の唐突《とうとつ》な反応の理由が分からないが、とにもかくにもオーダーは完了し、伝票を見るとなんと五千円近いオーダーが入っている。

「大丈夫か、さえみー。顔色が悪いが……」

木崎《きさき》も、恵美の豹変《ひょうへん》ぶりに注意するよりも先に心配が立ったが、恵美は首を横に振る。

「なんでもありません。真奥さん、笹塚《ささづか》×丁目方面です」

「あ、ああ」

なんでもない、と言う割には声も硬い。何か電話口で妙《みょう》なことでも言われたのだろうか。

恵美は少しだけ息を吐《は》き出すと、真奥にだけ聞こえる声で呟《つぶや》く。

「本当になんでもないわ。大丈夫」

「恵美……」

「折角《せっかく》木崎さんに認めてもらったんだもの、これくらいのこと、笑顔《えがお》で乗り切れるようにならなきゃね。ごめんなさい、まだまだ未熟で」

「いや、それはいいんだが……ん？」

恵美は真奥にオーダー伝票を手渡す。

真奥は反射的に届け先の住所と電話番号を確認し、目を見開いた。

住所を見て、恵美の表情の理由も分かった。

「おいこれ」

「仕事よ」

何かを言い募《つの》ろうとする真奥を制し、首を振った。

「まーくん、できたぞ。行ってくれ」

「あ、は、はい」

木崎の声がかかって、真奥ははっと我に返る。

「気をつけて」

出る間際の恵美の声は、一体何について言っていたのだろうか。

真奥はレッド・デュラハン一号に跨《また》がりヘルメットのバンドを顎《あご》で留めながら、厳しい顔でエンジンをかける。

十件目のデリバリー先は、ヴィラ・ローザ笹塚一〇一号室だったのだ。

さすがの真奥も出発時点で笑顔とはいかない。

「誰が電話かけてきやがったんだろうな」

恵美《えみ》の表情からは察することはできなかったが、なんの悪意も無く考えれば、正式に居住している恵美の父、ノルド・ユスティーナだろうが、それなら恵美があそこまで顔を強張《こわば》らせはしないだろう。

「ま、普通に考えてライラだろうな。やってくれるぜ畜生《ちくしょう》」

確かにこれならば職場に押しかけたり、家に押しかけたりしたことにはならない。

真奥《まおう》も恵美もマグロナルドの従業員である以上『お客様』のデリバリー注文には応えなければならない。

そしてヴィラ・ローザ笹塚《ささづか》もまた、しっかり幡ヶ谷《はたがや》駅前店のデリバリー範囲内なのだ。

「っと、ここ一方通行だったか」

普段徒歩か自転車でしか通らない道も、スクーターで通ると全く違って見える。

普段の通勤ルートからほんの少しだけ遠回りしてやってきた『デリバリー先』は、日本で最も見慣れた場所であるはずなのに、妙《みょう》によそよそしく見えた。

「魔王様？　どうされたのですか？」

そこに丁度、芦屋《あしや》が共用階段を下りてきて、スクーターで現れた真奥を見て目を丸くしている。

「何かお忘れ物でも？」

「仕事だよ仕事」

真奥は『お客様』の前に出るためにヘルメットを脱ぎながら背後に積まれたコンテナを指差す。

「お客様は、一〇一号室の『佐藤様《さとう》』だ」

「そ、それは……」

芦屋も、このオーダーに隠されているであろう意図にすぐ気づいた。

「おのれ天使め！　電話一本で魔王様を呼びだてるなど不遜《ふそん》も甚《はなは》だしい！」

「まぁ、そりゃ確かに電話一本で呼び出されちゃいるけど、この制服着ている以上それは仕事だし、外で『お客様』の悪口は言えねぇからな。そこは察してくれ」

「で、では我々が加勢すれば……」

「だからバーガー届けるのに加勢もクソもねぇよ。今日もう何度もやった通り、お客様に商品をお届けして代金を受け取って帰る。ただそれだけだ。お前はお前の予定に従って動いてくれ。ほら、店出てから十分近く経ってるんだ。お客様には出来たてを届けなきゃな」

「魔王様……くっ……やはり人間や天使の奴《やつ》らなど、身近に置くのでは……魔王様、お気をつけください。彼奴《きゃつ》らどのような策を弄《ろう》しているか分かりません！」

「だから俺はバーガー……もういいや。心配ならそこで見とけ。何もねぇから。んんっ」

真奥は激昂《げっこう》する芦屋を待機させ、咳払《せきばら》いすると一〇一号室の呼び鈴《りん》を躊躇《ためら》いなく鳴らした。

「大変お待たせいたしました、マグロナルドデリバリーです」

事務的な調子を前面に押し出しそう呼びかけると、

「ああ、よく来てくれた」

予想に反して、出てきたのはノルド・ユスティーナだった。

てっきりライラか、ガブリエルが出てくると思っただけに拍子抜けではあったが、

「大変お待たせいたしました。まずお飲み物から。それとこちらがビッグマグロバーガーとポテトMのセットです。お熱いのでお気をつけください」

「……違う人が来るか注文を断られると思ったよ」

「ご注文の要件を満たしておられるのに、それを断るなどということはございません」

デリバリー先でお客様と二、三言の雑談を交わすのも仕事の範囲内だ。

初対面のときには、ノルドの日本語はアシエスと似たり寄ったりのカタコトだったことを思うと、ほとんど違和感のないレベルにまでなっている。

それが恵美《えみ》と再会してより多くの日本語に接するようになったからなのか、ライラと再会したことで何がしか裏技的な上達法を授けられたからなのかは定かではない。

真奥《まおう》はそんなことを思いながら、もしかしたらノルド以外に誰かいるのかと開かれたドアの向こうをちらりと盗み見るが、一〇一号室の中は薄暗く、中の様子を察することはできなかった。

「……以上で、間違いはございませんか」

「ああ、ありがとう」

「恐れ入ります。ではお会計、四千五百三十円頂戴《ちょうだい》いたします」

差し出された五千円札にも特別不審な点は無い。真奥はポーチの中から釣《つ》り銭を取り出し、数えてからレシートと注文伝票と共に差し出した。

「ありがとうございました。またよろしくお願いいたします」

「ああ」

最後まで、今日の全てのデリバリー先で起こったことと大差ないやり取りが続き、そして終わろうとした。

「ああ、そうだ」

開いた保温バッグを手早く纏《まと》めて立ち去ろうとしたそのときだった。

「真奥さん」

「…………………はい？」

真奥は顔だけ振り返って返事をした。

そこには変わらずノルドの穏やかな顔があった。

「このチラシについて、一つ聞きたいことがあるんだが」

「……はい、なんでしょう」

視界の端で芦屋《あしや》がハラハラしながらこちらを見ていることには気づいていたが、真奥はもう一度ノルドに向き直ると、ノルドは意外なことを尋《たず》ねてきた。

「ここに従業員募集中、とあるが、まだ定員に空きはあるかい」

「……？」

真奥《まおう》は眉《まゆ》を顰《ひそ》めた。

一体どういうつもりなのだろう。まさかノルドが、マグロナルド幡《はた》ヶ谷《がや》駅前店のアルバイトに応募するつもりなのだろうか。

「私は新聞配達の仕事を長くやっていた。地域の地理を覚える自信はある。原付免許も、もうすぐ取れる見込みだ。どうだろうか」

そういえば、ノルドとの最初の出会いは運転免許センターへ向かうバスの中だった、と思い出しながら、真奥は慎重に言葉を選ぶ。

「従業員の募集はまだ受けつけているはずですが、まずは店にお問い合わせください。店長の木崎《きさき》がお話を伺《うかが》います」

「なるほど。分かったよ、引き留めてすまないね」

「では、失礼します。ありがとうございました」

ノルドは今度こそ話を終わらせて、小さく会釈《えしゃく》をしてからドアを閉じた。

『仕事中』も周囲への警戒は怠《おこた》らなかったが、ライラやガブリエルどころか、志波《しば》や天祢《あまね》の気配も感じなかった。

「ま、魔王様」

芦屋《あしや》が間髪入れずに駆《か》け寄ってくるが、

「こういうのを、狐《きつね》につままれたような、っていうんだろうな。何も無かったよ」

「ですが最後、アルバイト募集に応募するような口ぶりでしたが」

「本当に応募してきたら面倒なことにはなるだろうが……正直そこは木崎さんの判断もあるだろうし、俺が口を出していい問題じゃ……いや、まぁ『仕事』にかこつければ俺が嘘《うそ》つけないってことを狙《ねら》ったのかもしれねぇが、俺からあんな事務的な話を引き出してどうしたいのかって聞かれるとな」

　ノルドがもしマグロナルド幡ヶ谷駅前店にアルバイトクルーとして応募してきたとして、心配なのは恵美《えみ》との関係だが、ライラとのことはともかくノルドを父として慕《した》う恵美の気持ちにはいささかも変わりが無く、むしろ会話の糸口を摑《つか》むきっかけになるかもしれない。

　だがいずれにしても真奥には関係の無い話だし、現状免許証を持っていないならノルドが即時応募してきたとしても、採用されない可能性も十分にある。

「ま、いいや、今の俺は仕事中だ」

「魔王様、なんなら私が締め上げて問い詰めても……」

「やめろ。店子《たなこ》同士でトラブル起こしたら、すぐに大家さんが飛んでくるぞ」

「……くっ」

芦屋《あしや》は悔《くや》しげに歯噛《はが》みするが、窘《たしな》めている真奥《まおう》も奥歯にニラが挟《はさ》まったような言い知れぬ違和感を覚えてはいた。

「何か、少しずつ型にハメられてる気がする」

「しかし魔王様、これまで通り、奴《やつ》らが何を仕掛けてきても知らぬ存ぜぬを通せばそれで良いのではありませんか？　我らは奴らに利する行動を取らなければそれでいいのです」

「ま、その通りなんだけどな」

真奥は頷《うなず》くと、レッド・デュラハン一号に戻ってヘルメットをかぶり直した。

「なんならお前も、注文するか？　俺の電話使えばデリバリーオーダー扱いになるぜ」

「申し訳ありませんが、明日の昼食まで既に献立が整っておりまして」

「ん、分かった。だがお前、この前みたいに恵美《えみ》に台所に潜入されるようなことはやめろよ。心臓に悪い」

真奥はあの日の夜のことを思い出して遠い目になる。

「面目次第もございません。我々が寝静まった後、まさかあのような凶行に及ぶとは。エミリアに我が家の米を触れられるなど、この芦屋一生の不覚……」

「凶行……いや、まぁ確かに形は悪かったが、味は普通だったからな。毒が入ってたわけでもないし」

「だから不気味なのですよ。エミリアが魔王様のために握り飯《めし》などと、どのような魂胆《こんたん》があるのかまるで想像できません」

「深刻なエラーでも出たんだろ」

真奥はあの晩のことを誰にも話していないし、恵美も話してはいないだろう。

「ま、あの日以来なんのトラブルも無いんだ。今日のこれも、ノルドがたまたまファーストフードを食いたくなったんだって思うことにする。じゃ、俺そろそろ戻らなきゃ」

「あ、はい、かしこまりました、お引き止めして申し訳ございません。お気をつけて」

芦屋の恭《うやうや》しい礼に送られて、真奥はヴィラ・ローザ笹塚《ささづか》を後にした。

店への道すがら、真奥はこの一週間のことを思い出す。

実際、恵美と千穂《ちほ》が地下鉄で何者かに襲われて以来、目立ったトラブルらしいトラブルは起こっていないのだ。

恵美の『深刻なエラー』は真奥にとっては大変な事故だが、幸いにしてアラス・ラムスやアシエスにあの晩のことがバレた様子も無い。

エメラダは従来通り恵美と一緒《いっしょ》に永福町《えいふくちょう》にいるし、天祢《あまね》と志波《しば》も特段の動きを見せない。

ライラも地下鉄事故の日のことがよほど堪《こた》えたか、恵美の『深刻なエラー』の二日後くらいに一度アパートにやってきたのを見たきりで、それ以後姿を見ていない。

そのときはまだ髪色は紫色のままだったが、真奥はそうなった理由や、そもそもライラがどこに住んでいるのかなども知りたいとは思わなかった。

「平穏無事な毎日が一番だ」

真奥《まおう》はスクーターのエンジン音に紛《まぎ》れてそう呟《つぶや》く。

やがて店に戻った真奥は、恵美《えみ》と、出勤してきたばかりらしい千穂《ちほ》の心配そうな表情に迎えられた。

「真奥さん」

千穂が駆《か》け寄ってきて、真奥の顔を見上げる。

「大丈夫でしたか？　遊佐《ゆさ》さんから、一〇一号室にデリバリーに行ったって聞いて……」

「お父さんはなんの用だったの」

恵美も深刻な顔で尋《たず》ねてくる。

「いや、それが」

と、真奥はヴィラ・ローザ笹塚《ささづか》での出来事をかいつまんで話す。

「つまり、ノルドにバイト募集のことを聞かれたこと以外は、何も変わったことは無かったんだ。俺としては、ライラとガブリエルに包囲されて帰れねぇくらいのことも覚悟したんだがな。恵美、お前が受けた電話、ノルドからだったんだよな？」

「……ええ」

「その割に顔つき厳しかったよな。俺、お前の顔が凄《すご》かったから警戒してったんだが」

「顔が凄いとは何よ顔が凄いとは」

恵美は真奥の言い方に文句を言ってから、首を傾《かし》げる。

「私は、一人で食べるには注文量が多すぎる気がするから、絶対後ろにライラがいるんだと思ってたの。それでつい硬い口調になっちゃったんだけど……」

「確かに凄い量ではあったけどな」

四千五百三十円という金額は、マグロナルドの客単価としては際立って高い。

ひと頃木崎《きさき》の輿を買うために毎日三食買っていったサリエルですら、一度の注文で三千円がいいところだった。

「それが全部セットでも、七人分くらいにはなりますよね」

デリバリーでの請求金額には配達料が含まれるため、実質ノルドの注文総額は四千二百円程度ということになる。

「まさかアシエスじゃあるまいし、ノルド一人でこれ全部食うのかな」

「アシエスちゃんと一緒《いっしょ》にご飯食べる気かもしれませんよ」

「どうだろうな。アシエスが天使の出入りする可能性のあるあの部屋に入り浸《びた》ることがあるのかどうか」

「でも、今はガブリエルと一緒に志波《しば》さんのお宅にいるんでしょ？」

「そりゃ大家さんの人徳っつーか、力技っていうか……そういえばこの前、鈴木梨香《すずきりか》がすげぇ勢いでアシエスに晩飯タカられてたけど、何か聞いてるか」

「何それ⁉　私知らないわよ⁉」

恵美《えみ》は梨香《りか》の名を聞いて顔を強張《こわば》らせた。

「アシエスのハンバーガー単品四十個とドリンク四つの注文分、あいつが金出してたぜ」

四十個という数に、千穂《ちほ》も恵美も目を丸くしている。

「後で謝っておかなきゃ……これ以上エンテ・イスラのゴタゴタに梨香を巻き込みたくなかったのに」

「それは今更だし、バーガー四十個がエンテ・イスラのゴタゴタから来る被害なのかは議論の余地があるな」

「あはは。でも、アシエスちゃんさすがですね。四十個とか想像できない」

アシエスの話題が出て、ようやく固い雰囲気《ふんいき》がほどけはじめる。

「ま、結局警戒してたようなことはなんにも無かったんだ。仕事に戻ろうぜ」

「はい！」

「そうね……っと」

言うが早いが、恵美のインカムに電話のコール音が鳴り響き、恵美は慌《あわ》ててデリバリーデータ入力用のPCまで駆《か》けてゆく。

「お待たせいたしました。マグロナルドはたが……わっ！」

電話の口上を途中まで述べた恵美が何かに驚いて身を竦《すく》ませる。

「…………」

そして、苦虫を噛《か》み潰《つぶ》したような顔を真奥《まおう》と千穂の方に向けてから、嫌々《いやいや》という感じでインカムから流れてくる声に注意を戻した。

「……はい、はい、こちらこそお世話になっております、はい……」

「『お世話になっております？』」

千穂は、恵美の電話の相手が誰なのか見当もつかず真奥と顔を見合わせる。

「ええ、確かに……ですがその、正直に申し上げましてこの距離では配達手数料が無駄《むだ》になるかと思いますすので直接ご来店いただいた方が、あ、構わないと……かしこまりま……え⁉　デリバリースタッフのご指名ですか⁉　あの、当店は指名制を取っておりませんもので、確認のために少々お待ちいただいてよろしいでしょうか、失礼いたします」

恵美はこの上なくげんなりした顔で通話を保留にし、インカムを店内無線に切り替えた。

「木崎《きさき》さん、向かいのセンタッキーの猿江《さるえ》店長からお電話です」

「『え』」

真奥と千穂は、お互いインカムから聞こえてくる恵美の声に声を揃《そろ》えた。噂《うわさ》をすれば影が差すにも程がある。

『……猿江が、なんだ？』

真奥がデリバリーに出ていたので二階のカフェにいた木崎の、困惑した声が返ってくる。

「その……デリバリーをしてほしいと」

『正気か』

木崎《きさき》の呆《あき》れ果てた声に真奥《まおう》や千穂《ちほ》のみならず、他のクルーも心の中で全面的に同意するが、さりとて歩いて十秒かからない場所にある向かいの同業他社店も、理屈の上では間違いなくデリバリー圏内にあるお客様なのである。

『それで？　向こうがこの距離で配達手数料を支払ってくれるというなら何も問題は無いが、さえみーがいちいちそんなことを聞いてくるということは、まさか私に配達してほしいとでも言ってきたか？』

「……そうです」

『……………………はあああああああああ』

木崎の大きなため息に、クルー全員が固唾《かたず》を呑《の》んで聞き入った。

『仕方あるまい。新業態開始の挨拶《あいさつ》とでも思えばいい。向こうも同じ商店街に属する以上、顧客となり得る相手だ。……普通ならまずあり得ないがな』

そりゃそうだろう。

『猿江《さるえ》に……いや、お客様に私が伺《うかが》うとお伝えしてくれ。それとまーくんは帰ってきてるか』

「あ、はい！」

突然呼びかけられて真奥はつい直接二階に向かって大声で返事してしまう。

『よし、ちーちゃんと一緒《いっしょ》に二階を頼む』

「「「分かりました」」」

真奥と千穂と恵美《えみ》の返事が唱和した。

「大変お待たせいたしました。木崎が伺いますので、ご注文を…………あ、あの、恐れ入りますが、木崎一人で運ぶことのできる量でお願いいたします」

恐らく電話の向こうで、サリエルは狂喜乱舞しているのだろう。

恵美が電話で頷《うなず》きながら入力していくメニューの数と合計金額は加速度的に増えていた。

「あいつは私の肩をバーガーとコーラで潰《つぶ》す気か」

二階から下りてきた木崎は、伝票を見て項垂《うなだ》れた。

結局一万円に届こうかというオーダーが入力され、この近距離でお届け予定時刻は二十分後とはじき出されている。

「……まぁ、一人であれだけ食う奴《やつ》もいるんだから、何もおかしいことはないわな」

「サリエルさん、また変な太り方しなければいいんですけどね。……この量、本当に一人で食べるんですかね」

「いくらなんでもセンタッキーの従業員にマグロナルドのセットを強制的に食わせるようなマネはしないだろ。パワハラにしても斜め上すぎる」

どこまでも平常運転のサリエルの行動が、このときばかりは真奥の心にわずかながら余裕を与えてくれたのだった。

マグロナルド幡ヶ谷《はたがや》駅前店のデリバリー業務開始初日は、極めて平和に終わったと言っていいだろう。

デリバリー件数は三十件。そのうち電話による注文がノルドやサリエルの分も含め十二件もあったことを考えれば、木崎《きさき》の主張は正しかったことになる。

デリバリーに出た場合の平均往復時間は約二十分であり、向こう一週間ほどは初日のデータを基にオペレーションを構築していくことになるだろう。

一週間のうちに荒天の日や、初日の業務で中心的な役割を果たした真奥《まおう》、川田《かわた》、恵美《えみ》が不在のシフトの日などが、次の関門として立ちはだかることになると予測される。

「あー……しっかしあれだな、やっぱ慣れないことの連続だから、疲れたな」

「そうね。私も久々の電話対応だったから必要以上に緊張しちゃって肩凝ったわ」

閉店業務を終えた真奥と恵美は、揃《そろ》って静かな商店街の真ん中で伸びをする。

「この時間まであんなに人がいたのも久しぶりだったからな。いやーでもやっぱ、コウタいなくなんのはキツいなぁ」

「コウタって中山《なかやま》さんのこと？　アルバイト辞《や》めるの？」

　千穂《ちほ》は高校生なので夜十時で退店したが、デリバリー初日の今日だけは、オーダーストップである閉店三十分前の午後十一時半まで、木崎、真奥、川田、明子《あきこ》、恵美、そして近々就職活動をするために退店が決まっている中山孝太郎《こうたろう》がシフトに入っていた。

「就活だよ。前途ある若者に就職せずにバイトやってろって訳にはいかねぇしな。とはいえ俺が入った頃から一緒《いっしょ》にやってきた仲間だし、やっぱシフトに入れれば頼りになったから皆コウタが抜けるのは痛ぇと思ってるはずだ」

「じゃあ川田さんもなの？　確か同い年だって聞いたわ」

「カワっちは家業を継ぐから在学中は辞めない。俺は他の道もあると思うんだけどな……さてと、お前も気をつけて帰れよ…………って」

　真奥がデュラハン弐《に》号を駐輪場から引き出し跨《また》ろうとすると、

「なんだよ」

　恵美がトートバッグの端を掴《つか》んできて、真奥は顔を顰《しか》めて立ち止まった。

「私もベルの部屋にアラス・ラムスを迎えに行かなきゃいけないんだから、一緒に帰りましょうよ」

「…………なんだよ、深刻なエラーの再発か？」

　全力で渋面《じゅうめん》を作ってみせるが、恵美の方はあまり堪《こた》えていないようだ。

「二人で帰れば、アラス・ラムスも喜ぶわよ」

一体なんだというのだこの間から。

態度が軟化したなどと生易しい話ではない。

あの恐怖の晩以来、恵美《えみ》はまるで人が変わったように、真奥《まおう》に色々な表情を見せるようになっていた。

この数日は、これまでのような高圧的な態度をほとんど見た記憶が無い。

朝方にアラス・ラムスを鈴乃《すずの》に預けるためにアパートに現れたときも、極めて明るい表情と態度で魔王軍一同大いに困惑したものだ。

千穂《ちほ》は恵美のこの変化に気づいているのだろうか。

恵美と真奥に仲良くしてほしいと常々願っている千穂にとっては、恵美の歩み寄りは願ったり叶《かな》ったりだろう。

しかし真奥にしてみれば、恵美から歩み寄ってくる理由もきっかけも思い当たらないせいで、エンテ・イスラで鈴乃が妙《みょう》な歩み寄りを見せたときのように、自分から恵美に譲歩しようとはどうしても思えないのだ。

大体にして細かい理屈は抜きに、真奥と一緒《いっしょ》に帰りたがる恵美など恵美ではない。

「もう寝てんだろこんな時間……ん？」

真奥はげんなりしながら携帯電話を手に取ると、背面ディスプレイがメールの着信を知らせていることに気づいた。

「ちーちゃんと……誰だ？　これ」

携帯電話に登録されていないメールアドレスからのメールだった。

文面はただ一言、

『真っ直《す》ぐ帰ってくるように』

とだけある。

「おい、恵美、このメール、お前に同時送信されてる」

「分かってる。今見たわ」

恵美も険《けわ》しい顔で頷《うなず》いた。

「心当たりは？」

「分からねぇ。分からねぇが……」

真奥は、その登録されていないメールアドレスをどこかで見たことがあるような気がするのだ。

もう大分前のことになるが、そのときもそのメールは千穂のメールと並んで送られてきたような……。

「まぁ、俺とお前にこんなメール送ってくる奴《やっ》なんか、そう多くはねぇな」

「そうね」

「……大丈夫か？」

複雑そうな顔でスリムフォンを鞄《かばん》にしまう恵美《えみ》に尋《たず》ねる真奥《まおう》。

十中八九アパートで待ち構えているであろうメールの送り主と対峙《たいじ》するだけの余裕が恵美にあるのかどうかを心配したのだが、

「大丈夫。もう、あんな無様な姿は見せないわ」

若干強《じゃっかん》がっているような気配はするが、それでも恵美は気丈に頷《うなず》いた。

「フザけた展開が待ってるようなら、今度こそ容赦《ようしゃ》しないかもしれないけどね」

「あんま無理すんなよ」

「あら、優しいこと言ってくれるわね。弱い相手には言わないんじゃなかったの」

「揚げ足取んな。またお前にヘタレられたら面倒だから言ってんだよ」

はね返ってくる気の強い響きに、真奥は口の端を片方だけ上げて応じた。

「誰だか知らねぇが、余裕かまして帰ってやるとするかな。恵美、お前の誘いに乗ってやるよ。二人でゆっくり歩いて帰ろうぜ」

「いいわね。ついでに途中のコンビニで、おでんでも買ってく？」

およそ魔王と勇者らしくない、いや、真奥と恵美らしくない会話をしながら、二人はヴィラ・ローザ笹塚《ささづか》へ向かって歩きはじめた。

ちきちきと鳴るデュラハン弐《に》号のチェーンの音を聞きながら、恵美は顔を上げる。

「そういえば、千穂《ちほ》ちゃんの方のメールはなんだったの。私には来てなかったけど」

「ほぼ同じ内容だよ」

「え？」

怪訝《けげん》そうに尋ねる恵美を見ずに、真っ直《す》ぐ前を見たまま真奥は言った。

「アパートで待ってるそうだ」

「おいおい、そうそうたるお出迎えだな」

ヴィラ・ローザ笹塚に戻った真奥と恵美を正面の庭で迎えたのは千穂、芦屋《あしや》、鈴乃《すずの》、エメラダに天祢《あまね》にアシエスに、アシエスに抱っこされたアラス・ラムス、ガブリエル、ノルド、そして志波《しば》。

漆原《うるしはら》一人が、志波を恐れているのかアパートの敷地の際《きわ》に逃げているが、ヴィラ・ローザ笹塚に関《かか》わるほぼ全ての存在がここに集結していることになる。

「ちーちゃん、大丈夫なのかよこんな時間に」

「佐々木《ささき》さんは私がお呼びしましたの」

「……大家さんが？」

志波が何故《なぜ》、わざわざ千穂を呼び出すのだろうか。

「家の方は大丈夫だよ。僕がミキティの指導でちゃんと佐々木千穂が怒られないようにしてきたから」

「後でちーちゃんの両親に何かあったら、俺がお前を殺しにいくぞガブリエル」

どこまでもあっけらかんとするガブリエルを、天祢《あまね》のそばにいるアシエスが睨《にら》みつけている。

「あのメールはあんたか、大家さん」

「ええ、遊佐《ゆさ》さんにも同じメールをお送りしたのですけど」

「俺はあんたにメールアドレスを教えた記憶も無いし、それに」

真奥《まおう》は目を細めて志波《しば》を睨む。

「あんた、ずっと前にも俺に一回メール送ってきてるだろ」

「ええ」

志波はあっさりと認めた。

まだ漆原《うるしはら》が笹塚《ささづか》におらず、千穂《ちほ》も真奥達の真実を知らなかった頃、謎《なぞ》の警告メールが真奥の許《もと》に届いたことがあった。

それは、これからまだまだトラブルが続発するという旨《むね》の内容だったのだが……。

「佐々木《ささき》千穂さんは、携帯電話を媒介に概念送受《イデアリンク》を操《あやつ》るそうですが、まぁ似たようなことをしたと思ってくださいまし。あの頃はまだ他のセフィラ達と連絡を取っても対応する余裕が無くて、私一人で日本全体を見渡す必要がありましたので、やむを得ずあのような方法を取らせていただきましたの」

「俺らをエンテ・イスラから来たと知って、な」

真奥は小さくため息をついた。

それほど以前から、志波は真奥や恵美やその背後にあるものを追いかけて暗躍《あんやく》していたというのか。

「それで、なんでまたこんな豪勢なお出迎えがいるんだ」

「事情が変わってね」

応えたのは天祢だった。

「私もミキティ伯母《おば》さんも、一方的に真奥君の肩を持つわけにいかなくなったんだ」

「どういうことだ」

「中に入れば分かるよ」

天祢が指差す先は、一〇一号室。

「真奥君と遊佐ちゃん、二人には、彼女の話を聞いてもらわなきゃならない」

「ヤなこった、って言ったら？」

「私とミキティ伯母さん、それ以外の可能な限りの一族を集めて、地球にトラブルを持ち込みそうな君達を容赦《ようしゃ》なく全力排除するね。エンテ・イスラに叩《たた》き返してやるよ」

天祢の声色は本気だった。

「逆に、今夜眠いのをちょっと我慢《がまん》して一〇一号室に入って君達二人が彼女の話を聞いてくれれば、私達は何もしないよ。まぁ賃貸契約の更新日だとでも思って」

「勝手言ってくれるぜ」

真奥《まおう》は顔をひきつらせながら肩を竦《すく》めた。

「聞くだけでいいんだな」

「いいよ。ね、伯母《おば》さん」

「ええ」

天祢《あまね》に振られて、志波《しば》は頷《うなず》いた。

「彼女も彼女なりに世界を背負おうとしたのです。だから、今度は間違えないと思いますわ」

「重荷背負って道間違えてりゃ世話ねぇよ」

真奥は誰にともなくそうぼやくと、傍《かたわ》らに立つ恵美《えみ》の背を叩《たた》いた。

「行くぞ」

「……ええ」

恵美も、顔を強張《こわば》らせてこそいるが、そこには漆原《うるしはら》の病室で見せた危《あや》うさは無い。

「真奥さん……遊佐《ゆさ》さん……」

「魔王様、お気をつけて……」

「お願いだから僕が働かなきゃならないようなことにしないでね」

「魔王、エミリア、意に染まぬことがわずかでもあるなら、決して耳を貸すなよ」

千穂《ちほ》が、芦屋《あしや》が、漆原が、鈴乃《すずの》が、それぞれに声をかけてくる。

「ぱぱ……」

鈴乃に抱かれているアラス・ラムスが最後に、奇妙《きみょう》なことを言った。

「めって……しないでね？」

アラス・ラムスは何を恐れているのだろう。

既に恵美がライラに対して強硬な態度を取っていることだけは理解しているはずだが、そういうこととも違うようだ。

とにかく、この扉を開ければ全て分かるのだろうか。

真奥は昼間も見た一〇一号室のドアノブに手をかけ捻《ひね》ると、中から灯《あか》りが漏《も》れているのに気づく。

そして、

「なっ……」

「こ、これって……」

そこには真奥と恵美が予想だにしない光景があった。

「こんな夜中に呼びだててごめんなさい。上がってもらえるかしら」

真奥も恵美も、ライラの誘いには従わずに玄関の上がり口で突っ立ったまま呆気《あっけ》にとられていた。

一〇一号室でライラが待ち構えていることまでは予想できた。彼女は未だ髪色が紫色のままだがそれもいい。

問題はライラの傍《かたわ》らで布団に寝かされている少年だ。

黒い髪に一房の赤を走らせた少年の顔を、真奥《まおう》も恵美《えみ》も知っていた。

だが記憶と大きく違うことがある。

肌の色が、くすんだ褐色《かっしょく》になっているのだ。

日焼けや生まれつきの肌というのではない。まるで長いこと水に晒《さら》した鉄のように、良くない錆《さ》びとも言うべきものが、体を覆っているようにも見える。

唯一《ゆいいつ》記憶にあるその少年の肌の色と一致するのは、布団の外に出された左腕だけ。

「イルオーン……⁉」

真奥は布団で眠る少年の名を呼んだ。

セフィラ・ゲブラーの化身イルオーン。

初めて出会ったときにはマレブランケの頭領格に率いられて日本に現れ、その後は芦屋《あしや》がラグエルとカマエルに使役《しえき》されているのを確認している。

しかしエフサハーンでの真奥と天使達の戦いにはその姿は無く、天使達を倒した後も行方《ゆくえ》は杳《よう》として知れなかった。

「天祢《あまね》さんと志波《しば》さんが、見つけてきてくれたの。今日の昼のことよ」

ライラの言葉に、真奥ははっとして一〇一号室をぐるりと見回すと、部屋の端に昼間真奥が届けたマグロナルドデリバリーの空の紙袋が纏《まと》まって捨てられているゴミ袋を発見する。

「そうなの、あの人にしてもらった注文は、この子に食べさせるためよ」

「相当衰弱《すいじゃく》してるように見えるが、そんな容態の奴《やつ》にファーストフード食わせたのか」

真奥の言葉に非難の色が混じるのは仕方ないが、ライラは特に表情を動かさなかった。

「アシエスとアラス・ラムスが好んで食べてるそうね。実際に二人にも進められて、セフィラの子達が言うなら、大丈夫だと思ったの」

「にしたって大量に食って体にいいもんじゃ……」

「それに、別に衰弱してるわけじゃないわ。天祢さんたちと一悶着《もんちゃく》あって確かに体力を失ってるけど、今苦しそうにしてるのは、どちらかというと食べ過ぎ。あれだけの量、この子一人でペロリだもの」

「「え」」

これにはさすがに、ノルドの注文を把握している真奥と恵美は同時に声を上げた。

「セフィラの奴らは、皆そんな大食いなのか？　まさかアラス・ラムスもいつか……」

「そ、そんなことあるはずないでしょ！　それに今はそれはどうでもいいわ！　用件は、用件は何よ⁉」

呆《あき》れる真奥を遮《さえぎ》り、アラス・ラムスの将来を思い動揺《どうよう》しつつも声を上げたのは恵美だった。

「私達は明日も仕事なの。用件だけ簡潔に話して」

恵美《えみ》のきつい声色でライラが揺《ゆ》れるかと思いきや、ライラは必死の面持《おもも》ちで頷《うなず》いた。

「私の用を話す上で、この子のことには触れておかなきゃいけないわ……エミリア」

少しだけ娘を呼ぶ声が頼りなさげに上擦《うわず》り、

「気安く呼ばないで」

娘はその揺らぎを敏感に感じ取って母の言葉を弾《はじ》き飛ばす。

ライラは少しだけ寂しげにため息をついてから、イルオーンの髪をなでた。

「あなたと、佐々木千穂《ささきちほ》さんの乗った副都心線を襲った黒い影の正体は、この子よ」

「「!」」

真奥《まおう》と恵美は同時に息を呑《の》んだ。

「サタン。あなたがエフサハーンで解決した騒動《そうどう》のとき、この子は逃げたの。アシエス・アーラと事を構えたくなくてね。天使に付き従うことを決めたのはこの子自身だけど、セフィラの同胞と戦うことになるのだけは耐えられなかった。だから逃げたの。この子のことを知る人がわずかでもいる、この日本に」

「そりゃ気の毒なこったな。大家さん達の網には引っかからなかったのか」

「志波《しば》さんも、イルオーンが来たことはすぐに感知してたわ。でも、そのとき既にイルオーンは変質を始めていて中々尻尾《しっぽ》を掴《つか》ませなかった。エミリア、あなたが見た黒い影は、守るべき世界を見失ってセフィラが暴走した姿よ。ゲブラーが司《つかさど》る鉄の性質が大きく現れた結果、〝進化聖剣《ベターハーフ》・片翼〟すら弾き返す超硬質の体を手に入れてしまった。意識が鉄の性質に浸食されていく中で、最も近くにいたセフィラの反応に引き寄せられたのよ」

「……それで、そんなアメコミみたいな子供が、あなたの話にどう関係するの？」

「分からない？」

　ライラは悲しげな顔で言った。

「アラス・ラムスもアシエスも、イルオーンのようになってしまう恐れがあるの」

　エンテ・イスラのセフィラの状況を知っている二人なら納得《なっとく》してしまいそうになる話の流れだが、真奥はごまかされなかった。

「俺も恵美も、ヤドリギとかいうやつになってるんだ。それでもアラス・ラムスとアシエスは、イルオーンみたいになったりするのか」

「確かにヤドリギを選んだセフィラの存在は安定するわ。でもヤドリギは永遠の機能ではない。ヤドリギが死んだりすれば当然あの子達はまた一人。本人達の意志によってヤドリギから離れてしまうことだってある。そうなれば、イルオーンのようになってしまう可能性はゼロじゃない。まだこの子達の世界に、この子達を導く『ダァト』は生まれていないの」

　面倒な単語が出てきたが、真奥はそれをあえて無視して畳み掛ける。

「……それで、なんだよ。アラス・ラムス達をこんな姿にしたくなけりゃ、お前の言うことに従えってか？」

真奥《まおう》の挑発的な言葉に、ライラは首を横に振った。

「この前の私は、言葉遣いこそ違うけど、中身は全く同じことを言おうとしてものの見事にあなた達にフラれたのよ。サタン、エミリア。あなた達のイェソドに対する愛を利用しようとしたの。それが当たり前だと思ってたの」

ライラは畳の上で改めて姿勢を正すと、真っ直《す》ぐ二人の目を見て言った。

「だから、今日は話を聞いてもらいたいんじゃない。あなた達に『仕事』を頼みたいの」

「『仕事？』」

ライラは頷《うなず》き、予《あらかじ》め用意していたらしきＡ４サイズの紙束を提示した。

「事業計画の概要、報酬に関する規定、それに契約書の準備稿よ」

真奥と恵美《えみ》は、今度こそ顔を見合わせた。

目の前で毅然《きぜん》とした顔で正座するライラには、あの日漆原《うるしはら》の病室で見せた甘ったれた雰囲《ふんい》気《き》は微塵《みじん》も無かった。

「依頼したいことは一つ。私と一緒《いっしょ》に、エンテ・イスラをあるべき姿に戻してほしい。その引き換えとして相応の報酬を支払うことと、あなた達の現状を損《そこ》なわないことを約束するわ」

「な、何を言い出すの」

「もちろん、今日この場で承諾《しょうだく》してもらわなくていい。ううん、むしろ承諾しないで、あなた達が納得《なっとく》できるまで徹底的に話し合って条件をすり合わせて行きたいわ。もちろん最後まで条件に納得できなければこの話は無かったことにしてもらって構わない」

ライラの一言一言に込められた覚悟が、以前とは段違いであることは二人にも分かる。

「…………それで、私達が拒否したら、どうするつもりなの」

恵美の震える声に、ライラは首を横に振った。

「あなた達が引き受けないというのなら、そのあとのことは気にしないで。こう言うと嫌味《いやみ》に聞こえてしまうかもしれないけれども、結ばないと決めた契約のその後を追うほど、あなた達は暇ではないでしょう？」

「ガブリエルの入れ知恵か？」

「なるほど、確かにな」

動揺《どうよう》する恵美とは違い、真奥は平静なまま頷《うなず》くと、閉じた玄関の向こう側を振り返った。

「いいえ」

ライラは首を横に振った。

「あなたよ、サタン」

「あ？」

「え？」

ライラの言葉に真奥のみならず、恵美も目を見開いた。

「私、地下鉄のトンネルの中からの記憶が無い。気がついたら、ここにいたの。髪の色を見て驚いたけど、エメラダさんからサタンが私を治してくれたって聞いたわ」

「……ああ」

「目が覚めたのは夜中だった。そのときにはもう傷の痛みは無かったわ。喉《のど》が渇《かわ》いて水を飲みたくて起き上がったら……サタン、あなたの声が聞こえた」

真奥《まおう》はがっくりと項垂《うなだ》れる。

「どっからだよ……」

「鉄の話からよ」

真奥は今度は頭を抱《かか》えた。

「私は、自分がしたことがどれだけ愚《おろ》かで浅はかだったか、あのときまで分かってなかった。あなた達はもう私が知っている頃とは違う、立派な大人なのに、どこかで自分が長く生きているのをいいことに、対等に見ていなかったのかもしれない」

ライラは声と唇《くちびる》を震わせても、目をそらすことは決してしなかった。

「もし話を聞いてくれるのなら、条件は可能な限りあなた達の望みに添うようにするわ。サタンの世界征服を手伝うわけには行かないけど、それ以外の常識的なことなら」

「常識って、何よ」

「決まってるわ」

恵美《えみ》の問いに、ライラはなんでもないことのように答えた。

「私の命までなら、対応できる」

恵美は息を呑《の》んだ。

「エミリア、私はあなたに対して一人の人間としても、母親としても、決して許されないことをした。きっとあなたが人生の中で嘗《な》めた辛酸《しんさん》は、私一人を殺したところで収まるものではないのかもしれない。それでも、もしあなたが私の命を欲しいというなら、従うわ」

「っ⁉」

ライラの側から命を差し出す、と言い出したことに恵美は激しく動揺《どうよう》したが、その瞬間《しゅんかん》真奥にまた背を軽く叩《たた》かれて、はっとする。顔を上げると真奥の渋い顔がそこにあり、

「真に受けてんじゃねぇよバカ」

と窘《たしな》められた。

「詭弁《きべん》もいいとこだな。有り得ない仮定で話を大げさにするんじゃねぇ」

「でも、本気よ。それくらいの覚悟があるって言いたかったの。もしいざ本当にあなた達が私の命を欲しいっていうときには、万難を排して約束は守るわ」

滅茶苦茶なことを言うが、裏を返せばそれ以下の『常識的な報酬』はかなり無茶を利かせるという譲歩《じょうほ》の言葉でもある。

「そこまでしてどうして……」

「エンテ・イスラを、あの美しい世界に住む人達の未来を守りたいから、それが半分」

ライラの答えは簡潔だった。

「残り半分は、罪を犯した者達を裁くためよ」

誰のことを指しているのか、真奥《まおう》は特に問わなかった。

その代わり、告げた。

「いいだろう」

「え?」

「俺は、とりあえず交渉の席に着いてやる」

「本当!? サタン!」

「魔王!! どういうつもり!?」

ライラは喜色を浮かべて腰を浮かし、恵美《えみ》は非難するような声を上げながら真奥の胸倉を摑《つか》もうとするが、

「だが交渉の席に着く前に、言っておくことがある………おい恵美、放せ」

「どういうつもりかって聞いてるの」

「だからそれを話すから放せ。おい、服が伸びる」

恵美は口をへの字に曲げて、真奥の言う通り手を放した。

それでも尚《なお》、その目は真奥に失望したような色を帯びていた。

「……結局あなたは、お金がもらえればそれでいいの？　私の気持ちを……あんなに分かってくれてたのに……」

「報酬は大事だ。内容についてはこれから条件をすり合わせるんだろ？」

「それは、ええ……」

ライラはむしろ、恵美の態度が硬化しつつあることを気にしているようで、真奥が何を言うのか分からずに目を瞬《しばた》かせている。

「それに、恵美お前、何勘違いしてるか知らんが、別に俺はお前に味方してああ言ったわけじゃない。単純にこいつらの今までのやり口が気に入らなかったから文句言ってただけだ」

「っ……！」

恵美は息を呑《の》み、ショックを受けたことを隠しきれない顔になる。

「さ、サタン……あの、あなたとエミリアの仲が悪いことは知ってるけど、できればあなた達二人一緒《いっしょ》に力を貸してほしいの……だから、あまりその」

ライラはここで初めて慌《あわ》てたように恵美と真奥の間をとりなすようなことを言い出すが、

「お前もそこまで分かってて、なんで最後で勘違いしてんだ、ライラ」

真奥はライラの言葉も遮《さえぎ》った。

「俺とこいつは敵同士だ」

「今更改まって言われることじゃないわよ！」

ライラに話しているのになぜか恵美《えみ》が突っかかってくるが、真奥《まおう》はわざとらしく耳に指を突っ込んで恵美を無視する体制を取る。

「だから、俺を口説《くど》き落としたからって、恵美もおまけでついてくると思ったら大間違いだ」

「「……え？」」

母子は異口同音にそう言って、目を瞬《しばた》かせた。

だが真奥は二人の困惑には構わず言葉を続ける。

「『俺が』お前との交渉の席に着く前提条件をいくつか提示させてもらう。お前の命をもらうような話よりもよっぽど現実的な話ばかりだから、嫌《いや》とは言わせねぇ」

真奥はそう言って、真っ直《す》ぐ上を指差した。

「俺とお前の交渉はヴィラ・ローザ笹塚《ささづか》二〇一号室で行い、必ず同席者を一人置く。そんで、同席者は芦屋《あしや》、漆原《うるしはら》、ちーちゃん、それに俺と融合してるアシエスの四人以外は認めない。最後にそれ以外の場面では話し合いに応じない。この三つが受け入れられないなら、俺は話は聞かない」

「そ、そんなこと？　それなら、何も問題ないわ」

ライラはサタンがどんな無理難題を言い出すかと構えていただけに、内容のあっけなさに拍子抜けするがしかし、真奥はその隙《すき》を見逃さなかった。

「おい恵美、聞いたな」

「え？」

「今こいつは、俺と話し合う条件として、二〇一号室で芦屋か漆原かちーちゃんかアシエスが同席してる状態に限る、って条件を認めたな」

「え、ええ……」

「な、何？　そんな難しいことでは……」

「俺は今言った条件以外のところで、お前の話は一切聞かない。この条件を破ったらこの話は無しだ。いいな」

「も、勿論《もちろん》よ。それくらいのこと、なんでもないわ」

ライラが頷《うなず》くのを横目で見ながら、恵美は真奥の横顔がこの上ない邪悪《じゃあく》な笑《え》みを浮かべるのを見た。

そしてその口から、想像だにしなかった一言が放たれた。

「恵美、さっきのお前の誘い、乗ってやるよ」

「「……………は？」」

「これから毎日、一緒《いっしょ》に帰るか」

その後しばらく、一〇一号室をイルオーンの、やや苦しげな寝息の音だけが支配した。

「「「えええええええええええええええええええええええええええええ⁉」」」

絶叫《ぜっきょう》は恵美《えみ》を含め、ドアの外から三つ重なった。

「ま、魔王様！　どうされたというのです⁉」

「魔王⁉　どうした⁉　正気か⁉　熱でもあるのか⁉」

「まままままおうさんがゆさゆさゆささんと一緒《いっしょ》に一緒に帰ろうって帰ろうって」

同時にドアをブチ破らんばかりの勢いで芦屋《あしや》と鈴乃《すずの》と千穂《ちほ》が飛び込んできた。

「お前らここ一応怪我《けが》人がいる部屋だぞ……しかもノルドんち……」

「そんなことはどうでも良いのです！　ノルド・ユスティーナの部屋のドアなどより、魔王様のご乱心の方が重要な問題です！」

「芦屋お前大家さんの目の前でそんな……」

「いや、私は確かにエミリアを気にかけろと以前言ったような気もするが、この数日で何があった⁉　先日は私と梨香《りか》殿を店から叩《たた》き出したくせに、どういう心境の変化だ⁉」

「鈴乃、あんまり言うと墓穴《ぼけつ》だぞ墓穴。その話は俺もガッツリ嵌《はま》るから大概にしてくれ」

「わわわわ私は真奥さんと遊佐《ゆさ》さんが仲良くなってくれるのは嬉《うれ》しいんですけどでもでもあのそこまで親密な関係になるとは予想もしていなかったというか驕《おご》りでなく有り得ないと思って

てでもでも遊佐《ゆさ》さんも大切なお友達だからそれが真奥《まおう》さんの選択なら私……」

「ちーちゃん、ちーちゃん、色々酷《ひど》い。落ち着いて」

三者三様の混乱を見せる中、

「…………………何…………言って」

恵美《えみ》一人が、顔を真っ赤にしながら呆然《ぼうぜん》としていた。

この喧騒《けんそう》に漆原《うるしはら》が飛び込んでこなかったのが彼らしいといえばらしいが、もしかしたら漆原だけは真奥の真意を理解しているのだろうか。いや、そんなことはないだろう。

とにかく真奥は、一番百面相を浮かべている千穂《ちほ》の肩を叩《たた》くと、その耳に囁《ささや》いた。

「シフト表」

「私……私……へ？」

「シフト表、思い出してみ」

「しふと、シフト表…………………シフト表って……？」

「シフト表……あっ⁉」

千穂は頭の中のマグロナルド幡ヶ谷《はたがや》駅前店のシフトを閲覧《えつらん》しようとして、なぜか千穂よりも先に芦屋《あしや》の方が真奥の意図に気づき声を上げた。

「魔王様とエミリアのシフトは全て重なっていますね」

「えっ⁉　……あっ！」

何故《なぜ》芦屋が真奥と恵美のシフトを、もっと言えばマグロナルド幡ヶ谷駅前店のシフトを完全に把握しているのか突っ込むよりも前に、その言葉を聞いて千穂も真奥の意図に気づいた。

「出勤時間はバラバラだけどな。帰る時間は大体同じで、休みも重なってる。土日の昼なんかは、おばちゃん達の勢力が強いからな。とにかく少なくとも今月いっぱいは、デリバリーの動きが見えてこないから俺と恵美はほぼ同じシフトで出勤してる」

千穂が呆然《ぼうぜん》としたところを見計らって、真奥はライラに向き直った。

「さっきの条件以外で俺の耳に話が聞こえたら俺は一切協力しない。お前も了承したよな。今更話が違うとか言わせねぇぜ」

ライラもまたここまでの会話を反復して、

「えっ、ちょ、ちょっ……」

ある重大な事実に気がついた。

「ちょっと、ちょっと待って⁉　そ、それじゃ私、どこで話せばいいの⁉」

「俺にもシフトに入ってない日はある。ちゃんと休みの日は教えておくから都合合わせて二〇一号室《う》に来《ち》いよ。芦屋とちーちゃんは色々用事があるが、漆原はまず間違いなく家にいるし、アシエスだって大家さんちで暇してるんだ。俺が休みの日にお前がうちに来りゃ、事実上俺は話を聞ける状態だぜ」

「そ、そ、そういうことじゃなくて、あなたじゃなくて、その」

ライラも、余裕を失って顔が赤くなりはじめている。

「そ、その条件を守ろうとしたら……」

「言っとくが、店で仕事中にお前の長い話なんか聞いてられねぇし、さっきの同席者の条件に恵美《えみ》や鈴乃《すずの》やアラス・ラムスは入ってねぇからな」

「待って、待って、待ってよそれって、ねぇ」

「魔王、あなた、まさか……」

動揺《どうよう》するライラと恵美を交互に見ながら、真奥《まおう》は言った。

真奥は、恵美と一緒《いっしょ》のときに話を聞かない。だが、これから真奥と恵美はかなりの時間一緒にいて、真奥の出した条件に合う状況が生まれない。

恵美と真奥が一緒に行動している限り、ライラは恵美に接触できないのだ。

ならば、ライラはどうやって恵美相手に交渉をすればいいのか。

アーバンハイツ永福町《えいふくちょう》でする以外に、有り得ない。

「魔王、待って魔王、でも私突然そんな……」

「なんだ恵美。まさかお前、俺同伴じゃなきゃ親子喧嘩《げんか》もできねぇような軟弱者か？　勇者が聞いて呆《あき》れるな」

「そ、そ、そんなんじゃないわよ！　別にあなたがいないからってなんで私がライラと話できないなんてことがあるの！　そんな、そんなことあるわけないでしょっ!!」

「なら、いいだろ」

「いいも何も……！　……え？」

「喧嘩も話も、俺のいない所で存分にやれ。親子だろ」

恵美は呆気《あっけ》にとられて真奥の顔を見る。

今ので恵美が『交渉には真奥を同席させる』という条件を出す手は封じられた。

封じられたというか、そんな選択肢がそもそも自分の中に可能性だけでもあったことに、恵美自身驚きを禁じ得ない。

「……やるわよ」

「エミリア⁉」

「できるのか？」

驚くライラと、挑発するように笑う真奥。

恵美は頬《ほお》を紅潮させて、びしりと真奥に向かって人差し指をつきつけた。

「私は勇者よ！　あなたの力なんか借りる必要ないし、仕事の交渉なんか一人でやってみせるわよ！　甘く見ないで！」

そして、そんな宣言をしてしまう。

決してライラに歩み寄ったわけではないが、真奥にいいようにやり込められたのが癪《しゃく》に障《さわ》って、気がつけばついそんなことを言っていた。

完全に頭で考えてのことではない。条件反射によるものだ。

だが、勢いで啖呵《たんか》を切った恵美《えみ》の顔を見て、真奥《まおう》はなぜか満足げに頷《うなず》き、

「それでこそ恵美《お前》だ。安心した」

そう言うと呆然《ぼうぜん》とする一同を残して、真奥は一〇一号室を出た。

外で待っていた志波《しば》にまず声をかける。

「あのガキは、あの部屋に置いといて大丈夫なのか？」

「ライラさんが責任を持つと仰《おつしや》ってますし、私もできるだけ傍《そば》にいるようにしますわ」

「助かる」

そして、次にエメラダに声をかける。

「そっちで起こったことには俺はもう関与しねぇから。そっちはそっちで勝手にやってくれ」

「ふふふ～、お任せください～」

そして満面《え》の笑みで、エメラダは真奥に頭を下げた。

「私はこれからもできる限り～エミリアを支えていきますから～」

「だから勝手にやれって言ってんだろ」

次に、アラス・ラムスを抱っこしたアシエス。

「たまに見舞いに来てやれ。どうせヒマだろ。恵美もアラス・ラムスはアパートに預けてんだからさ」

「ン」

アシエスは口を引き結んで、力強く頷いた。

「ぱぱ……」

「大丈夫だ。俺はイルオーンを怒ったりしない。でもままはイルオーンに痛い痛いされたから、イルオーンが起きたらちゃんとアラス・ラムスが謝らせるんだぞ？」

「……あい！」

そして最後に、共用階段で暇そうにしている漆原《うるしはら》に声をかけた。

「おい、今日の晩飯《ばんめし》なんだったんだ」

「そういうことは芦屋《あしや》に聞きなよ」

「メモ帳程度には役に立てよ。この匂《にお》いは豚汁か？」

「分かるなら聞くなっての。まったく、僕のこと暇人みたいに言ってくれちゃってさ」

「お前が暇人じゃなかったらなんだってんだ」

真奥は肩を竦《すく》めて、漆原の額《ひたい》を小突《こづ》いた。

「あーあ、やな予感がするよ」

「そうだな」

真奥の後に続いて立ち上がった漆原は忌々《いまいま》しげにぼやく。

「真奥、もしかしてライラとエミリアのこと、してやったりとか思ってる？　これで面倒事を遠くに追いやれたとか思ってない？」

「何がだよ」

怪訝《けげん》な顔で振り向くと、漆原《うるしはら》は手を頭の後ろに組んでため息をついた。

「僕の肩身が狭くなったら、真奥《まおう》のせいだかんな」

「はぁ？」

ごちゃごちゃ言いながら共用廊下に消えた真奥と漆原。

「ま、ミキティ伯母《おば》さんが何も言わないなら、契約更新はＯＫとしますか」

天祢《あまね》は面倒くさそうにあくびをし、

「うーん、やってくれたなー、うーん。この流れはちょっと予想外だな、うーん」

ガブリエルが珍しく本気で困惑しながら唸《うな》り、

「不思議な男だ……」

ノルドは呆然《ぼうぜん》と、二〇一号室の扉が閉まる音を聞いたのだった。

終章

真奥《まおう》も、恵美《えみ》も、結局のところ、まだ何も知らない。

ライラがこれまでなんのために、どこでどう暗躍《あんやく》してきたのか。

これまでずっと捉《とら》えどころのない行動を繰り返してきたガブリエルがここに来てライラの肩を持つ理由。

セフィラの子達がエンテ・イスラを救うのにどのような意味を持つのか。

閉ざされた天界に存在するセフィロトの樹の状況。

ただ少なくとも、真奥とライラの間に話し合いが持たれる、ということが決まった結果、明らかに変わったことが一つあった。

「息苦しい!!」

「うるさいぞ漆原《うるしはら》。食事は静かにしろ」

「あと暑い!!」

「何を言うルシフェル、もう十一月だ。私はいい加減に衣替えをしなければならないと思っている」

「芦屋《あしや》、ベル、お前ら、僕の言いたいこと分かっててわざと無視してるだろ」

「『なんの話だ』」

「なんの話だじゃないよ!!　なんなんだよこの人数は!!!!」

漆原の堪忍袋の緒《お》が遂に切れた。

「アシエス！　エメラダ・エトゥーヴァ！　ライラ！　ガブリエル！　ノルド・ユスティーナ！　お前ら帰れよ！　なんでお前らまで魔王城《うち》でご飯食べてんだよ!?　狭いんだよこの部屋！　知ってるだろ!!」

「漆原さん！　今テーブル蹴《け》っ飛ばしましたよ！　お味噌《みそ》汁が零《こぼ》れちゃいます！」

「佐々木千穂《ささきちほ》！　お前この状況なんとも思わないわけ!?」

「思うに決まってるじゃないですかぁっ!!!!」

「おおおっ!?」

千穂からの思わぬ強い反応に、漆原は思わず身を引く。

「でも……でも、仕方ないじゃないですか！　私だって、私だって羨《うらや》ましいですよ！　できるなら私が代わりたいくらいですよ！　まさか、まさか、遊佐《ゆさ》さんがこんな……こんなになっちゃうなんて!!」

「ち、千穂ちゃん、あの、ごめんね、その、そういうことじゃ決してないのよ」

千穂に「こんなになっちゃう」とまで言われてしまった恵美。

ライラと真奥《まおう》相手にあんな啖呵《たんか》を切った恵美《えみ》は、なぜか今、神妙《しんみょう》な顔で真奥の隣に座り、申し訳なさそうに茶碗を持っている。

「分かってますよぉ！」

千穂《ちほ》は泣き笑いのような表情で席に戻った。

「私は真奥さんと遊佐《ゆさ》さんに仲良くしてほしいと常々思っていたんですもん！　その気持ちは本当なんですもん!!」

そしてやけ気味に白米を掻《か》き込むと、千穂らしくもなくほっぺたに沢山《たくさん》の米粒をつけたまま、すぐ隣に鋭《するど》い視線を送る。

「ライラさん！　むしろ私は今、ライラさんをこそ恨《うら》むべきなのかもしれません！」

「な、なんだか、その、ごめんなさい……」

エンテ・イスラと魔界の歴史を裏で操《あやつ》ってきた大天使が、女子高生の怨嗟《えんさ》の目に怯《おび》えながらも、しっかり浅漬けに箸《はし》を伸ばした。

「まーまー、大勢で食べるご飯は楽しいじゃないの！　そう目くじら立てない。ちゃんとお相伴《しょうばん》に与《あずか》るために、差し入れはしてるんだからさ。ほら、ミキティお手製の肉団子の甘酢あんかけだよー」

ガブリエルはというと、意外にもただやってきているライラと違い、刺繍《ししゅう》のキルトバッグの中から何やら特大のタッパーを取り出してきた。

中には本人の言う通り、大ぶりな肉団子がぎっしり詰まっており、柔らかい香りのあんとパプリカの甘い香りが食卓に添えられる。

だが、食卓にそれを添えた男の図体が誰よりも大きいので、胡坐《あぐら》を搔《か》くガブリエルの膝《ひざ》に漆《うるし》原《はら》は容赦《ようしゃ》なく蹴《け》りを入れた。

「お前体デカいから余計に邪魔《じゃま》なんだっての！　大体差し入れどうこう以前に全員のご飯とみそ汁乗せたらもうテーブルがいっぱいいっぱいだろ！　あと『大家さんお手製』とかやめて本当！　髪の毛どころか命まで漂白されそうだよ！」

「そういう失礼なこと言うなよなー。ミキティが皆さんの集まりに是非《ぜひ》って言って折角《せっかく》持たせてくれたのにさ。鹿児島県産高級黒豚のひき肉使ってるって言ってたよ？」

「漆原、大家さんとガブリエルに謝れ」

『黒豚』のところで芦屋《あしや》がガブリエルの手からさっとタッパーをかっさらい、皿に移すと電子レンジに放り込むではないか。

「ちょっと真奥！　芦屋が高級食材に悪魔大元帥《だいげんすい》の魂を売ったよ!?　軍法会議ものだ!!」

「ルシフェル、安心しなヨ！　余らせたら私とエメが引き受けるからサ！」

そこに横からまたアシエスが神経を逆なでするようなことを言い、漆原は頭を抱《かか》えた。

「そういう心配もしてない！　っていうか本当お前ら食い過ぎ！」

「真奥！　少しは家主の自覚持って図々しい連中なんとかしろよ!!　エミリアも！　お前が覚

悟決めないから毎日この部屋戦場なんだぞ‼」

「…………面目ねぇ」

「…………ごめんなさい。でも……」

真奥《まおう》は暗い顔でぼそぼそと食事を進め、その隣で真奥に寄り添うように座る恵美《えみ》は、何か言いたげに口を尖《とが》らせた。

「いいのだ、エミリア」

するとノルドが、穏やかな声で恵美を諭《さと》す。

「誰に強制されることもない。お前が決めなさい。私は、お前とライラの意志を最大限尊重するから」

「お父さん……」

「こいつらの意志よりも、まずこの部屋の住人の意志を尊重しろっ‼」

耐えられずに叫《さけ》び続ける漆原《うるしはら》の傍《そば》に、人の隙間《すきま》を縫うようにして、近づく影があった。

「るしふぇる。ごはんはすわってたべないと、め！」

「もおおおおおおおおおおおおおお！」

アラス・ラムス相手では怒鳴《どな》りつけるわけにもいかず、漆原は今度こそ頭を抱《かか》えた。

イルオーンが一〇一号室に運び込まれてから五日が経とうとしているが、結局恵美が永福《えいふく》町《ちょう》のマンションに帰ったのは一度だけで、後はずっと鈴乃《すずの》の部屋に押しかけ同然に泊まり込んでいる。

その際はライラも同行したというが、エメラダ曰《いわ》く二人共あまりにぎこちなくて、ほとんど会話らしい会話ができなかったという。

最初のチャンスで双方思い切り躓《つまず》いてしまったものだから、恵美もライラもそれ以後なかなか会話どころか喧嘩《けんか》や言い争いの糸口すら摑《つか》むことができず、気がつけばこうして恵美が真奥から離れる瞬間《しゅんかん》を見逃すまいとするライラと、恵美や真奥がライラと物理的に揉《も》め事をおこしたときの警戒要員が一緒《いっしょ》に動く羽目に陥《おちい》り、結果がこの魔王城大会食なのである。

真奥としては、ライラの話を聞くに当たり自分と恵美を明確に分離するべきと考えたのと、いい加減恵美がライラのことでうじうじ悩んで深刻なエラーが再発し、周囲に誤解を与えるような行動に出る心配を無くしたかったが故《ゆえ》の、あの条件と提案だったのだ。

恵美とライラがきちんと向き合って話し合えば、和解まではいかなくてもわだかまりが多少は解けて、恵美の調子がいつも通りになるのではと思った結果がこの有様である。

恵美が、全くと言っていいほどライラと二人きりになる覚悟を持てない。

それだけならいいのだが、恵美は真奥がライラに出した条件に身を隠すように、仕事時間以外でもほぼ毎日真奥の傍を離れなくなってしまったのだ。

こんなことなら、かつてのように魔王討伐《とうばつ》いつか殺すと傍《はた》迷惑に騒《さわ》いで真奥を見張りにきていた恵美の方がずっとマシだった。

こうも四六時中神妙《しんみょう》な顔で傍《そば》にいられては、どう接していいのか本当に全く分からない。強硬手段で叩《たた》き返そうにも、考えてみれば今までそんなことをしたことはなく、どう強硬に出ればいいのかすら分からない。

おかげでここ数日は魔王城は毎日満員御礼だし、マグロナルドでも川田《かわた》や明子《あきこ》のような妙《みょう》に察しのいい連中から妙な目で見られるし、千穂《ちほ》の熱視線と鈴乃《すずの》の冷たい視線と米の減り方を見たときの芦屋《あしや》の三白眼と漆原《うるしはら》の文句がとにかく心に重い。

「恵美《えみ》、てめぇ発言に責任持てよ。そんな度胸ない奴《やつ》だったのか？　エラーか？　ああ？」

「そ、そんなことないわよ！　ちゃんと話し合いは、する……するわよ！　い、いつか……」

恵美に直接文句を言えば、いつかやるいつかやるばかりだ。

「だ、第一、あなただってライラと話し合いする覚悟が持てないんじゃないの！　仕事上がりに私と一緒《いっしょ》にアパートまで帰ろうってことは、あなたがライラに出した条件を整えさせないようにするためじゃ……」

「店からアパートへの帰り道に関しちゃその側面も否定しねぇよ！　だがな、俺は仕事上がりや休みの日にまで好き好んで勇者サマが悪魔と一緒にいたがるとは思ってなかっただけだよ！もう帰れよ本当!!」

心にも無い言いがかりをつけられた真奥は、敢《あ》えて恵美が怒りそうな言葉を選んで言い放つが、恵美の反応はさらに真奥の予想の上を行った。

「っ！　な、べ、別に好き好んで一緒にいたいわけじゃないわよ！　ただ、ただ……そう今はちょっとその、あの、都合が悪くて」

否《いな》、上を行くどころか向かってくる途中でスッ転んでそのまま立ち上がれなくなったような歯切れの悪い反応に、思い切り座の空気が白けてしまう。

「「「なんの都合なんだか……」」」

「ちょ、ちょっと⁉　あなた達今何か言わなかった⁉」

「「「別に何も」」」

芦屋と漆原と鈴乃が、指名されたわけでもないのに明後日《あさって》の方向を見て冷たく言い放ち、千穂はといえば、

「真奥さんと遊佐《ゆさ》さんが仲良くなるのは私が望んだこと。私の願いはこれで半分達成されたようなもの、でも、でも、何、この釈然《しやくぜん》としない感じは……私、そんな嫌《いや》な子になりたくないのに、でもどうしてこの状況を素直に喜べないんだろう……不思議ですよライラさん」

箸《はし》を咥《くわ》えたままどちらかというと隣に座るライラに向けて周りには聞き取れない呪詛《じゅそ》を延々と放っている。

真奥はすっかり参ってしまい、

「全っ然気が休まらねぇ……」

ついぼやきを口に出してしまったが、それを迎え撃《う》つように、

「私もです。魔王様」

「真奥《まおう》さん！　私も気が休まりません！」

「僕ちゃんと警告したよな⁉　この状況本当どうにかしろよ！」

「本当に、ものには限度というものがあるぞ」

芦屋《あしや》と千穂《ちほ》と漆原《うるしはら》と鈴乃《すずの》から次々に、真奥へとも恵美《えみ》へともつかぬ棘《とげ》のある言葉が飛び、最後にトドメの一言が放たれた。

「本当にごめんなさい……でも、お願い、もう少しこのままでいさせて……」

真奥の傍《かたわ》らに寄り添いながら小さく呟《つぶや》かれた恵美の心からの言葉は、稲妻のように食卓を駆《か》け巡った。

「ゆ、ゆゆゆゆゆゆゆゆゆささぁん⁉　あのおお⁉　それって、それってあのおおお⁉」

「おおエミだいたーン！　スヒューーーーーーー」

「エミリア～……その言い方は～あまりにあんまりです～」

「頼むから、頼むからこれ以上面倒を魔王城《うち》に持ち込まないでくれ……頼むから」

千穂が卒倒寸前の絶叫《ぜっきょう》を上げ、アシエスが吹けもしない口笛を吹こうとして失敗し、エメラダが顔をひきつらせ、真奥は箸《はし》と茶碗を取り落しそうになりながら真っ白な顔でそう呟く。

「ぱぱとまま、なかよし！」

この状況をたった一人、アラス・ラムスだけが歓迎しているが、残念ながら彼女の愛らしさを以《もっ》てしても、この部屋の空気を和らげることはできなかった。

そしてこのとき一〇一号室では、

「天井抜けたりしないだろうね」

イルオーンの様子を見ている天祢《あまね》が、生活音というにも迷惑な音が伝わってくる天井と、真剣な顔で睨《にら》めっこしていた。

「遠い未来の平和よりは、今日の晩ご飯か。さて、私は何を食べようかね。私はいいって言われりゃ人んちの冷蔵庫も構わず荒らすよ」

天祢は手をすり合わせながら、容赦《ようしゃ》なくノルドの部屋の冷蔵庫を開けて好き勝手に晩のおかずを見繕《みつくろ》いはじめる。

そんな天祢の後ろで寝苦しそうにうめくイルオーンが、悪夢にうなされているのか、単に上階の騒音《そうおん》に反応しているだけなのかは、彼が目覚めるまでは分からないままだった。


―了―

作者、あとがく ―AND YOU―

運転免許証に限らず、身分証明に使う証明写真の出来ってどうしてああも納得《なっとく》いかないのか、真剣に考えたことがあります。

特に和ヶ原《わがはら》は証明写真を撮影するようになる頃にはもう眼鏡《めがね》を着用していましたので、表情もさることながら高い金を払って撮影した証明写真の眼鏡がわずかでも傾いていたりするとそれはもう凹《へこ》みました。

履歴書はもちろんのこと、学生証や運転免許証など、この年齢に至るまで、

「悪くない」

と思えたことは一度もありません。大体どこか「ああ……」ってなることばかりです。

かつて芝居をやっていたときに恩師から『良い演技をしよう』と思う奴《やつ》の演技ほどつまらない、と言われたことがあります。

芝居や表情は日常と同じ複雑な心の動きがあって初めて受け手に訴えかける力を得られるのであって『自分を良く見せよう』としか考えていないヤツの表情は魅力的ではない、というのです。

翻《ひるがえ》って自分が証明写真を撮影するときのことを考えると、自分を良く見せよう、としか思っ

てないんだから、そりゃ納得できる写真が撮れるわけもなく。

そもそも『自然な表情で撮ろう』とか撮れるわけないいんです。証明写真に写す顔なんか人に見せる用の『改まった表情』なんですから。

日常で証明写真で見るような『自然な表情』してる人なんか見たことないですしね。

ならば改まった表情は改まった表情として、何かの意気込みを心に抱《いだ》いて挑《いど》めばいいと考えた結果、直近で更新した免許証の写真は納得は行きませんが、表情の良し悪しで凹むことはなくなりました。

ただ、本書の中で新たな身分証明書を取得した彼の写真は、きっとその意気込みが前に出すぎたんでしょうね。きっと規格に適合するレベルの、イキイキとした表情になったことでしょう。絵にならないかなぁ。

本書『はたらく魔王さま！　12』は、自分が自分であるからこそ、自分以外の誰かのために何かをするとはどういうことなのか、飯《めし》の種を稼ぐことを怠《おこた》らずに考える奴らのお話です。

和ヶ原は読者の皆様から頂いている分をきちんとお返しできているのか、不安になることもありますが、それができているうちはきっと、お話を書き続けていけるのだと思います。

また、次巻でお会いできれば、そのときまでに頂いたものをお返しできるように頑張って参ります。

それではっ！

◉和ケ原聡司著作リスト

「はたらく魔王さま！」（電撃文庫）
「はたらく魔王さま！2」（同）
「はたらく魔王さま！3」（同）
「はたらく魔王さま！4」（同）
「はたらく魔王さま！5」（同）
「はたらく魔王さま！6」（同）
「はたらく魔王さま！7」（同）
「はたらく魔王さま！8」（同）
「はたらく魔王さま！9」（同）
「はたらく魔王さま！10」（同）
「はたらく魔王さま！11」（同）
「はたらく魔王さま！12」（同）
「はたらく魔王さま！0」（同）

本書に対するご意見、ご感想をお寄せください。

電撃文庫公式ホームページ 読者アンケートフォーム
http://dengekibunko.dengeki.com/
※メニューの「読者アンケート」よりお進みください。

ファンレターあて先
〒102-8584　東京都千代田区富士見1-8-19
アスキー・メディアワークス電撃文庫編集部
「和ヶ原聡司先生」係
「029先生」係

本書は書き下ろしです。

電撃文庫

はたらく魔王《まおう》さま!12

和ヶ原聡司《わがはらさとし》

発　行　2015年2月10日　初版発行

発行者　塚田正晃
発行所　株式会社KADOKAWA
〒102-8177　東京都千代田区富士見2-13-3
プロデュース　アスキー・メディアワークス
〒102-8584　東京都千代田区富士見1-8-19
03-5216-8399（編集）
03-3238-1854（営業）
装丁者　荻窪裕司（META＋MANIERA）
印刷　株式会社暁印刷
製本　株式会社ビルディング・ブックセンター

ISBN978-4-04-869252-6　C0193　Printed in Japan

電撃文庫　http://dengekibunko.dengeki.com/
株式会社 KADOKAWA　http://www.kadokawa.co.jp/

電撃文庫創刊に際して

文庫は、我が国にとどまらず、世界の書籍の流れのなかで〝小さな巨人〟としての地位を築いてきた。古今東西の名著を、廉価で手に入りやすい形で提供してきたからこそ、人は文庫を自分の師として、また青春の想い出として、語りついできたのである。

その源を、文化的にはドイツのレクラム文庫に求めるにせよ、規模の上でイギリスのペンギンブックスに求めるにせよ、いま文庫は知識人の層の多様化に従って、ますますその意義を大きくしていると言ってよい。

文庫出版の意味するものは、激動の現代のみならず将来にわたって、大きくなることはあっても、小さくなることはないだろう。

「電撃文庫」は、そのように多様化した対象に応え、歴史に耐えうる作品を収録するのはもちろん、新しい世紀を迎えるにあたって、既成の枠をこえる新鮮で強烈なアイ・オープナーたりたい。

その特異さ故に、この存在は、かつて文庫がはじめて出版世界に登場したときと、同じ戸惑いを読書人に与えるかもしれない。

しかし、〈Changing Times,Changing Publishing〉時代は変わって、出版も変わる。時を重ねるなかで、精神の糧として、心の一隅を占めるものとして、次なる文化の担い手の若者たちに確かな評価を得られると信じて、ここに「電撃文庫」を出版する。

1993年6月10日
角川歴彦

電撃文庫

はたらく魔王さま!
和ケ原聡司
イラスト／029

世界征服間近だった魔王が、勇者に敗れて辿り着いた先は、異世界〝東京〟だった!? 六畳一間のアパートを仮の魔王城に、フリーターとして働く魔王の明日はどっちだ!?

わ-6-1 2078

はたらく魔王さま!2
和ケ原聡司
イラスト／029

店長代理に昇進し、ますます張り切る魔王。そんなある日、魔王城（築60年の六畳一間）の隣に、女の子が引っ越してきた! 心穏やかでいられない千穂と勇者だったが!?

わ-6-2 2141

はたらく魔王さま!3
和ケ原聡司
イラスト／029

東京・笹塚の六畳一間の魔王城に、異世界からのゲートが開く。そこから現れた幼い少女は、魔王をパパ、勇者をママと呼んで——!? 波乱必至の第3弾登場!

わ-6-3 2213

はたらく魔王さま!4
和ケ原聡司
イラスト／029

バイト先の休業により職を失った魔王。しかもアパートも修理のため一時退去となる。職と魔王城を一気に失い失意の魔王は、なぜか〝海の家〟ではたらくことに!?

わ-6-4 2281

はたらく魔王さま!5
和ケ原聡司
イラスト／029

無職生活続行中の魔王が、まさかの薄型テレビ購入を決断! 異世界の聖職者・鈴乃もそれに便乗することに。そんな中、恋する女子高生・千穂に危機が迫っていた。

わ-6-5 2348

電撃文庫

はたらく魔王さま！6

和ケ原聡司
イラスト／029

マグロナルドに復帰した魔王は、心機一転新たな資格を取ることに。そんな中、千穂が概念送受《イデアリンク》を覚えたいと言い出す。鈴乃が修行の場に選んだのはなぜか銭湯で!?

わ-6-6 2423

はたらく魔王さま！7

和ケ原聡司
イラスト／029

真奥と恵美がアラス・ラムスのお布団を買いに3人でお出かけ!? 千穂が真奥と初めて出会った頃のエピソードなど、第7巻は他2編を加えた特別編でお届け！

わ-6-7 2490

はたらく魔王さま！8

和ケ原聡司
イラスト／029

恵美がエンテ・イスラに帰省することになり、羽を伸ばす芦屋、心配する千穂。一方真奥はマッグの新業態のために免許試験を受けるが、試験場で思わぬ出会いが!?

わ-6-8 2519

はたらく魔王さま！9

和ケ原聡司
イラスト／029

恵美と芦屋を救出に向かう魔王達は何を持っていくかで大騒ぎ。日本の生活に慣れた恵美はエンテ・イスラでの旅路に大苦戦。庶民派ファンタジーは異世界でも相変わらずです！

わ-6-9 2587

はたらく魔王さま！10

和ケ原聡司
イラスト／029

窮地の恵美に芦屋から手紙が届く。魔王が異世界に来ることを知った恵美は、再び立ち上がる。一方魔王は、お土産を求めてアシエスと街をブラついていた！

わ-6-10 2657

電撃文庫

はたらく魔王さま！11

和ケ原聡司
イラスト／029

異世界から無事帰還した勇者を待ち受けていたものは、バイトのクビと、救出に掛かった経費の精算であった。金欠勇者の新たなバイト先は見つかるのか⁉

わ-6-11 2736

はたらく魔王さま！12

和ヶ原聡司
イラスト／029

天使と勇者の壮大？な母娘喧嘩勃発！怒りMAXの恵美に怯える一同。一方魔王は、デリバリー開始のために取得した原付免許の写真の出来に悩んでいた。

わ-6-13 2885

はたらく魔王さま！0

和ケ原聡司
イラスト／029

魔王サタンとルシフェルの出会い、そしてアルシエルとの激突までを描いた、魔王たちの始まりの物語。庶民派成分ゼロでお贈りするエピソード・ゼロ！

わ-6-12 2803

絶対ナル孤独者《アイソレータ》1 -咀嚼者 The Biter-

川原 礫
イラスト／シメジ

「絶対的な《孤独》を求める……だから、僕のコードネームは《アイソレータ》です」『AW』『SAO』の川原礫による最後のウェブ小説、電撃文庫でついに登場！

か-16-33 2749

絶対ナル孤独者《アイソレータ》2 -発火者 The Igniter-

川原 礫
イラスト／シメジ

「よし！　君は今日から《ミィくん》だ‼」人類の敵《ルビーアイ》を倒したミノル。彼はついに、《組織》の存在を知る。意外なロリっ娘新ヒロインも登場する、禁断の第二巻！

か-16-37 2881

電撃文庫

GENESISシリーズ 境界線上のホライゾンI〈上〉
川上 稔　イラスト／さとやす（TENKY）

遠い未来。再び歴史を繰り返しつつある中世の世界を舞台に、学園国家の抗争が始まる！　『終わりのクロニクル』の川上稔が贈るGENESISシリーズ、遂にスタート！

か-5-30　1652

GENESISシリーズ 境界線上のホライゾンI〈下〉
川上 稔　イラスト／さとやす（TENKY）

世界の運命を巡り、各国の〝教導院〟が動き出した。様々な人々の思惑と決意の行方は!?　果たしてトーリはコクれるのか!?　「境界線上のホライゾン」第一話、完結！

か-5-31　1666

GENESISシリーズ 境界線上のホライゾンII〈上〉
川上 稔　イラスト／さとやす（TENKY）

中世の日本と各国が同居する学園ファンタジー世界〝極東〟。末世を救う少女ホライゾンを奪還した航空都市艦・武蔵は大罪武装を求めて英国に向かうが……。

か-5-32　1780

GENESISシリーズ 境界線上のホライゾンII〈下〉
川上 稔　イラスト／さとやす（TENKY）

ホライゾンと共に英国へと向かったトーリ達を待っていたものと、点蔵の運命は……!?　中世の日本と世界各国が同居する学園ファンタジー、第二話完結！

か-5-33　1791

GENESISシリーズ 境界線上のホライゾンIII〈上〉
川上 稔　イラスト／さとやす（TENKY）

英国でアルマダ海戦を終え、仏蘭西領、浮上島のIZUMOで航空都市艦・武蔵の修復を行っていたトーリ達は、世界征服の方針を左右する出来事に遭う……!!

か-5-34　1960

電撃文庫

GENESISシリーズ
境界線上のホライゾンⅦ〈上〉
川上 稔
イラスト／さとやす（TENKY）

小田原征伐を乗り切った武蔵は、続く関東解放を前にしばし休息の時を得ていた。そんな中、毛利や羽柴はある歴史再現を動かし始め……。第七話、開幕！

か-5-47 2692

GENESISシリーズ
境界線上のホライゾンⅦ〈中〉
川上 稔
イラスト／さとやす（TENKY）

小田原征伐に続いて関東解放の歴史再現が始まり、各国の情勢は大きく変化しつつあった。この動きに対してトーリ達武蔵勢はどのように関わっていくのか？

か-5-48 2720

GENESISシリーズ
境界線上のホライゾンⅦ〈下〉
川上 稔
イラスト／さとやす（TENKY）

羽柴VS毛利の直接対決が始まり、白熱する関東解放戦。里見家復興を目指す里見・義康、夫人救出を願う長岡・忠興。それぞれが迎える結末は——!?

か-5-49 2752

GENESISシリーズ
境界線上のホライゾンⅧ〈上〉
川上 稔
イラスト／さとやす（TENKY）

ヴェストファーレン会議に向けた重要案件〝本能寺の変〟。武蔵はその介入のため、羽柴勢への本格的な嫌がらせを行う事を決定した!? 人気シリーズ、新展開!!

か-5-51 2888

GENESISシリーズ 境界線上のホライゾン
ガールズトーク 狼と魂
川上 稔
イラスト／さとやす（TENKY）

人気シリーズ『境界線上のホライゾン』にサイドストーリーが登場！ 中等部時代を、捏造含みの記録をしながら女衆がガヤガヤ振り返って事件を追う追憶編!!

か-5-50 2834

電撃文庫

天使の3P《スリーピース》！

蒼山サグ
イラスト／てぃんくる

過去のトラウマから不登校気味の貫井響は、密かに歌唱ソフトで曲を制作するのが趣味だった。そんな彼にメールしてきたのは、三人の個性的な小学生で——!?

あ-28-11　2347

天使の3P《スリーピース》！×2

蒼山サグ
イラスト／てぃんくる

とある事情によりキャンプで動画を撮ることになった『リトルウイング』の五年生三人娘。なぜか響も一緒にお泊まりすることになり、何かが起きないわけがない!?

あ-28-15　2626

天使の3P《スリーピース》！×3

蒼山サグ
イラスト／てぃんくる

小学生三人娘と迎える初めての夏休み。響たちの許に届いたのは島おこしイベントの出演依頼だった。海遊びに興味津々な三人だが、依頼先に待っていたのは——!?

あ-28-17　2750

天使の3P《スリーピース》！×4

蒼山サグ
イラスト／てぃんくる

小学生たちと過ごす夏休みは終わらない！島から来た女の子とのデート疑惑により、三人とも強要される響。まずは自由研究の課題探しも兼ねて潤とデートするのだが——!?

あ-28-18　2822

天使の3P《スリーピース》！×5

蒼山サグ
イラスト／てぃんくる

「あたしにもまだチャンスあるかな……」思わずこぼれた一言で少しお互いを意識し始めた響と桜花。そんな中、潤たちもさらなる成長を目指し動き始めたが——。

あ-28-19　2891

DENGEKI BUNKO